U0904877

当代文学的力量

时 代 的 声 音

尚书房

北京文学

重点优秀作品

月煞

孙频 著

中篇小说卷

北京文学月刊社 主编

图书在版编目（CIP）数据

月煞／孙频等著．—北京：文化发展出版社有限公司，2016.9
（《北京文学》重点优秀作品　北京文学月刊社主编）
ISBN 978-7-5142-1489-5

Ⅰ．①月… Ⅱ．①孙… Ⅲ．①中篇小说－小说集－中国－当代
Ⅳ．①I247.5

中国版本图书馆 CIP 数据核字（2016）第 193500 号

月　煞

孙频／著

出 版 人：赵鹏飞
总 策 划：尚振山
责任编辑：曹振中　罗佐欧
责任校对：郭　平　　　**责任印制**：邓辉明
责任设计：侯　铮　　　**排版设计**：麒麟传媒

出版发行：文化发展出版社（北京市翠微路 2 号　邮编：100036）
网　　址：www.printhome.com　www.keyin.cn
经　　销：各地新华书店
印　　刷：北京兴星伟业印刷有限公司
开　　本：787mm×1092mm　1/32
字　　数：157 千字
印　　张：10.25
印　　次：2016 年 9 月第 1 版　2019 年 2 月第 2 次印刷
定　　价：49.00 元
ISBN：978-7-5142-1489-5

◆ 如发现任何质量问题请与我社发行部联系。发行部电话：010-88275710

《北京文学》
重点优秀作品

（以得票多少为序，票数相同以发表时间为序）

【中篇小说】：《暗杀刘青山张子善》作者：李　唯

《朗霞的西街》作者：蒋　韵

《出门远行》作者：孙春平

《蓝名单》作者：杨少衡

《鸭舌帽》作者：尤凤伟

【短篇小说】：《火锅子》作者：铁　凝

《合作》作者：刘庆邦

《老爸的家庭会议》作者：女　真

《秘密》作者：霍　艳

《都市众生》作者：聂鑫森

【报告文学】：《低天空：珠三角女工的痛与爱》作者：丁　燕

《赶考——西柏坡感思》作者：李春雷

《探海蛟龙》作者：陈　新

《绝地上的诞生—— 一个令人发疯的科学神话》作者：陈启文

《落寞夕阳——中国农村留守老人现状采访记》作者：李琭璐

【散　　文】：《谁能够让你站起来》作者：张秀超

《命如蒿草》作者：赵　殷

《小孩，男人，狗》作者：袁劲梅

《亲爱的花朵》作者：安　然

【诗　　歌】：《且行且吟》作者：吴开展

《东方集》作者：黄　梵

《于坚的诗》作者：于　坚

【新人新作】：《二月里来好春光》作者：刘紫剑

《太平湖》作者：李学辉

《原点》作者：周建标

【转载作品】：《晚安玫瑰》作者：迟子建

《第四十圈》作者：邵　丽

《金山寺》作者：尤凤伟

《良霞》作者：李凤群

《世间已无陈金芳》作者：石一枫

《晚祷》作者：蒋　韵

《月煞》作者：孙　频

《种桃种李种春风》作者：余一鸣

《报道》作者：红　日

《莲露》作者：陈　谦

北京文学月刊社

2016 年 6 月

前 言

文学照耀生活，精品点亮人生。

亲爱的读者，此刻呈现在您眼前的这套10卷本作品集，系我社举办的《北京文学》2013年～2014年重点优秀作品评选的上榜之作，囊括了两年间《北京文学》(精彩阅读）和《北京文学·中篇小说月报》发表的文学作品精华，包括

《北京文学》(精彩阅读)的原创中篇小说、短篇小说、报告文学、新人新作、散文和诗歌6大门类的25部优秀作品，以及《北京文学·中篇小说月报》转载的10部优秀中篇小说。这些作品，是经过《北京文学》编辑部严格把关、层层推选出来的。进入初评的候选作品，参考了作品发表之后的社会反响，如转载情况、读者反馈、文学界各方评价等,由《北京文学》编辑部集体讨论确定。终评上榜的优秀作品，由国内著名作家、评论家、编辑家组成的终评委，在集中讨论、充分发表意见基础上，现场无记名投票，按照得票多寡评出。这些作品，题材多样，风格迥异，内蕴丰富，精彩纷呈，作者队伍也实力强劲。在中篇小说、短篇小说、报告文学、散文、诗歌5个门类的30多位获奖作者中，既有铁凝、刘庆邦、迟子建、蒋韵、尤凤伟等知名作家，也有石一枫、孙频、霍艳、陈新等新锐作家，还有袁劲梅、陈谦等活跃的海外华人作家。

此前，《北京文学》曾以“《北京文学》奖”和“老舍散文奖”的形式评选奖励优秀作品，由于近年国家文化主管部门规范各类评奖，从本届评选开始，北京文学月刊社原有的“《北京文学》奖”和“老舍散文奖”合二为一，改为按年度划分的优秀作品评选，对优秀作品资金的扶持力度也大幅度提高。这套10卷本的优秀作品丛书，既是我社对2013年～2014年《北京文学》(精彩阅读)和《北京文学·中篇小说月报》发表作品的一次集中检阅，也是这两年间中国文学精品力作的一次集中呈现，值得广大文学读者阅读和收藏。

北京文学月刊社

2016年7月

目　录

晚安玫瑰 |迟子建|

迟子建，女，1964年元宵节出生于漠河。1984年毕业于大兴安岭师范学校。1987年入北京师范大学与鲁迅文学院联办的研究生班学习，1990年毕业后到黑龙江省作家协会工作至今。1983年开始写作，已发表以小说为主的文学作品五百余万字，出版有八十余部单行本。主要作品有：长篇小说《伪满洲国》《越过云层的晴朗》《额尔古纳河右岸》《白雪乌鸦》，小说集《北极村童话》《白雪的墓园》《向着白夜旅行》《逝川》《朋友们来看雪吧》《清水洗尘》《雾月牛栏》《踏着月光的行板》《世界上所有的夜晚》，散文随笔集《伤怀之美》《我的世界下雪了》等。出版有《迟子建文集》四卷、《迟子建中篇小说集》五卷、《迟子建短篇小说集》四卷以及三卷本的《迟子建作品精华》。曾获得第一、第二、第四届鲁迅文学奖，第七届茅盾文学奖，澳大利亚“悬念句子文学奖”等多种文学奖励。作品有英、法、日、意、韩等海外译本。

1

吉莲娜是我在哈尔滨的第三个房东，我认识她的时候，她已八十多岁了。

吉莲娜家住道里区，离中央大街很近。那是一幢米黄色三层小楼，砖木结构，俄罗斯花园式风格建筑，七八十年的历史了。它有着浪漫的坡屋顶、开放的露台、狭长的高窗和平缓的台阶。这座楼在那一带青灰色水泥丛林中格外惹眼，看上去像只悄悄来到河边喝水的小鹿，稚拙纯朴，灵动俏皮。小楼的一层是咖啡店，二三层是住家，总计六户。吉莲娜家在三层，西南朝向。客厅和两间卧室很宽敞，厨房、卫生间和露台虽小，但结构合理，加上高举架，没有局促感。吉莲娜家采光好，又被生机勃勃的花草菜蔬点缀着，一片明媚，可她的脸却像隆冬时节的北方原野，说不出的阴冷。她又高又瘦，不驼背，所以从背影看，很容易把她看成妙龄女郎——当然那是她伫立着的时候；她一旦走起路来，老态毕现，缓慢沉重，一步三叹。

介绍我来吉莲娜家做房客的，是我供职的报社新闻部的首席记者黄薇娜。她在做犹太后裔在哈尔滨生存现状的报道时，认识了吉莲娜。吉莲娜一生未婚，独居，父母早已过世，没有亲人。她年事已高，但生活应付自如，没请过保姆。黄薇娜见她孤苦伶仃的，就说你房子这么宽绰，为什么不租出去一间，家里有个说话的人，不是很好吗？吉莲娜说她与神相伴，不寂寞。就在此时，黄薇娜接到了我的电话，我告诉她我从第二个房东家搬出来了，行李堆在单位的传达室，无处可去，求她尽快帮我找个落脚之地。

黄薇娜知道我与第一个房东闹翻，是因为那个男房东，一个退休了的瘦猴似的老东西，竟然打我的歪主意。有天晚上他老婆出去打麻将，他光着下身，握着一卷油腻腻的钞票，推开我屋门，一把搂住我，说只要我从了他，房租以后减半，还常给我零用钱。我反抗的时候，打落了他手中的钱，挠破了他的脸。那些钱净是两元伍元面额的，看得出是他一点点攒起来的。他哀求我可怜可怜他，说是别看他瘦，这把年纪了，床上的威风不减当年，可他老婆绝经后，不许他碰了，他怕出去找小姐不安全，只好煎熬着，活得好没兴味！他的泪水与伤痕渗出的鲜血混合在一起，整张脸就像个小型屠宰现场，令人作呕。我奋力挣脱他，跑下楼来。我蹲在垃圾箱旁吐了一场，才哆哆嗦嗦地给黄薇娜打电话，连夜搬出。黄薇娜让我报警，我没同意。不是我同情那老男人，而是想到我这样一个姿色平平的女子，本来就乏人问津，如果警方来调查，万一事情张扬出去，猥亵被渲染成强奸，我就成了一团糟烂的抹布，更没人搭理了。

黄薇娜跑新闻，人脉广，与很多房屋中介老板熟悉，很快帮我物色到第二个房东，一个二十八岁的聋哑女，她有个能发音的名字——柳琴。柳琴的父母和弟弟也是聋哑人，他们精通中医，在松花江畔开了家针灸理疗所，生意不错。他们赚了钱后，在新阳路买了套宽敞的房子，一家人在无声的世界中，过得有滋有味的。柳琴自幼怕针，最看不得患者身上扎着银针的模样，所以她二十岁时，自己找了份活儿，在南岗教化广场旁的小学食堂做洗碗工。从新阳路到教化广场，跨越哈尔滨的两个区，柳琴嫌上下班太折腾，就在学校附近租了间房。柳琴的父母一想女儿早晚要成家，租房不如买房划算，因为赚来的钱放在银行连年贬值，而随便的一处房子，都是香饽饽，一路看涨，于是就在南岗安发桥下，给她买了套两居室的房子，离柳琴上班的小学，步行一刻钟便到了。柳琴搬出来后，她母亲放心不下，常来陪伴，后来柳琴的弟弟结了婚，有了孩子，母亲被束缚住了，便想为女儿找个好房客。黄薇娜采访这家私人理疗所时，认识了柳琴一家，知道他们的意愿，所以我从第一个房东家出来，次日就有了安身之所。包括水电煤气在内，一个月只需付柳琴六百块。而在老房东家，每个月要交七百元房租不说，煤气不准我用，水电费要与他们家分摊。

黄薇娜接到我电话的时候，刚做完吉莲娜的访问，正和她在楼下咖啡店小坐。当我说我从柳琴家搬出来时，她还有心思开玩笑："不会是她跟第一个房东似的，非礼你了吧？如今同性恋可挺时髦的！"调侃完，她才问我："你不是跟柳琴处得挺好吗？怎么突然闹别扭了？要知道再找她这么好的房东，在哈尔滨是不可能的了！"我哽咽着告诉她："柳琴要结婚了！我不能住那里了——"黄薇娜万分同情地说："哦，那你只能出来了。"她安慰我说，好房东一定在下一个人生路口等着我，叫我别急，她马上过来，带我去她家先住几天。

黄薇娜与我通完话，对吉莲娜说："真巧，刚劝完您找个房客，我的好友就没住的地方了！"吉莲娜皱皱眉，沉默片刻，开始仔细打听我的情况，老家在哪里，多大年龄了，有没有男友，爱吃猪肉吗，衬衫常换洗吗，睡觉是否打鼾，花粉过敏吗，喜欢听钢琴吗，性格内向还是外向，丢没丢过钥匙，黄薇娜一一做了回答。吉莲娜想了想，说："请她过来一下，让我看看好吗？"黄薇娜赶紧给我打了电话，说是房子可能有着落了，让我快点过去。她还趁着去洗手间，给我发了条短信："一会儿见着她，一定表现得温顺些！你要是住在她家，等于住在了百年前的哈尔滨，老风雅啦！估计她只会象征性地收点房租，你命真好，乌拉！"

时值深秋，我到了咖啡店，开门的一瞬，狂风骤起，将门口那棵榆树树枝上所剩的最后几片枯叶，给摇了下来，有两片正落在我头上。黄薇娜说，幸亏那两片叶子，给我添了彩儿，像别着两枚金发卡。

初见吉莲娜，我有点手足无措。她肤色白皙，穿灰绿毛呢长裙，围一条黑色带银灰暗纹的重磅真丝围巾，灰蓝的大眼睛明亮而忧郁，高挺的鼻梁使她的面部有着迷人的阴影。她装束优雅，而我衣着粗俗。我脸上挂着泪痕，头发蓬乱，穿着红花毛衣，咖啡色裤子，因为搬离柳琴家时匆忙，脚上是紫色运动鞋，按黄薇娜的话说，我就像一只花哨的火烈鸟。

我胆怯地握住了吉莲娜伸来的那只手，哆哆嗦嗦地说："我叫赵小娥。"那一瞬，我想起了赐予我名字的母亲，想起她落葬的情景，泪水奔流。

黄薇娜见我失态，连忙跟吉莲娜打着圆场："您看，我们的名字中都有'娜'字，她的没有，把她羡慕哭了。"

吉莲娜轻声问："是'嫦娥'的'娥'吗？"

我一边抹泪一边点头。

吉莲娜低下头，喃喃自语："我们三人的名字中，都有女字旁，这是神安排我们认识的。"她转而对我说，"小娥，好姑娘是不当着别人流泪的，你要是愿意，两天后就搬来吧。房租我不收，一个月你交两百块，是水电煤气的费用。我不敢保证你能住长，试试看吧。"吉莲娜说完，坐回原位，继续享用她的咖啡去了。

我和黄薇娜面面相觑，不相信好运就这样降临了！我们谢过吉莲娜，从咖啡店出来，刚拐过街角，黄薇娜抑制不住兴奋，当街与我相拥，大声嚷嚷着："我都梦想着住在这样的房子里，你运气太好了，总是出了一家，就进了更好的一家！我可告诉你，她不喜欢有男友的姑娘，所以她跟我打听你时，别的我说的都是实话，只有这点骗她了！记住，千万别带你男友来她家，你们可见面的地方多了去了，公园、饭馆、茶吧、电影院和他租的小屋，哦，要是不方便亲热的话，就去快捷旅店开个房，也用不了几个钱的！"

我说："用不着了，我没有男友了。"

"什么？你又被人甩了？"黄薇娜跺着脚叫着："就他，

武大郎的个头，吃东西跟猪似的呼噜噜直响，一个要房没房要车没车的小公务员，也敢挑三拣四？”

2

我搬到吉莲娜家的当晚，正欣赏客厅的盆栽呢，她忽然拿着一把剪刀朝我走来，说女孩子不该烫头，满头的羊毛卷伺候不好，就是鸡窝，看上去龌龊，建议我剪掉。其实她不说，我也想铲除这团杂草了，因为我烫头完全是宋相奎怂恿的。他说我额头窄，脸过于瘦削，直发使我更显瘦，跟非洲难民似的，烫个头，能弥补面部缺陷，更有女人味。都说女为悦己者容，我便跟他去了一家美发店，受刑似的折腾了两个小时，变成狮子狗模样。黄薇娜对我烫头深恶痛绝，屡屡调侃，最有趣的一次说我是贝多芬转世了。本来我就不爱卷发，现在宋相奎离开了我，剪掉它们，等于跟旧生活决裂，何乐而不为！

吉莲娜让我坐在一把硬木椅子上，给我的脖子苫上一条银灰的塑料布，开始剪发了。剪刀“嚓嚓”响，所向披靡，看来剪刀锋利，而她技艺高超。也就十来分钟，头发剪完了，吉莲娜端详了我一下，点了点头，将我推向洗手间的镜子前。那个瞬间，我觉得自己不存在了，那是我吗？男孩子一样精短的头，发顶微微蓬松，好像有暗波涌动，额角是参差的刘海，掩盖了我的缺陷，小眼睛似乎变大了，鼻子也不显塌了，我好像年轻了十岁，有一种说不出的俏皮！我说："我怎么不那么丑了？"吉莲娜说："头发是女人的魔法库，摆弄好，能让人变漂亮！"我激动万分地大声说："谢谢奶奶！"吉莲娜沉下脸，用湿润的毛巾擦拭着剪刀，说："就叫我吉莲娜吧。"后来我才反应过来，一个终身未嫁的人，永远怀着一颗少女的心，即便她是你祖母辈的人，也不能那么称呼她。

我从未见过像吉莲娜这样养花的人，她把观赏和实用完美地结合在了一起。她所食蔬菜，基本来源于此。露台窗下的长条形木槽中，看似养着金盏菊，其实与花儿并生着的是地榆。客厅窗台摆的三个大泥盆，乍一看，是火红的绣球花、鹅黄的含笑和五彩缤纷的三色堇，但仔细看来，绣球花中有细香葱，含笑中掩映着薄荷叶，而与三色堇争色的还有朝天椒。书柜的吊兰与韭菜为伍，卧室的马蹄莲下匍匐着油绿的碰碰香。吉莲娜一日两餐，与别人不同，她的晚餐是牛奶、烤羊肠、煎鸡蛋、蔬菜沙拉，而早餐却是牛肉汤或是鱼汤，配上面包。她喜欢在沙拉和汤里，撒上自种的香料。而她拌的沙拉，总有地榆的影子。下午，吉莲娜会到楼下咖啡店喝杯咖啡，之后到中央大街买两个马迭尔的小圆面包。还有，她每周去一次透笼街菜市场，买够七天所食的东西。她是犹太教徒，不吃猪肉，尊重她的习惯，我从不带猪肉回去，尽管我那么爱吃糖醋猪排。她喜欢的水果倒是与我一致，苹果和菠萝，所以有时我会多买一些，顺带给她。

我在报社做校对员。如果说报纸是一块块农田的话，我就是除草员。错字病句，是我铲除的目标。不上班时，我爱睡个懒觉。常常一觉醒来，嗅觉苏醒的一刻，闻到的是灶房飘来的香味。吉莲娜见我起来，会问我愿不愿意跟她一起吃点东西，我每次都撒谎说约了朋友，匆匆洗漱后，到外面的小店，吃碗炸酱面或是馄饨。我吃东西的时候，总想着吉莲娜的餐桌上，那镀金的深口蓝花瓷盘中盛着的浓汤，想着那银光闪闪的勺子搅动汤时的情形，她活得实在太精致了。

吉莲娜改换了我的发型后，又教我如何穿衣。她说并不是穿得鲜艳了，人就显得水灵，纯色和冷色调的衣服，反能衬托出青春气。为了证明自己所言非虚，她将一条用了多年的浅灰色羊毛披肩裁剪了，给我缝了一件简单大方的斗篷式外套。我穿上后，单位的人都问这是哪个牌子的衣服，如此洋气。吉莲娜还让我把所有的衣服摊开，告诉我哪件夹克该配哪条裤子，哪件衬衫该配哪条裙子。虽说我的衣服不多，但按她的指点穿戴后，果然增色不少。

吉莲娜有一个镶嵌着六芒星的藤条匣，装着犹太教经书，希伯来文的。她早午晚祷告三次，低声诵读经书。我不懂希伯来语，等于每天在听天书。除了这个习惯，向晚时分，她会在客厅壁炉的钢琴旁，弹奏几首钢琴小品。她的四方形小餐桌与钢琴相连，宛若钢琴飞出的一道音符。我总想，像她这样内心世界丰富的女人，怎么可能没有爱情呢？看她摆放在壁炉上的照片，除了她的家人，就是她各个时期的单人照。从幼至今，她都是个美人。

吉莲娜喜静，话语极少，睡眠很差。我晚上得把居室的门关紧，不然夜深人静时，我发出的香甜鼾声，会使她烦躁。客厅有座无声无息的德国造的挂钟，我以为它坏掉了，有天问起她，她摇着头对我说挂钟好好的，可她上了年纪后，受不了它的嘀嗒声，将其停了。她盯着我的眼睛，认真地说：“我不敢让它再走起来了，你想它停了这么多年，憋了一肚子时间，万一它死脑筋，把原来的时间都补给我听，我的耳朵还不得让它给整聋了啊。”我以为这只是她的幽默，可看她的表情，平静诚挚，不像开玩笑。在某些时刻，她仿佛生活在童话世界中。

我和吉莲娜很快产生了矛盾。有一天我洗了内衣内裤，见太阳好，便晾在露台上。吉莲娜看见，呵斥我收回来，说那是不礼貌的，露台是摆花儿的地方，那儿的晒衣架只能晒晒台布、床单和衣服。我顶撞她，说妇科医生说了，女孩子的内衣内裤，最好在阳光下晾晒，杀菌，有利于健康。吉莲娜指着门说："那你就去别人家的露台晒吧！"

她下了逐客令，我只好把湿漉漉的内衣内裤收回，用方便袋兜起来，塞进行李箱。我边收拾行李边哭，觉得自己太不幸了！在这座城市，我没有亲人，没有相爱的人，没有钱，没有自己的一间屋子，我就是一只流浪的猫！如果房东将我赶出去，我不知道明天会在谁家的屋檐下栖息。吉莲娜见我真的要走，叹了口气，拿出手帕，帮我揩干眼泪，将我装内衣内裤的方便袋从行李箱中拎出，又晾晒在露台上，不由分说地拉着我下楼。她下楼梯的时候，膝关节发出“咔——咔——”的声响，好像那里埋藏着斧头，把她的腿当柴来劈着。我们下楼后，她把我拽到马路对面，指着她家的露台让我看。哦，内衣内裤挂在那儿，一派站街女的味道，的确不雅。我当场认错，说我出生在克山的一个小村，小时家里洗衣服，无论内衣内裤还是外衣外裤，从来都是混搭着，晾在院子里一根晒衣绳上。吉莲娜怜爱地抚摸了一下我的头，说：“在城里，屋子是自己的，露台却不完全是自己的，得顾及路人的眼啊。”

刚入冬的哈尔滨，最让人厌烦。供暖期一开始，这座城大大小小的烟囱就呼呼往外喷煤烟。如果赶上气压低，烟尘扩散不开，城市就像戴着一顶钢青色的帽子，阴沉沉的，叫人不爽。这样的日子，吉莲娜会犯气管炎，一天到晚地咳嗽。她犯咳时，若是刚好在客厅侍弄花草，我会帮她捶捶背，递上一杯水。吉莲娜肩膀颤抖，脸色发青，我真担心她会一口气上不来。她很少说话，可一旦咳嗽起来，在咳嗽的间隙，总会颤声颤语地感慨：“过去的哈尔滨，哪是这样的天啊！”我便问她那时的天什么样，她有时说“没黑烟”，有时说“阴天都是透明的”，有时说“那时的烟不呛嗓子”，有时说“一年没多少日子没蓝天”，有时说“天上什么飞鸟都有，不像现在，乌鸦都不来了”。总之，回答都很简短。

我和吉莲娜的第二次冲突，就由她的咳嗽引起。有天她给花盆松土，突然又咳嗽起来，我便劝她，最好把香草类植物拔掉，我听说养此类植物，容易刺激人的中枢神经，诱发哮喘，对呼吸不利。吉莲娜说：“家里没有香草，神都嫌污秽。”我笑了，说：“这世上哪有神呀！要是有的话，神也是势利眼！”我说那些贪官污吏过得衣食无忧，平平安安；没能力的善良穷人，日子过得紧紧巴巴，处处受欺负。比如我都二十五岁了，参加工作三年了，没房，没疼我的人，买不起好衣服，不知高档饭馆什么滋味，也没闲钱旅游，都没出过省！可我的一个大学同学，就因为她父亲是官员，一毕业就有好工作，结婚时有房有车。就说买衣服，人家去的是新世界、百盛、松雷和远大，我去的，是和兴路价格低廉的服装城和道外夜市的小摊床！别人看报纸盯着影星见面会、歌星演唱会、新的美容产品和时尚家居的消息，我盯的是打折促销商品的广告！所以我不相信这个世界有上帝，不相信有神！

我真是个猪脑袋，一激动，说了最不该说的话。即便多不如意，也不该对这样一位饱经风霜的老人发泄。我向她一再道歉，诅咒自己该下地狱。吉莲娜撇下花铲，瞟了我一眼，轻轻说："你心中没神，怎么能相信有地狱呢？不知道真有地狱的人，也不会有自己的天堂。"她关了客厅的灯，摸着黑回到卧室。很快，那里传来诵经声。

我和吉莲娜的第二次不快，引来了我的第三场恋爱。

3

吉莲娜一连多日不理我，我下班后，在外面对付一口，便四处闲逛，挨到九点才回去，这通常是她上床的时刻了。

为了安全，那段时间，我几乎夜夜去中央大街和斯大林公园，那儿人多，热闹，而且离吉莲娜家近。毕竟是冬天，在户外时间长了，脸颊会被冷风刮痛，我只好溜进商场或影院取暖。

有天晚上，七点四十分左右，我在松花江畔的一家俄罗斯工艺品商店，看见一个瘦高男人在买烟斗，他倾着身子在柜台前挑选，全神贯注，全然没注意到身后的小偷像壁虎一样贴过来。

我对商场的贼有着天然的敏感。他们跟我一样不买东西，但我的目光漫无目的，他们的却在购物者身上。买烟斗的男人斜挎着一个高粱米色的涤纶布背包，未等他付账，小贼已飞快地用刀片划开背包，窃取了钱包。他得手后，装着若无其事往外走时，我大喝一声“抓小偷”，一把揪住那小东西。他看上去也就十六七岁，个子不高，很瘦，染着黄毛，没戴围巾，脖颈上文着一只蜘蛛，感觉那蜘蛛终日吸着他的血，他才如此孱弱苍白。他想挣脱我跑掉，可是来不及了，买烟斗的男人意识到被偷，鹞鹰一样扑过来，与我合力将其制伏。小贼跪在我们面前求饶，说是他父亲死了，爷爷瞎了，母亲瘫了，妹妹得了白血病，家里穷掉底了，没钱看病和吃饭，他失了学，迫不得已这么干。贼被捉的时候，往往都谎话连篇，恨不能把全天下的灾难都安排在自己身上，博取同情。

商场的保安闻讯赶来，报了警。警察到后，小贼的唇角竟浮现出笑意。警察简单询问了事情经过后，将钱包还给瘦高男人，将贼带走。小贼离开犯罪现场时，狠狠地瞪了我一眼，嚣张野蛮地骂道：“等我出来干死你！”

没等我回答，被偷的男人回敬道：“那得看你那小玩意儿长没长硬！”

围观者笑起来。

我和瘦高男人一起走出商场。

“我叫齐德铭。”他向我伸出手来，“太感谢你了！钱包的钱倒不多，三五百块，可是身份证和银行卡都在里面。银行卡丢了得挂失，而我明天赶早班飞机去上海，没了身份证，登不了机，可就耽误大事了！”

我说：“不客气，要是你看到贼偷我的东西，也不会袖手旁观的。”

谁料这个叫齐德铭的男人却说：“未必！”

他的回答让我不快。我告别他，兴味索然地往回走，齐德铭却追上来，坚持要送我。

我说：“不必了，我住的地方离这儿不远。”

“那可不行！”齐德铭认真地说，“我担心那小贼，现在已经被放出来了。”

“怎么会？”我说，“他偷了东西，也许是惯犯，他是有罪的！”

齐德铭叹了口气，说：“你没见他见着警察时，偷着乐了吗？他肯定认识那个警察！听说有的小偷按月给包庇他们的警察好处费，还有那个警察嘴里呼出酒气，不知在哪里刚喝过，谁能信任他呢！”

“他们敢把他放出来，我就敢把他再送进去！小偷不是分片行动吗，他还得在这一带活动，跑不出我眼皮子底下！”我跺着脚发誓。

齐德铭笑起来，说：“为了安全，他们也搞异地交流，或许早换到别的地段了，你就别想做便衣警察了！”为了让我相信他的判断，他对我说，警察带走贼时，应该叫我们一起去做笔录，因为我们一个是受害者，一个是目击者。治贼以罪，要取决于我们的证词。连正常程序都懒得走，草草收兵，只能说明他们之间有猫腻。

我无语了。齐德铭接着说，这贼万一有同伙，他被捉的时候，同伙可能就在现场。如果贼的同伙跟踪我，伺机报复，那就麻烦了。所以，他必须送我回家。

我说：“他们爱报复就报复吧，我也活够了！只是别把我弄得半死不活的就好。”

齐德铭吓唬我说：“他们报复女人，不会要你的命，而是要你的色！”

我害怕了，默许他送我回去。

齐德铭在送我的路上，接听了两个电话。他接第一个电话时有点不耐烦，说：“领导，您都交代两遍了，我又不是儿童，您放心好了，心里有谱，不会上当的，明天到了上海，一有结果我就给您电话！”他挂断电话后嘟囔了一句，“看来男人也有更年期，真磨叽。”他接第二个电话时很愉快，看来是好友打来的，他得意洋洋地炫耀自己今晚运气好，刚在俄罗斯工艺品商店，一个毛头小贼将他钱包偷了，却被一个女孩给当场夺回，一文未失！他开玩笑说：“都说是英雄救美，可我齐德铭命好，是‘美救英雄’啊。”

齐德铭接电话的态度，让我联想起刚与我分手的宋相奎。宋相奎是政府机关公务员，每次领导来电话，哪怕是走在街上，他也要毕恭毕敬地立定，满脸堆笑地接听。“是，领导，您放心，一定照办”是我常听到的他回给领导的话。宋相奎对领导这般谦卑，可他见着比自己职位低的同事，完全另一副嘴脸。他职级正科，有一次我们在兆麟公园看冰灯，碰到他们处的一个科员，人家跟他打招呼，他挺着腰，哼哼哈哈敷衍，高人一等的样子。我责备他对同事不热情，他反驳我，说机关就是培养奴才的地方，一级一级的，他是别人的奴才，比他低的，就得做他的奴才，不然他会被憋死！我们争执的时候，那位科员气喘吁吁地追上来。原来他跑回入园处，为我们买了两串糖葫芦。宋相奎接过糖葫芦，待那人走远，得意地对我说："现在明白了吧？不是我非要做他的主子，他比你低，就自甘当奴才了。"我没有接宋相奎递过来的那串糖葫芦，在我眼里它就像一串鲜红的泪滴。宋相奎一赌气，把两串都吃了。观灯本来是奔着光明去的，没想到最终弄得满心灰暗，不欢而散。

齐德铭对待领导没有低声下气，让我对他陡生好感。他接完第二个电话，我说："你一定不在机关工作，是吧？"

"你怎么知道？"他在温柔的灯影中，调皮地冲我伸了下舌头，"我哪儿不懂规矩了？"

我笑笑，没说什么，他也不追问。路过马迭尔冷饮厅时，齐德铭忽然停下来，说："咱们一人来一支奶油冰棍儿怎么样？"

马迭尔的冰棍儿久负盛名，奶油味十足，口感极佳。即便冬天，仍有市民站在寒风中吃冰棍儿，成为中央大街的一大奇观。

冷饮厅前站着两对恋人，都在吃冰棍儿。有一对只买了一支，你一口我一口的，甜蜜极了，羡煞路人！另一对虽是一人一支，但女孩满面幸福地依偎在男孩怀里，好像有了这样一个胸口，冰棍儿和寒风，都没什么可怕的了！我只吃了一支便浑身哆嗦，齐德铭意犹未尽，又要了一支，说是小时候断奶早，见着冰棍儿就像见着亲娘了！为了不耽误时间，他边走边吃。等他吃完，我也到了。他站在朦胧的路灯下，看了一眼我住的地方，吃惊地问："你家住这儿？"我摇摇头，告诉他是租住。他"哦"了一声，嘱咐我最近出门要小心，万一被贼盯梢了，就给他打电话。他从上衣口袋掏出名片夹，摸出一张给我，看着我进了楼门。

我进门的时候，九点才过。刚进卧室，还没来得及换上睡衣，就听见吉莲娜从她房间出来了。她将门打开，关上，窸窸窣窣地重锁一遍。她常常在我晚归锁好门后，再折腾一回。我想除了她认定我是个马虎女孩，还因为她不放心外人。虽说我是房客，可在她内心深处，我也许是个入侵者，她得时刻警惕着。

我打算搬离她家了。不是住在老房子里，做的就是美梦。

这次我没求助黄薇娜，放着不需交房租的漂亮洋房不住，另觅他处，她肯定会说我的脑袋让驴踢了。

可是租房子并不顺利。独套的房子我租不起，哪怕是一居室，只要在二环以里，价位都在一千二三，那是我半个月的工资了。而合租的房子，要么地段不好，要么要价过高，要么同租者让人不能信任，始终找不到合适的。正当我犯难的时候，齐德铭出现了。

那天下着大雪，全城交通拥堵。我下班后，在单位附近的一家小店吃了半打水煎包，步行回吉莲娜那儿。哈尔滨的冬天，天黑得早。但到了下雪的日子，白昼似乎被拉长了。主城区的灯火，将雪地映照得泛出白光，看得清行人的脸。我的单位在霁虹桥下，离吉莲娜那儿只有两站地。即便不下雪，公共汽车比较空，我也选择步行。如果没记错，那是冬天的第三场雪了。雪花适应了大地的寒冷，不像初来时那么绵软，带着股锐不可当的气势，下得豪放。我喜欢雪，因为大地上跟我真正亲密的伙伴没几个，而飞雪时刻，从天庭下来了一群好伙伴，它们跟你没有敌意，没有陷害，没有嘲笑，它们温柔地亲吻你的脸，就像天堂的微光照耀着大地的尘土，让你的心跟着欢愉起来，澄明起来，舒展起来。我尽享着雪花降临带来的快意，不舍得把路走完。

“哎——丫头——”正当我越过马路，奔向那座小洋楼的时候，一个男人跟我打着招呼。我走近一看，竟是齐德铭！他穿着白棉服，就像矗立在路边的一根灯柱！

他见着我，把手中还闪烁着红光的香烟掐灭，说："我都抽了三棵烟了，你下班怎么这么晚？"

"我在外面吃过饭才回来。"我说，"我租的房子不能做饭。"

"哪个房东这么狠毒，连煤气都不让使？你付费不就是了嘛！"他愤慨着，以老朋友的口吻对我说，"你饱了，可我等你等得肚子都饿瘪了，你得陪我吃饭去！"

见我没搭腔，他立刻说："我来买单！"

那一刻，我确实是因为自己微薄的钱袋而踌躇了一下。

我说："九点前我必须回来。"

"房东这么早就睡？"他笑着说，"在南方，晚上九点，夜生活刚开始。"

我们就近去了避风塘。也许是雪夜出行不便的缘故，这家平素生意不错的餐馆，那晚没几个人。齐德铭点了炒蟹、口水鸡、豉汁蒸凤爪、腊味煲仔饭。他自称是个吃货，若是心情不好，只要一顿美食，就会云开日朗。我说这点我和他一样。虽然水煎包还没消化，禁不住美食的诱惑，我还是拿起筷子。齐德铭说天冷，要了半斤烫热的花雕酒，我们边吃边聊。

齐德铭说他去上海时，为我提心吊胆的，一见陌生来电，就以为是我的求救电话。一直到他出差回来，都没接到我电话，他认为小贼没有报复我。可今天下雪的一刻，他突发奇想，万一我被贼给弄死了呢？也会是无声无息的。他为我担心，又没我电话号码，只好来我住的地方等候。

"你不会把我名片扔垃圾桶了吧？"他问。

"没有。"我如实说，"其实有天我有点事想求你，号码拨到一半，想想你可能早忘了我，就没打那个电话。"

齐德铭放下筷子，用纸巾擦了一下唇角，定睛看着我问："什么事？"

"看你名片，知道你是制药厂的销售副经理。你接触人多，我想问你，能不能帮我租一间屋子？一个月五六百块钱，房东要好，地段不要太偏远的。"

齐德铭爽快地说："要不是你从小偷手里夺回钱包，第二天我就不能到上海。如果不那天去，我就失去了签下一笔大订单的机会，所以说我欠你的！租房子的事儿，就交给我吧。"他让我留下电话号码，说是一有消息就告诉我。

从避风塘出来，雪已停了。齐德铭要送我回去，我没推辞。中央大街行人少了，路面就显得宽阔起来。老天在雪天扮演了漆工的角色，把能抹白的地方都抹白了。快到我住处的时候，齐德铭在路灯下看了一下手表，说："还差十分九点，你不会挨房东的骂了。"

我说："她倒不骂我，就是不搭理我。"

"肯定是个又老又丑的女房东！"他说。

我笑了，跟他挥挥手回楼了。

我蹑手蹑脚地进门，打开门厅的灯，换上拖鞋。当我走进卧室的时候，发现书桌上摆着一碗热气腾腾的姜汤，吉莲娜在便笺上留下这样两句话："小娥，雪天寒气大，把姜汤喝了吧。天短了，外面乱，早点回家。"她的字清丽瘦削，曲曲弯弯，就像飞扬的音符。

那碗姜汤和便笺上的"回家"二字，把我留在了吉莲娜身边。

4

我的第一个男友，是大三时在室友们的起哄下谈的。确切地说，他是被姐妹们当作一件便宜货，硬塞给我的。她们都说："赵小娥，都大三了，还不找个男朋友！大学不谈场恋爱，等于白读四年！"她们就像考古工作者，四处寻觅“古迹”，把陈二蛋发掘出来。

还不知道陈二蛋是哪个系的，学的什么专业时，一听他这名字，我就摇头，说要是嫁给他，按照我们当地的说法，我就是“二蛋家的”，实在受不了！其中一个小姐妹教育我说，二蛋怎么了？说明他性功能健全，要是一个蛋的，你敢跟他吗？她的话，让整个寝室的人都笑翻了。

陈二蛋与我同校，哲学系的，也是大三学生，比我小一岁。他家在南方，问他具体哪个省份，他咬着舌头文绉绉地说：“长江以南。”我们说长江以南的地方多了，到底是哪儿的？他依然是咬着舌头说：“都是尘土里来的，分什么东南西北啊。”

我身高一米五七，陈二蛋一米六二，我们都瘦瘦小小的。我小眼睛，尖下巴，发质有点焦枯，陈二蛋也是。我们甚至连气色都相近，脸颊像贴着黄表纸，一看就是营养不良。陈二蛋和我都来自农村，他父母在家种地，哥哥大蛋外出打工，供他上学。而我父母双亡，我上大学，也是跑运输的哥哥供着的。所以我和陈二蛋，对哥哥都有深厚的感情。由于手头拮据，我去食堂拣最贱的饭菜打，使最便宜的牙膏、洗衣粉和卫生巾。衣裳破了，补上接着穿。怕身体出毛病，而没钱医治，我坚持长跑，所以大学四年，我连感冒都很少得。在学业上，我的功课在系里处于中上游。陈二蛋在这些方面与我相反，他不喜欢运动，说是跑步的人要是在他们老家，会被当成疯子。没有急事，跑什么呢！尽管他很用功，可成绩平平，每学期都有挂科的科目。他后悔选择了哲学，说这个专业培养的是真理者，而他是个糊涂虫，脑筋不够。

陈二蛋木讷，说话实在，心地纯洁，给我们寝室的姑娘们带来了无穷的快乐。比如李玲问他："你说我穿花衣服好看吗？"他答："怎么穿也没有孔雀穿得好看。"张颖梅问他："你喜欢尼采还是海德格尔？"他答："都不喜欢，他们的书，我读了脑瓜仁疼。"只要他一来，我们寝室就会笑声不断。大家殷勤地给他让座，递上吃的东西，香蕉、果冻、牛奶或是饼干。陈二蛋每次享用的时候，总是不安地看着我，像个可怜巴巴的孩子，生怕我嫌他给自己丢人了。他知道我缺营养，有次吃红富士苹果，他舍不得，轻轻咬了两口，便悄悄揣进兜。出了寝室，他拉着我走进校园的小树林，掏出一把小巧的折叠刀，削去苹果上的齿痕，送到我嘴里。他告诉我，别看他买不起水果，但嘴上没怎么亏着。校园的长椅或草坪上，常遗落着那些家境好的同学吃剩的苹果或梨子，他随身带着小刀，将它们削一削吃了。他的话和那大半个苹果，吃出了我的泪。我对他说："陈二蛋，这辈子我就是你的人了！"他慌张起来，愁眉苦脸地说："这么大的人给了我，九十来斤呢，我咋养活呀。"弄得我哭笑不得。

我和陈二蛋处了大半年分手了。那年春节他从老家回来，开始冷淡我。我问他是不是有了新女友，他坦诚地告诉我，春节带了张我的照片回家，他父母看了，愁得年都没过好。他们嫌我单细，小脸盘，没福相；还说我胯骨小，恐怕生育上有问题。陈二蛋为难地解释，虽然跟我有了感情，可是万事孝为先，老婆可以不讨，但不能不遵从父母的意愿。就这样，我们和平分手了。我准备考研，而他厌倦了大学生活，说是一拿到毕业证，就奔回家乡。我们虽在一所大学，可一旦分手，不再约会，就像两颗行星，看似并行着，却有着各自的运行轨道，一连仨月都没碰到过。陈二蛋如愿毕业了，而我考研和考公务员接连失败。

陈二蛋离开哈尔滨的前夜，约我去太阳岛渔村吃鱼。他那天喝了半斤白酒，一出鱼馆就把我拉到丁香丛中，在无人的地方，抱着我哭了一场，连连说人生好苦呀……弄得我满脸都是他的眼泪和鼻涕。我们乘末班公交车穿过江桥，回到市区的学校，他递给我一个厚厚的信封，说是等他离开哈尔滨后再看。我没听他的，当晚回到寝室，就撕开信封。信瓤里是一沓面额不等的人民币，有百元大钞，也有一元两元的零钞，数了数，一共九百块。还有一张信笺，陈二蛋写道："小娥，我永远记着白桦树下的那个夜晚。我对不起你，这点钱是我从嘴里省下来的，微不足道，都说医院能做处女膜的修复手术，你再添上点，去做个吧，将来找个好人家！"我想起了那个晚夏的夜晚，我和他在校园的白桦林里偷吃禁果的情景。我们都是初次，慌里慌张，再加上一只老鼠扮演夜巡的警察，突然蹿过，吓了我们一跳，没有淋漓的快感。事后陈二蛋怕我怀孕，担惊受怕了一个月，直到我月经如约来潮，他才嘘了一口气。为了纪念那个夜晚，他写了四句诗："你看着天上的星星，我看着你眼里的星星；天上的星星是你的金戒指，你眼里的星星是我的皮带扣。"陈二蛋这首富有喜剧色彩的情诗，让我笑出了泪花。

我在陈二蛋启程之际，赶到嘈杂的火车站，将九百块钱还给他。告别时刻，陈二蛋突然热切地对我说："等你长胖了，脸圆了，屁股大了，一定拍张照片寄给我，让我父母再看看！”他的话，让我在告别他后，连头也没回一下——谁会为这样的男人再回头呢！

最终我还是通过考试，应聘到哈尔滨一家发行量不错的市民报。本来我报考的岗位是记者，可是报到时，社长说有个校对员休产假了，让我先顶一下。在报社，校对员跟清扫员差不多，没人待见。但我喜欢这个工作，因为挑错字是我的强项，与各色采访对象打交道，我却力所不及。那位校对员休完产假调走了，我便坐稳了校对员的岗位。黄薇娜是报社文字功夫首屈一指的记者，读她的稿子最畅快，几乎没错可挑。我曾当着众记者对黄薇娜说：“报社的记者要是都跟你一样，我就得失业！你的稿子可以直接下印刷厂。”从此后黄薇娜成了我的好友。记得我把初恋说给她听时，黄薇娜叼着烟，恨恨地说：“妈的，一个豆芽菜似的二蛋，还敢甩女朋友！把那小子的地址给我，回头我让物流公司送上一头肥母猪，附上一句‘新娘驾到’，恶心死他！”

我一搬到柳琴那儿，就在网上认识了宋相奎。我们先是在 QQ 上聊，觉得投缘，便见了面。宋相奎圆脸，小眼睛，塌鼻子，厚嘴唇，初看是个忠厚的人。他见了我，吧唧一下嘴，说：“怎么比我想象的小一号啊？”他是指我的瘦小。我也没客气，回敬他：“怎么比我想象的也小一号啊？”宋相奎个子很矮,胖乎乎的,腆着个啤酒肚，他乐了，说：“这不就般配了嘛。”

宋相奎也是外县人。他在政府机关工作，待遇比我好，工薪比我高，按理说有能力租独套的房子，可他也是与人合租。宋相奎父亲早逝，母亲身体不好，哥哥三十好几了，因为残疾，一直没娶上媳妇，靠几亩薄田和两头奶牛维持生活。宋相奎心疼母亲和哥哥，处处俭省，每月寄回八百块钱贴补家用。说真的，宋相奎对家人的好，让我死心塌地跟着他了。想着进了他家门，成了他的亲人，他也一样会对我好。

我们相处三个月后，与宋相奎合住的房客去广东出差，那几天我便住在他那儿了。记得我们在一起后迎来的第一个黎明，我心情愉悦地将精心做好的早餐捧上餐桌时，宋相奎却没有表现出相应的热情。直到三天后我离开那里，才明白他为什么不快。他在送我去公交车站的路上，突然问：“你的第一次跟的谁？”我想我没必要隐瞒，告诉他是大学的初恋男友。他又问：“为什么分手了？”我说：“他回南方了，而他父母嫌我单薄，没相中我。”宋相奎怪异地笑了一声，问：“还联系吗？”我说：“没有。”宋相奎便用手指在我脸上刮了一下，说：“这就好。”我以为审讯到此结束了，谁料到了公交站台，他又把嘴凑在我耳边，小声问：“为他堕过胎吗？”我摇摇头。他拍了一下我的肩膀，哈哈大笑着，说：“看来并不是所有的种子都能发芽的！”

宋相奎的言行激怒了我，我没想到他那么在意那层膜儿，看来陈二蛋当初的担心是有道理的，最了解男人的还是男人。我开始疏远他，可他却像什么事都没发生似的，依然每天发短信问寒问暖，我不回复，就去我住的地方，咣咣敲门，喊：“小娥，我是宋相奎，开门！”我当然不理他，反正柳琴听不见。宋相奎不屈不挠，我不开门，他过两天还来。直到有一天下着大雨，我从门镜看见敲门的他，被雨淋得直打寒战，才开了门。

我们相恋两年后，宋相奎突然告诉我，他爱上别人了。而我做梦也没想到，这个别人，竟是柳琴！我蓦然想起，有次下班回家，我打开门，发现不光柳琴在，宋相奎也在。问他怎么进得了门，他说来时，正好柳琴出门倒垃圾，碰上了。而事实是，那天屋里的垃圾桶是满的，还没清理。我当时没怀疑他们，因为我不相信宋相奎会喜欢上一个聋哑人。

我们情感的最终破裂，始于对婚姻的向往。

那年春天，我和宋相奎想结婚了，可房子杳无踪影。我的单位不可能分配到经济适用房，宋相奎的单位虽有这待遇，可他工作年限短，职位低，近年还轮不上。我们商量好了，暂时租房住，等经济适用房下来，一步到位。在选择租房地段时，我和他发生了争执。我倾向于市中心小户型的房子，上班方便，而他看上了亚麻厂附近的一套小三居，说是租金少，敞亮，上班多换两路车就是。可我不想每天把两三个小时浪费在上下班路上。我们争吵不分场合，有时在大街上，有时在柳琴这里，有时在快餐店。吵得最凶的那次，宋相奎恶狠狠地说："干脆分手算了，你他妈住坟里也跟我无关了！"我立刻回敬道："我同意，找个男鬼都比你强！"宋相奎又说："你这种女人，在我们那里都得烂在地里，哪有女人不服从男人的！"我说："那你就回老家，找那种没烂在地里的女人啊。"宋相奎气得两眼冒火，恨不能把我吃了。

这场最伤感情的争吵之后，我们生分了不少。我们不再提结婚的事情。偶尔聚在一起时，话语少了，也不再亲热了。深秋时分，宋相奎跟我提出了分手，说他爱上了柳琴。他厌倦了争吵，而柳琴永远不会用言语伤害他。看我一脸讥讽的样子，他说："千万别往房子上联想啊，我图的不是这个。"

我租住的地方，即将成为他们的婚房！我卷起铺盖时心如刀绞，发誓不再找男友了，可是命运让齐德铭出现了！一个周末的下午，天很冷，齐德铭打来电话："哎，丫头，房子我帮你租到了，晚上带你看房怎么样？顺便请你吃晚饭。"我告诉他，我和房东和好了，不需租房了。齐德铭说："那你怎么不告诉我？"我撒谎说："我正要打电话跟你说的。"齐德铭说："那怎么办？我都跟房东约好了！这样吧，你还是跟我去一趟，之后我就说你没相中那套房子，不然我怎么好回绝人家呢！"我只好答应了。

齐德铭带我看的房子，在南岗区中山花园，是一幢面向马家沟河的高层住宅。乘电梯上楼时，我一阵晕眩。齐德铭看出我的不适，关切地问："你恐高？"我说："有点。"他说："幸好不太高，十一层。"我们从电梯下来，走向西南向的一扇钢青色的铁门。当他掏出钥匙开门时，我吃惊地问："你怎么有房东家的钥匙？"他笑而不答，进得门里，才对我说："从现在起，我就是你的房东了。

你不必交房租，随时来住，随时可走，没有租期！”

我晕头晕脑，不知所措。他将一套钥匙交到我手上，然后引我入厨房。只见银灰色的大理石灶台上，摆着几盘半成品的菜。齐德铭将一条蓝白格子围裙扔给我，冲我眨着眼睛，说：“不介意吧？我想看看你厨艺怎么样。”

我知道扎上这条围裙，就是他的厨娘了。

5

我和齐德铭相恋的那个冬天，哈尔滨的雪比哪一年都大。雪是恋人的福音书啊。一到下雪的日子，我就跟吉莲娜说在单位加班，晚上回不去了。冬季天黑得早，没等我们下班呢，太阳先下班了，它四点来钟便落了。我喜欢迎着飞雪，踏着乳黄的灯影，步行到齐德铭那儿。跨过霁虹桥，穿过喧闹的火车站，离西大直街的家乐福超市就不远了。每次约会，我都要先到家乐福，为雪夜的晚餐做准备。十二月的哈尔滨，气温降至零下二三十度。怕蔬菜冻伤，我用的是丝绵的菜兜。从家乐福到中山花园，步行十多分钟就到了。齐德铭喜欢红烧肉和糖醋鱼，蔬菜中最得意的是菠菜和西红柿。天地苍茫，可我菜兜里姹紫嫣红。那样的夜晚，我们吃过饭，洗过澡，便奔向床了。雪夜的床是颗大蜜枣，彻头彻尾的甜。

齐德铭比我大三岁，母亲早逝。他有个妹妹，在澳大利亚留学。他父亲的人生跌宕起伏，富有戏剧性。曾是一家大型私企副总的他，栽在一场酒局上。有一年他陪同几个南方客商吃饭，酒过三巡，一个客商说跟东北人做生意真好，东北人傻，不计较小钱，随便签个单子，就有赚头。齐德铭的父亲一听这话火了，与之争执起来，最后动了手。他借着酒劲，将酒瓶砸向那个客商的脑袋。就这一下，把两个人打进深渊。南方客商虽说没成植物人，但脑力不济，整日昏沉，而且视神经受损严重，成了半瞎；齐德铭的父亲赔尽家底不说，还坐了四年牢。他出狱后，原来的企业早没了他的职位，他只能二度创业。凭着丰富的从商经验，他在银行贷款，先在南岗开了家物流公司，三年后还完贷款，用赚来的钱，又在道外开了家印刷厂。他在狱中结识了不少因贫穷铤而走险的罪犯，深切同情他们，所以他公司和厂子招募的，多是刑满释放人员。齐德铭说父亲常挂在嘴边的话是："给他们活路，谁会往死路上走？"

齐德铭提起父亲，有股崇拜之情，每周要去探望他一次。我问他是否有继母，齐德铭说："这些年来，我爸身边没断过女人，可他从没考虑过再婚，我想他还是忘不了我妈吧。他在狱中那几年，我每次探监，他嘱咐我的事儿，都跟我妈有关。三月去看他，他让我清明节时，别忘了给我妈的墓地供红皮鸡蛋，再插上一枝柳，这都是她喜欢的；夏天去看他，他说七月十五的时候，别忘了在松花江上给我妈放盏河灯，河灯里撒上几粒玉米，我妈最爱玉米了，说玉米是粮食中的星星；等到冬天探监时，他老早就提醒我，进了腊月就给你妈上坟去吧，多烧点纸钱，别让她在那边穷着。他对我妈的好，一直没变，所以我老觉得妈妈没死。”我问齐德铭他母亲是什么样的女人，能让他父亲这么生死不忘。齐德铭说，他妈妈并不漂亮，也没工作，就是贤惠。齐德铭的爷爷肝癌晚期时，他父亲忙于商务，伺候老人的任务，就落在了他妈妈肩上。足足俩月，这个孝顺的儿媳，没黑没白地守在公公的病榻前，直至老人平静地吐出最后一口气。齐德铭告诉我，葬完爷爷，烧头七的那天，他母亲突发心脏病去世，谁都明白，她是伺候公公累死的。我以为齐德铭的爷爷和母亲脚前脚后走，一定埋在了同一块墓地，齐德铭摇头说：“我爸恨我爷爷，说你死了，还要把我媳妇给带走，太自私了，还指望着她在那里伺候你啊？我可不能让她累死两回！”

我打扫齐德铭的房间时，发现了女孩子留下的痕迹。卧室衣柜的抽屉里，在一沓白衬衫中，夹着一件银粉色的女式衬衫，尺码很小，看得出那个女孩也是娇小玲珑的；玄关的衣帽架里，有一副女式手套，大尺码的，感觉与那件银粉色衬衫，不是同一个主人；洗浴间的一个旧牙缸里，有一只小巧的湖蓝色蝴蝶夹，发夹镶嵌着亮晶晶的水钻。齐德铭也不避讳，告诉我他谈过三个女友了。至于为什么吹了，他没说，我也无从猜测。

吉莲娜对我频繁加班，终于产生了怀疑。一天晚上，她祷告过后，来到我房间，说：“你要是有了更好的住处，就搬走吧，咱们两下方便。你不回来住，虽说提前打了招呼，可夜里走廊一有脚步声，我就以为你被人赶出来了，总得起床看看。你也知道，我睡眠本来就不好。”

吉莲娜的话令我感动，但我还是撒了谎，说：“单位年底忙，除了校对，我还干点采编的活儿，所以常加班，等过了年就好了。”说这话时，我结巴着，脸也红了。

吉莲娜咳嗽了一声，说：“你每次加班回来，身上的味道可不怎么样！”

齐德铭烟吸得厉害，跟他在一起，等于钻进了烟道。

我明白吉莲娜那高高隆起的鼻子，就像测谎仪，依然像年轻人那么灵敏。我低下头，轻声说：“对不起，吉莲娜——”

“他是做什么的？”吉莲娜单刀直入地问。

我只能如实交代了：“制药厂——做销售的。”

“你是怕将来得病没药吃？”吉莲娜说完，温柔地笑了，再次原谅了我。

我知道吉莲娜七十岁之后，不再去医院看病了，药也极少吃，她说她把生命交给神了。

而我还年轻，年轻的生命爱把生命交给人，虽说往往交付错了。

我不想离开吉莲娜，我和齐德铭相处太短，发展过快，是否真爱，有待考验。毕竟他各方面的条件，都优于我。我怕有一天他会像宋相奎一样，突然提出分手。

从那个夜晚开始，吉莲娜每隔三五天，会给我讲一段犹太经书，大约觉得我身上的浊气，需要散发着清洁之气的故事才能洗净。因为耳朵灌满了经书内容，有天晚上，我竟然梦见了摩西！摩西半人半神的模样，一袭银白色长袍，一头飞瀑似的长发。他的长袍像月光一样柔软明净，发丝则如阳光般热烈灿烂。他的嘴里不断地喷出清凉的春水。我把梦说给吉莲娜时，她正提着奶壶倒牛奶。她显然被这个梦惊着了，牛奶倒在杯子外了。

我梦见摩西的那个周末，齐德铭要去兰州出差。想到西北风沙大，我特意买了件湖蓝色抓绒衣，嘱咐他冷时加衣。他出发前夜，我打开旅行箱塞抓绒衣时，发现了两样让我不愉快的物品：一盒避孕套，还有一件寿衣。

一开始，我并不知道那是寿衣。只见旅行箱的尼龙网扣夹层里，有件鲜艳的缎子衣服。对于衣服，我本没那么大的好奇心，可因为发现了避孕套，心里刺痛，不好质问他，只能以衣服为借口，将话题引向旅行箱，希望他自觉做出解释。

我故作轻松地问："齐德铭，你旅行箱里怎么有件缎子衣服呀？那可是地主穿的，你不怕把自己穿腐朽了？"

齐德铭刚刮完胡子，他摸着光溜溜的下巴，从洗手间走过来，怪笑一声，说："赵小娥，你想看那件衣服吗？我可告诉你，我的一个女朋友，就是被这件衣服吓跑的！"

哪怕那是潘多拉盒子，我也想打开，一探究竟。我刺啦啦拉开夹层拉链，取出衣服！

它是件宽松的大袍，杏黄色的底子上，印有青龙和五彩祥云，没有纽扣，腰部拢着一条明黄色的带子，看上去像和尚服。齐德铭告诉我，这是他的寿衣，他二十岁生日时，特意去寿衣店为自己定制的。他说做寿衣最好赶在闰年，可以增寿，而那年刚好是闰年。他自嘲地说，过去皇帝的寿衣才配用龙的图案，现在草民也能用了，这说明社会进步了。人们在生的面前还没有解决的平等问题，在死亡面前已经实现了。

我虽没像他前女友那样被寿衣吓跑，但一阵作呕，感觉手上拎着的，是从千年墓葬发掘出的陈腐尸衣。我扔下寿衣，跑到卫生间吐了。

事后齐德铭告诉我，当时他以为我是窥见避孕套引起的生理反应，他不相信一件寿衣会让一个女孩呕吐。齐德铭跟过来，帮我捶着背，解释着："干我们这一行的，去外地谈业务，签下合同，就得庆贺一下。吃饱了喝足了，免不了要去洗浴中心泡个妞儿，这也是抗拒不了的，人生苦短啊。其实痛快完，也就忘了。就像我爸，不管睡过多少女人，心中只有我妈。我用那玩意儿，是防范一下，也是对你负责。你要是嫌恶心，没关系，你可以选择离开我。"

呕吐呛出了我的眼泪，我傻乎乎地问："如果我们结婚了，你是不是就不会这样了？"

齐德铭哈哈笑了，他没回答我的问题，而是点起一棵烟，告诉我他为什么早早备下寿衣，并且习惯了带着寿衣旅行。他说这世界越来越不太平了，来自社会的、大自然的，以及人自身的灾难，难以预料。比如公共汽车有人蓄意爆炸，地铁的自动扶梯存在安全隐患，一些宾馆和酒店的防火通道不畅通，酒驾和毒驾的人与日俱增，饭店里假酒盛行，抢劫伤人的事件屡屡发生，地震前所未有地活跃。而在快节奏的生活和污染日甚的环境中，人们的心脑血管越来越脆弱，猝死街头的人屡见不鲜。齐德铭说，那些致人死亡的因素，联手织就了一张看不见的网，每时每刻威胁着我们。只要我们被其中的一根线缠住，户口就得迁到西天去了。

"你要是在旅途中意外死了，怎么穿上寿衣呢？你不可能每天拎着寿衣出门吧？就是拎上的话，你死了，谁能知道那是寿衣？谁又愿意帮你穿上寿衣呢？"说这话时，我牙齿打战。

齐德铭说："这你就不用操心了，我自有安排。"

我说："如果你遭遇火灾或是空难，寿衣跟你一起灰飞烟灭，你想穿它都没可能了。还有，万一你的行李在托运中遗失，寿衣不也跟着没了吗？"

齐德铭咆哮道："滚——你个乌鸦嘴！"他将烟头撇向我，疯了一样。

我一边穿外套撤退，一边说："你连寿衣都备下了，还在意我说得难听吗？"

齐德铭没吭气，他的眼睛那一刻好像失火了，血红血红的。

已是晚上八点五十，我不可能九点前赶回吉莲娜家了。那一刻，我很想尝尝香烟的味道。我到楼下小卖店买了包烟，一个一次性打火机，走向小区地下游泳馆入口的通道。我发现，不仅我喜欢那个温暖的通道，流浪猫也喜欢。薄白的灯影下，三只幽灵似的猫蜷伏在地上。它们见了我直起脖子，瞪着圆溜溜的眼睛，仿佛抗议我侵占了它们的领地。我想它们一定饥饿，便把包里吃剩的半袋膨化玉米撒给它们。我抽第一棵烟时，流浪猫奔向食品。可那如落叶般轻飘飘的膨化玉米，它们只是用嘴舔了舔，便舍弃了。估计是食品的各种添加剂，让它们不能容忍。人吃起来香喷喷的食品，在它们眼里，竟不如鼠肉好吃！我抽着烟，而猫们将膨化玉米当球把玩着，用爪子推来推去。其中一只猫，只有半截尾巴，它玩得最为快活。抽完三棵烟，我品出了香味，心想难怪要叫它们香烟呢。不过多一种嗜好，就多一项开支，万一吸上瘾，我的钱袋就遭殃了。我将香烟和打火机扔进垃圾箱，准备到附近的快捷旅馆住一宿。刚走出通道，手机响了，竟然是吉莲娜打来的："小娥，我的窗帘钩掉了一个，窗帘拉不严了，我怎么也睡不着。你能不能回来帮我换个窗帘钩？这么晚了，家政服务员也不可能上门了。"我得救般地说："我马上回来！"

吉莲娜毕竟年岁大了，腿脚又不好，换洗窗帘，擦拭门窗、天棚、吊柜等这类攀高的活儿，一到换季时节，她都是请家政服务员来做的。那天掉下的窗帘钩，在我眼里就是银钩子，帮我勾销了那个夜晚的花费。

回到吉莲娜家，脱掉毡靴，享用完她递上的一杯热牛奶，我开始换窗帘钩。我从阳台搬来不锈钢折叠梯，打开，拿着备用的窗帘钩，攀到梯子顶部。吉莲娜一个劲儿地嘱咐我小心点。房子举架高，她卧室的窗帘，也就比别人家的要长出一截，非常飘逸。窗帘是米色的，印有银粉的团花，镶着杏黄色流苏，洋气漂亮，窗帘间悬挂着波纹状布幔。其实在我眼里，冬季不拉窗帘都可以，因为黑夜漫长，它就是沉重的窗帘，你想拉都拉不开。窗帘钩是硬塑的，这种材质一旦老化，跟患了骨质疏松症一样，极易摧折，我建议她换成铜钩子。

吉莲娜说："那就等逾越节时换。"

逾越节是犹太人的传统节日，大约在每年的春天。

我下梯子的时候，看了一眼站在地上的吉莲娜。柔和的灯光下，穿着蓝花棉布睡袍的她，就像一尊古雅的青瓷花瓶。她这动人的躯壳里，难道就没燃烧过爱情的火焰？黄薇娜对我说过，采访吉莲娜时，什么都可以问，就是不能触及她的情感世界。一提这个话题，她就沉默。

我回到房间，躺在床上，蓦然想起齐德铭朝我撇来的烟头，是没有熄灭的。万一他忘记踩灭，蒙头大睡，引起火灾怎么办？即便分手，我也不希望他出意外。我发了条短信给他："踩灭烟头，你才会有美梦！"齐德铭很快回复："跟你在一起，哪他妈会有美梦！"

我在暗夜中打了自己一巴掌。

6

生活在哈尔滨的犹太人，大都来自俄国。中东铁路开筑后，犹太人开始拥入哈尔滨，他们中有工程技术人员、教师、医生、传教士，更多的则是商人。犹太人勤劳、聪明，天生是做生意的能手。这些商人从事着畜牧、大豆出口、船运、磨粉、卷烟、制糖、皮毛、啤酒酿造等行业。俄国十月革命爆发后，苏维埃武装夺取沙俄政权，内战激化，反犹风暴不断升级，一些犹太人不堪凌辱，经由西伯利亚逃至中国。吉莲娜的母亲和她的外祖父，就是那个年代来到哈尔滨的。当时吉莲娜还在母亲的肚子里，六个月大。她的生父是小提琴制造师，被反犹分子在叶卡捷林堡用乱石活活砸死。

吉莲娜生于20世纪20年代初，那时哈尔滨的商业已很繁荣了。吉莲娜的外祖父是个靴匠，母亲是护士。来到哈尔滨后，外祖父在一家皮革厂干他的老本行，母亲则在犹太妇女慈善会工作，他们周末常带吉莲娜去剧场。别人家去剧场欢欢喜喜的，吉莲娜一家却悲悲戚戚。吉莲娜长大后才明白，外祖父和母亲，是带着她凭吊爱好音乐的父亲去了。

吉莲娜五岁练习舞蹈，七岁学习音乐。她十岁时，母亲再婚了，继父也是犹太人，来自波兰。中东铁路开筑后，需要大量枕木，他看到了大好商机，做起木材生意，攒下家底。他和吉莲娜的母亲结婚时，已是犹太国民银行的大股东了。他们婚后生有一个男孩。不过，吉莲娜家壁炉上摆着的亲人照片中，并没有她继父，她同母异父的弟弟却在其中。吉莲娜这个唯一的弟弟，看上去英气逼人。如果按他的气质揣测他的生父，该是个风流倜傥的人物。在那些照片中，有一个人占据的镜框与众不同，它青铜质地，菱形，边缘处有着卷云状装饰物，好像五线谱。被镶嵌在里面的人，是吉莲娜的生父。黄薇娜说，吉莲娜谈家事，可以兴味盎然地讲她外祖父喝醉了酒，如何在夏夜的露台上唱歌；讲她母亲烤鱼时，家里的馋嘴老猫怎样守在炉台前，尾巴被火给燎着了；讲她弟弟头一次上溜冰场时，一跤摔掉了两颗门牙；而问到她继父，她只是淡淡应一句："他抽大烟，下场不好。"据说他是因吸食过量大烟而丧命的。继父死后，吉莲娜的弟弟被在美国寡居的姑妈接走，成人后在加利福尼亚经营一个农场，四十八岁病死，埋在他热爱的农场里，与他的父母，彻底地远隔重洋了。我注意到，吉莲娜用银粉的丝绸手帕擦拭亲人的照片时，一捧起弟弟的，总要拂拭很久，大概怜惜他的短寿吧。

黄薇娜说，她陪一个以色列文化访问团去哈尔滨东郊的皇山犹太公墓参观时，意外地发现吉莲娜母亲的墓，和她外祖父相挨着，而与她继父的墓相距遥远。黄薇娜判断，吉莲娜的母亲并不爱第二个丈夫，否则她会留下遗嘱，让吉莲娜把他们葬在一处的。

可我并不这么看。因为料理母亲后事的是吉莲娜，如果她憎恨继父，完全有可能不执行母亲的遗嘱。在我看来，非血缘关系的亲情，是将两条不相干的支流，非要汇聚在一条河床上。当然，运气好的会冲破藩篱，彼此相融；而运气差的，各奔前程，两相无干，这点我深有体会。

我出生在克山的一座小村，那里土质肥沃，盛产土豆。流经小村的乌裕尔河非常清澈，人们把河当成了公用洗衣盆、洗澡堂和副食库，在那里洗衣裳、洗澡、捞鱼虾。我父亲是村委会的会计，算盘打得好，母亲是种地的。父亲患有甲亢，又干又瘦，总是害饿，只要他睁着眼，手里几乎不离吃的东西。他眼球暴突，蓄着浓密的胡子，他发怒时，我总想他的眼珠子万一掉下来，就是落在猪草上了——他的胡子脏兮兮的。从我记事时起，我和母亲一直受父亲的羞辱。他常指着母亲的鼻子骂："你个贱货——"而他总看我不顺眼，常揪着我的辫子，一迭声地骂："小杂种！"

父亲对我动辄打骂，但对我哥，却是百般疼爱，从不碰他一指头，好吃的好穿的都留给他。哥哥受宠，但并不骄横。他一得到好吃的，总要分点给我。

我确切知道不是父亲亲生的，是从姑姑嘴里，那年我刚上小学。暑假的时候，在齐齐哈尔的姑姑来了。姑姑中等个，倭瓜脸，小眼睛，塌鼻子，两个嘴角不对称，一高一低，皮肤粗糙得跟猪皮似的，出奇的丑。姑姑在夜市摆地摊，卖廉价衣服，把自己也搞成了个地摊，穿得花里胡哨的。她一来，我家的花公鸡老是啄她的脚，大概嫌她比自己穿得鲜艳吧。姑姑那次来给了我母亲一万块钱，想领走我，说我要去的那户人家，是养羊大户，很富裕。他家有两个男孩，想再要个女孩，可那女人后来子宫摘除了，只好领养一个。母亲把那一万块钱还给姑姑，说："小娥都这么大了，送不出去的。"父亲咆哮道："有什么送不出去的？她才八岁，懂个屁！"母亲说："那里离克山又不远，她有记性了，早晚还得跑回来。"父亲说："我戳瞎她的眼睛，让她记不得回来的路！"父亲凶恶的话，把我吓哭了。母亲平静地从里屋取出一把剪子，递给父亲，说，你敢把小娥送人，就先扎瞎我的眼睛吧！父亲没接剪子，气得直抖，说他该戳瞎的，是自己的眼睛！因为他这辈子最后悔的事情，就是娶我母亲。他说我母亲狐狸脸，杨柳腰，桃花眼，薄嘴唇，高颧骨，要搁过去就是个窑姐，早该听我奶奶的，不娶这种狐媚相的女人，那样家里就太平了。父亲赤红着眼睛骂母亲："村里这么多女人，强奸犯怎么单单遇上你了？还不是你身上有股骚气！"姑姑一边夺母亲手中的剪子，一边满嘴飞着唾沫星子说："嫂子，不是我当小姑子的多嘴，小娥身上血脉不好，早送出去早太平。她长大了，指不定给你惹什么祸呢。"母亲红了眼圈，说："只要我活着，休想把她送人！"

姑姑没领走我，从此我们家常丢剪子，我把它们扔到村中的厕所了，母亲只好一再添置。淘粪的老头一捞着剪子，就要满村打听：谁家的女人在厕所掉了剪子？母亲明白是我干的那天，抱着我号啕大哭，告诉我只要她在，我的眼睛就不会受到伤害，我这才罢手。

母亲在我十二岁时病死了。她下葬的时候，我在炎炎烈日下瑟瑟发抖。我知道没了母亲，即便没有剪子戳我的眼睛，它们也等于失去光亮了。

母亲去世半年后，父亲再婚了。

那女人是邻村一个离了婚的小媳妇，比我父亲小十岁，模样俊俏，但生性懒惰，轻佻风骚，家务活和农活没有一样拿得起来的。她嗜赌成性，三天不摸麻将牌就手痒。父亲和她成亲半个月，便叫苦不迭，说是上了媒婆的当！在媒婆嘴里，继母贤惠能干，品德高尚。而事实是，她蒸馒头都不会使碱，洗衣服没有洗透亮的时候。最要命的是杂草禾苗不分，她下田铲地，留在垄台上的可能是草，而颓败地躺在垄沟被铲掉的，却是禾苗。这样一来，我那当惯了甩手掌柜的父亲，不得不亲自下田了。

我最怕继母打牌输了，她回家后不痛快，不敢拿父亲和哥哥撒气，我和家里的狗就遭殃了！她拿着烧火棍，啪啪啪地打狗头，骂它看家时东张西望（哪条狗不喜欢东张西望呢），嫌它没有看住鸡，鸡溜进屋子，跳到灶台，把剩下的米饭吃了多半（狗拴着锁链，如何撵鸡呢）；她骂我没有及时掏炉灰，火烧不旺，总是憋烟，呛了她的嗓子；嫌我指甲里嵌着黑泥，跟屎一样，败坏了她的胃口；怨我睡觉时磨牙，把蛐蛐儿好听的叫声给弄得支离破碎。总之，我和狗一无是处！她惩罚狗，是不给它吃食，饿得它连唤食儿的力气都没有了；而惩罚我的方式多种多样，有时让我吃馊饭，有时让我去雪地捕鸟，说她馋鸟肉了。最让我不能容忍的，是她扔过来一条血迹斑斑的经期穿的短裤，让我洗干净了。有一年我的棉鞋破了，她说给买双新的，一直没兑现。一个下雪的日子，她输了牌回家，说要领我去买棉鞋，但我必须站在滚烫的炉台上，把旧鞋的胶底给烙掉！如果旧的不去，新的就不能来。我知道站上炉台，我的脚就成烤鸭了！我跟她叫板，说要是她敢那样站在炉台上，哪怕一分钟，我会给她天天洗脚！继母扑过来，说你个野种，还敢跟我顶嘴！她把我按倒在地，拧我大腿的时候，哥哥回来了。哥哥抄起继母打狗的烧火棍，照着她的脊背一顿猛打。从那以后，继母对我收敛多了。她四处张罗给哥哥介绍对象，说是男孩子大了，再吃父母的是可耻的，得自己顶起门户过日子。其实哥哥那时有女友了，女孩的父亲是跑运输的，哥哥学会了开车，拿到驾照，已经在偷偷帮她家干活了。他最终成了倒插门的女婿，父亲从此后在村里更加抬不起头来。也是啊，他的前妻被人强奸，至今是个悬案，他膝下的女儿不是亲生的，而他的儿子用一场婚姻，不知不觉地成了别人家的儿子。他后找的媳妇呢，一堆恶习不说，还给他戴绿帽子！继母勾搭上开诊所的老杨，一想他就装病，要去扎针。父亲这时会咬牙切齿地说："去扎吧，扎死算了！"继母也不介意，飘飘摇摇地找相好的去了。

我从家人和村人的口中，渐渐知道了母亲的遭遇。

她嫁给父亲的当月，爷爷去世了。奶奶认定母亲是丧门星，说她想多活几年，卷起铺盖离开克山，去了齐齐哈尔的姑姑家。母亲婚后第二年生下了哥哥。哥哥五岁的那年夏天，父亲去哈尔滨参加为期半个月的农村基层财会人员培训班，他走后的第六天，是阴历七月十五的“鬼节”。母亲给爷爷上坟，在坟地被人强奸了。当然，强奸的事情，是我三岁时才被人发现的，那之前父亲一直以为我是他亲生的。那年我在屋外玩耍，被一辆摩托车撞倒，血流喷涌，危在旦夕，需要大量输血，父亲得以发现我的血型跟他毫无关系。我转危为安了，母亲却危在旦夕了。父亲认定母亲是跟村里人不干净了，他锁定了三个嫌疑人：村支书、张兽医和牟铁匠。他们三个人，一个有权，一个有钱，一个有力气。在他眼里，女人出轨，逃不出这“三劫”。父亲把母亲关在屋子里，不给她吃喝，审了两天两夜，她也没吐出一个字。父亲恼怒了，拿出自制的雷管，声言要把他怀疑的男人全都炸死，母亲这才道出实情，说如果我不是父亲的，那一定就是强奸犯的。其实母亲在孕育我的过程中，也不知我不是父亲的。因为她遭强奸一周后，父亲就从哈尔滨学习回来了，他们有正常的夫妻生活。

父亲一听我是强奸犯的女儿，气得晕头转向，一会儿说要把我当柴烧了，一会儿又说要把我扔进茅坑沤肥。总之，邻人说我从宝贝一夜之间变成了垃圾。他审完母亲，就带着哥哥去验血，看看他是否也有问题。比父亲还要愤怒的，是我奶奶。母亲是在我爷爷坟头被人强奸的，奶奶非说我爷爷这老不死的“爬灰”了——好像爷爷在坟里能伸胳膊撂腿儿似的。奶奶咒骂爷爷，发誓死后不跟他“并骨”，认定那片坟地不干净了。而事实是，我五岁的时候，奶奶感觉生命快到尽头的时候，还是回到克山，死在这里。哥哥说奶奶临终前拉着父亲的手，无奈地说：“还是把我跟那老东西埋一块儿吧。他对不起我，我不能对不起他。”在奶奶的葬礼上，我被关进仓房，像一只见不得天光的老鼠似的。我不能像哥哥一样为奶奶披麻戴孝，父亲认为我没那个资格。

父亲和村人对我的唾弃，伴随着我的成长。我身世暴露的那年，尽管距离事情发生已几年了，父亲还是报了案。据说派出所的人来我家向母亲了解案发情况时，母亲极不配合，这使很多人认为母亲有相好的，强奸只是她的借口而已。

母亲病危时把我唤到跟前，嘱咐我好好学习，忘掉身世，说是人生苦短，一定要快乐。可我怎么快乐得起来呢？尤其是成年以后，总觉得身上流着肮脏的血！最让我不能忍受的，是村子里流传的一种说法，说我是母亲与鬼生的孩子，我压根就不是人！因为母亲被强奸的那天是鬼节,而且是黄昏时分。太阳下山了,鬼就出来了。

一般的人家上坟，都在上午。据说母亲那年之所以傍晚上坟，是因为父亲不在家，她忘了那天是鬼节。当她从田里铲土豆归来，路过村口，见十字路口遗落着一堆堆焚烧纸钱的灰迹，才醒悟鬼节到了，赶紧去杂货店买烧酒和纸钱,给我爷爷上坟。没想到的是,她怀了个“鬼胎”归来。

父亲和继母过得极不如意，郁郁寡欢。他的甲亢病越来越重，心动过速，常常气促，瘦得跟人干似的，整张脸如一片死海，而他暴突的眼睛，似乎想做这死海的航标灯。然而他终究没能走出迷航，我高考的那年春天，他上吊自尽了。有人说父亲是因贪污公款败露，畏罪自杀的，因为他死后，有几笔重要的账目，一直对不上；还有人说他是不堪忍受疾病的折磨和我继母的出轨，为了解脱痛苦。

奶奶去世前有言在先，不许母亲进赵家在东山岗的祖坟，因为她不干净。所以母亲死后，父亲把她葬在西岗，那里埋的多是横死、早夭和无儿无女之人。父亲死后，哥哥想把他葬在母亲身边，毕竟他们是他的生身父母，可我坚决反对。我担心他到了母亲那儿，依然恶语相加，让母亲在另一世受辱。我威胁哥哥，你敢把父亲埋在西岗，我就去掘坟！最终是姑姑无意中帮了我的忙，她说父亲是赵家人，自然要进东山岗赵家的祖坟。

父亲停尸期间，继母打牌惹下的债主，纷纷上门讨债。父亲没了，他们知道继母的钱柜倒了，肆无忌惮地来搬我家的东西。他们像一群蝗虫，奔向电视机、洗衣机、自行车、电饭煲和家具。为父亲守灵的姑姑愤怒了，她抡起冬天捕鱼用的冰钎，如手持长矛的武士，冲向债主，吓得他们纷纷逃命。姑姑放出狠话，说赌博是违法的，世界上就没有赌债这一说！谁敢动她哥哥家的东西，哪怕一针一线，都会让他脑浆迸裂！继母是个厉害的主儿，但在姑姑面前，就是小巫见大巫了。姑姑最终拿出一纸经过认证的父亲的遗书，让继母净身出户，将房屋归在哥哥名下，田地归她自己名下，我则什么也没继承。这很正常，无论遗书是否伪造，无论父亲活着还是死去，我清楚地知道，他都不希望我从他那儿捞到一滴“油水”。

哥哥住在岳父家，跑运输，房子一直闲置，姑姑便打起了这房子的主意。她把齐齐哈尔的房子出租，和姑父搬到克山。她吃得起辛苦，夏天种地，冬季打鱼，还养了一群鸡。她种的土豆跟她一样圆润肥硕，销路极好。最近哥哥在电话中告诉我，村子搞新农村建设，征地盖楼，家里的旧房将动迁。拆迁补偿标准还没出来，姑姑便跟哥哥说，要平分动迁款。理由很简单，如果不是她花钱修葺房子，这房子早塌了。她还说哥哥不分给她动迁款也行，把修房钱补她就是。她开出的价钱是六万。哥哥气愤地说，姑姑只不过换了两扇窗户而已，难不成那窗框是描金的？

7

我的身世，自我离开克山上大学起，没跟任何人讲过。哥哥嘱咐我找男友的时候，千万不能把这事告诉对方，说男人都会忌讳。好像一个强奸犯的女儿，天生就失去了贞洁。

我憎恨生父，是他把母亲和我推进深渊的。如果母亲健在，我会鼓起男气，详细问她案发时的情景。虽然暮色沉沉，月亮没升起来，但那样的时刻，天不会很黑，她应该依稀辨得人的形影，高矮胖瘦，脸部大致轮廓，说话的声音，甚至口腔的气味，不可能一点印象都没有。

我在网络上游荡，最常去的，就是各地的公安网。我去搜罗那些在年龄上可以做我父亲的通缉犯照片，看我与他们是否有相像之处。有的时候，我看着他们，恍惚之中，竟忘了自己的模样。我随身携带的小镜子，不像别的女孩是为了描眉涂唇，而是在比对通缉犯照片时，窥镜自视，两相对照。

我觉得强奸母亲的人，离我们村子不会很远，他应该是克山一带的人，而且他亲人的坟墓可能在东山岗，不然他干吗鬼节那天出现在坟场？为此，我曾在大学暑假回乡时，悄悄来到东山岗，像做田野调查的学者似的，将那片坟地墓碑上的名字，抄录在笔记本上，逐一排查。我没有发现异常，那里埋的都是本村人。

没有在墓碑上找到蛛丝马迹，我又去了相邻的三个村子，打听那里是否有过强奸犯，结果也是令人失望。三个村子三十年来，只出过一个盗窃犯，罪犯比我还年轻。

有时夜里睡不着，我便胡思乱想，如果我真像村人说的那样，是母亲与鬼生的孩子，我便是半人半鬼了。我睡熟时，“鬼”的那一面会不会隐现？我会变成什么？

一只火狐狸？一条青蛇？一个吃人的妖怪？凡是跟妖魔鬼怪搭得上边的，我都会联想到自己身上。有一次我在宋相奎那儿过夜，梦见自己变成一条大鱼，遍体鳞片。醒来时我吓坏了，一个劲儿地问他："我身上是不是长了鳞片？你仔细看看！"宋相奎睡眼惺忪地看了我一眼，将赤条条的我揽入怀中，温柔地说："真滑溜，哪有鳞片。要是真有就好了，我还没吃过这么大的鱼呢。"可我还是恐慌，从他怀中挣脱，跑到洗手间的镜子前，瞪大眼睛，反复地照。宋相奎的租屋虽然破旧，但洗手间比较奢侈，宽敞不说，还有扇向东的窗子。晨光将镜子镀上一层乳黄的光影，镜中的我一派少女的姿态，肌肤光洁，没有瑕疵，可我却觉得嘴里漫溢着腥气，身后仿佛涌动着海的波涛，我落泪了。

我和齐德铭之间的那场冲突，伤透了感情，我们的关系从沸点降至冰点，不再联系。我尽量克制自己不去想他，可是圣诞到新年的那一周，我深陷对他的思念之中。想着他带着寿衣去兰州，没准遭遇了不测。我上网查询齐德铭外出期间，兰州发生过的一些事故，有什么人在其中丧生。排除了他客死他乡的可能后，我把目标转向哈尔滨，那些致人意外死亡的事件，全被我过滤一遍。我甚至给久不联系的大学同学李玲打了电话，问皇山火葬场近期火化的名单中，有没有个叫齐德铭的，因为李玲的父亲是那儿的火化工。

如果你对分手了的男友依然牵肠挂肚，这只能说，他在你心底留下了爱的波涛。

这真让人沮丧！

吉莲娜察觉到我和男友之间出问题了，新年前夜，她给花盆松过土，带着满身香草气息走进我卧室，说："小娥，明天要是没约会的话，下午三点一起到马迭尔吃西餐好吗？"

我说："好的，我没约会。"

其实我不喜欢吃西餐，价格贵不说，西餐太讲究仪式了。一排排刀叉横在面前，没有木制和竹制的筷子来得亲切。尤其是握着刀叉对付半生不熟的牛扒时，看着盘底渗出的血迹，总觉得手里拿着的是手术刀，盘中鲜血淋漓的东西，则是被切割下来的坏掉的器官，让人反胃。我喜欢的，还是那些价格实惠的中餐小店所做的家常菜。

新年的早晨，我先出了门，到附近小店吃了碗面，然后去花店给吉莲娜买了一束火红的康乃馨和一把鹅黄的洋桔梗。怕花冻着，我特意穿上肥大的花棉袄，将它们掖在胸间；又怕花儿脱落，在腰际束了条皮带。

吉莲娜见我出去一趟，回来后胸脯高了，肚腹大了，她瞪大了眼睛。当我解开纽扣，亮出鲜花时，吉莲娜“啊”地叫了一声，说：“怀春少女！”

除了鲜花，我还送她一副羊绒护膝，而她也为我备下了新年礼物：一条水红色兔绒围巾！她说这条围巾配上我那件短款白毛衣，就是雪地红梅！吉莲娜做过音乐老师，也教过绘画。绘画和音乐，无疑是高山流水，千古知音。徜徉其间的吉莲娜，被浸润得就像一幅画，一串音符。我告诉吉莲娜，我还没见过梅花呢，在克山，我见到最多的花儿，是野地的菊花和田间的土豆花。我说母亲坟前的野菊花很繁盛，黄色、白色、紫色的都有。吉莲娜一边插花，一边问我母亲是怎么死的，多少年了。我说我十二岁时母亲就病死了，吉莲娜“哦”了一声，用手抚弄着洋桔梗柔软的花朵，说：“那你有后妈了？”我点点头，说娶了后妈的父亲自尽了，后妈最终又嫁了人，做别人的后妈去了。吉莲娜同情地看着我，叹息一声，说：“好花不常开呀——”怕惹我伤心吧，她讲起二十多岁时，去苏州看梅花的情景。说是三月的时令，哈尔滨还冰天雪地呢，那里已是春风拂动了。她在香雪海，恰逢一场雪，感觉老天嫌梅园不够热闹，又撒下大朵大朵的白梅！香雪海的梅花中，最艳的是红梅，像灯盏一样；最优雅的是紫梅，就像女人衣服上的盘扣；可最动人的，还是白梅。吉莲娜说白梅是最接近神灵的花朵！她说康熙和乾隆多次下江南赏梅，在她想来，就是为了沾沾花朵的仙气。吉莲娜说起梅花，不知怎的眼角湿了。女人和花儿的故事，多半是凄婉的吧。记得我正想换个话题时，单位传达室的老头打来电话，说刚签收了一个我的快递包裹，唤我去取，我便及时离开了伤感着的吉莲娜。

伤感是一种美，这样的美应由它的主人独享。

在这世上，我眼里的亲人只有哥哥了。虽然我也有舅舅和姑姑，但他们都离我远远的。我每次回乡给母亲上坟，都住在哥哥家里。听村人说，我一回去，姑姑便如临大敌，关门闭户，她养的鸡鸭也跟着我受累，失去了在门外撒欢觅食的自由。姑姑对人说："狗闻着骨头味儿，哪会溜掉呢。"在她想来，我只要推开那扇门，就会像癞皮狗一样，住下不走。可她不知道，我最不愿意跨过那道门槛，它留给了我太多痛楚的回忆。

去单位的路上，我给哥哥打了个电话祝福新年，言语中他并没有提及包裹，看来那是别人寄的。我和哥哥通话时，嫂嫂插问："小娥，啥时给哥嫂把对象领回家啊？"我告诉她早呢。嫂嫂便小声叮嘱："找男友，千万不要说出你的身世，一定要记住啊，不能犯傻！"嫂嫂是个朴实贤惠的人，哥哥供我上大学，她从无怨言，令我尊敬。不过她的善意提醒，让我有些扫兴。走在洋溢着节日气氛的街头，好像头顶乌云，分外压抑。

我做梦也没想到，包裹寄件人一栏，是陈二蛋的签名！自火车站一别，我们再无联系。我捧着包裹去办公楼时，就像捧着一颗起死回生的心，有点慌神，他是怎么知道我的工作地址的？

新年放假三天，报社只有值班的人，一下子清静起来。我把包裹放到办公桌上，取出剪刀，迫不及待地打开。最先跳出来的是一包笋干，接着是一袋腊肉。我的心思不在吃上，我将包裹里的东西哗啦一下倒出来，终于找到一个牛皮纸信封！信很薄，没有封口，我抽出信纸。它被包裹中的食品挤压得皱皱巴巴的，面目苍苍。信没有称谓和落款，内容也简短："从大学同学那儿打听到，你现在过得不错，有了稳定的工作，也有男朋友了，真为你高兴！我毕业后，在老家的乡政府当干事。这个工作不累人，但累胃肠，我胖了二十斤，得了酒精肝！我结婚了，她是民办教师，比我大两岁，不漂亮，胖墩墩的，我家人喜欢她的温顺、能干、不多事。我们刚生了个闺女，还没长牙呢。我妈还让我们生，说家里没男孩不行，看来我得超生了！去年我学会了吸烟，一天两包！要孩子得戒烟，可我戒不了。晚上睡不着吸烟的时候，常想起你来。你胖点了吗？头发还爱开叉吗？给你寄点我们这儿的土特产吧，你喜欢哪种，一定告诉我，我年年给你寄。还记得我哥哥大蛋吗？他前年买彩票中了好几十万，一夜脱贫了！我们家的日子过得比以前好多了。如果你来南方出差，一定到我这里走走，我会陪你。”陈二蛋在信的末尾，写下了他的手机号码。

读完信，我才仔细看那些吃的东西。除了笋干和腊肉，还有红姜、槟榔、绿茶、豆豉和莲子，陈二蛋的家乡气息，浸润在食品中，隐约可闻。我打开一包红姜，撕下一条放进嘴里。红姜初吃辛辣，细品甘甜。这五味杂陈的食品，勾起了我对往事的回忆，我试图在脑海中勾勒发了福的陈二蛋的形影，却无能为力。我知道他于我来说，就是腌渍了的红姜，再也寻不到真味了。我将陈二蛋的信团了，投进字纸篓，把腊肉、笋干和豆豉留下，准备送给黄薇娜，其余的划拉到包裹中，打算跟吉莲娜一起分享。

出了办公楼，被冷风一吹，我忽然辛酸起来。新年的大街人来人往，张灯结彩，人们的脸上都洋溢着喜悦，而我却流下眼泪。我一手拎着包裹，一手擦泪，对自己说："哭什么呀！"可是泪水不听我的，簌簌滑落。看来有的时候心和身是不在一起的。

怕吉莲娜看出我哭过，我先到一家大型超市的洗手间洗了把脸，平静一番，这才回去。

正午时分了，吉莲娜在她的屋子祷告。我把包裹拎进厨房，烧了壶水，冷却几分钟后，打开陈二蛋寄来的绿茶，沏了一壶，然后又将红姜和槟榔各取两颗，放到碟中，一并端到钢琴旁的小餐桌上。吉莲娜午间祷告完，喜欢坐在这里喝杯茶。

这是我第一次为她准备茶点。

我回到卧室，复了几条同事发来的新年祝福短信，说不出的疲惫，于是关掉手机，蒙头大睡。我一会儿梦见一只气球飞上天，把一朵彩云给击碎了；一会儿梦见吉莲娜栽种的香草，全都变成带刺的仙人掌了；一会儿又梦见松花江涨水，哈尔滨成了泽国，我和吉莲娜坐在屋顶等待救援。吉莲娜叫醒我的一刻，我正在梦中做糖醋鱼柳，唤吉莲娜来尝。猛一眼看见她，心里念着的还是那道菜，迷迷瞪瞪地问她：“味道可以吗？”

“不错。”吉莲娜说，“这时节没有好的绿茶喝了，可这茶挺新鲜，姜也好，越嚼越有味。就是那种果干，有点吃不惯。”

我起身的一刻，回到现实中了，说：“那是槟榔，我也吃不惯。”

吉莲娜叫醒我，是因为快到去马迭尔吃饭的时候了，从我们住的地方去那儿，要步行十多分钟。但吉莲娜腿脚不好，加上天冷路滑，得按二十分钟打算。还有，吉莲娜出门注重仪表，她每天到楼下喝咖啡，穿扮都不马虎，更何况去马迭尔呢。

吉莲娜命令我：“洗个脸，换上白毛衣，坐琴凳上去，我先打扮你。”

我答应着，洗完脸，换过衣服，乖乖坐到琴凳上。吉莲娜捧着化妆盒过来，先给我涂了点香脂，然后淡淡地敷了层粉，浅浅地描了描眉，之后用梳子蘸着定型摩丝，三下两下，便梳好了我的头发。她把化妆盒放到琴盖上，拿过水红色兔绒围巾，绕着脖颈松松一系，说了声“好了”，唤我照照镜子，而她打扮自己去了。

说真的，我不太相信七八分钟的工夫，她这番轻描淡写的化妆，会改换我的容颜。我在琴凳上呆坐半晌，才抬起头照镜子。

我惊呆了！我看见了自己的日出——我何曾这般鲜润明媚过？那件不起眼的白毛衣，因为吉莲娜送我的围巾，犹如迎来了万丈霞光，焕然生辉！我的发型疏朗又精致，面部化妆恰到好处。而我眼底的忧伤，为整个面部，平添了一种动人的气质。我定睛看着自己，心境渐渐明朗起来。

原来女人的好打扮，是有效的解郁药。

吉莲娜打扮自己的时间很长，半小时后，她才款款走出。她一定从我的目光中看到了她惊人的美丽了，她的目光瞬间陶醉了，但说出的话却是调侃的：“到底比不得年轻人，你们底子好，三五分钟就打扮鲜亮了；我用了这么长时间，还是遮不住老太婆的模样！”

吉莲娜穿一条黑色毛呢直筒连身长裙，一字领的左侧，别一枚硕大的雪花形态的水晶胸花，熠熠闪亮，好像她别着青春！平素她高绾发髻，那天却编了条松松的辫子，垂在脑后，辫梢系着咖啡色缎带。她的脸打了浓重的粉底，眼睑处的皱纹几乎看不见了，睫毛精心卷过，动人地上翘着，将眼睛衬托得更为明净，如两块温润透明的玉！

我情不自禁地拥抱了吉莲娜："您太美了！"

吉莲娜用手拍打着我的背，热情洋溢地说："新年中的女人都是美人！"

如果说中央大街是哈尔滨的真身，那么马迭尔就是这真身的魂灵。这座有百年历史的旅馆，无论过去还是现在，都是这条街最时髦的建筑，可见真正的时髦是不惧时光的。这座建筑的立面，就是一幅气势非凡的山水画：窗和出挑的阳台是一叠叠的山，平台下方的涡状托石是山间飘浮的云朵，女儿墙是一条波光潋滟的河，而穹顶则是一枚油绿的月亮。每次路过马迭尔，我都要多看它一眼，好像它是我隔世的情人，有种说不出的心动。

我和吉莲娜来到马迭尔一楼的西餐厅时，日光已不强烈了。圣诞节刚刚过去，临着中央大街的落地橱窗里，还矗立着圣诞老人和雪橇的卡通模型。若在平时过了饭点，店里人会很少。可是新年的时候，中央大街的每家餐馆都成了布达拉宫前的转经筒，永不停息地旋转着。

吉莲娜订的是店里最好的位子，在西南角靠近落地窗的地方。长方形的餐台上铺着雪白的桌布，细颈小花瓶插着一枝红玫瑰。吉莲娜给我点的主菜是鹅肝，她的是黑椒牛扒，配菜是蔬菜沙拉和酸黄瓜，还有一瓶意大利红酒。她没点红菜汤，说是没有她做得好。服务生将红酒斟入高脚杯的时候，吉莲娜嗅了嗅，由衷地赞叹着："真是贴心的味道啊——"酒在杯里醒了片刻，我们举杯同贺新年！半杯酒落肚，吉莲娜神情活跃起来，她指着对面的华梅西餐厅对我说，这店跟马迭尔一样，也是犹太人创办的。华梅西餐厅过去叫"马尔斯茶食店"，她小时候常来这儿买糖果。她说糖果师傅姓吴，他做的水果糖清凉芬芳，奶汁糖柔软香甜，十分入口，可惜这手艺失传了。"文革"时华梅的店名，被改作"反修饭店"，她点着自己的鼻子，自嘲地说："反的就是这样的鼻子！"我们同时笑起来。虽然她对华梅的追忆充满感情，但她告诉我，她更爱马迭尔，她年轻时曾在这儿跳过舞，这里的舞厅富丽堂皇，胜过当年声名显赫的新世界。说此话时，她的眼神无比温柔。而我对这家旅馆的了解，是它的创始人约瑟·开斯普的儿子——就读于巴黎音乐学院钢琴专业的西蒙·开斯普，在1933年暑期来哈尔滨看望父亲时，遭到绑架，被绑匪割去耳朵，最终撕票。

提起这段往事，吉莲娜情绪立刻低落了，她说她母亲熟悉约瑟·开斯普，他因为儿子的死，心都碎了，最终离开了这座令他起家，却给他带来无比伤痛的城市。

我很想问她，当年跟什么人在这儿跳舞，但直觉告诉我，问她的舞伴，等于问她的爱情和忧愁，是不能问的。

主菜上来后，天色暗淡了，餐厅的水晶吊灯亮了。吉莲娜吃完牛扒，用餐巾擦擦嘴，问我为什么最近不和男友联系了。我没有隐瞒她，告诉她我在齐德铭的旅行箱中，发现了避孕套和寿衣。

“他带着寿衣旅行？”吉莲娜瞪大眼睛，不相信地问。

我点点头，告诉她自从见了那件寿衣，我老爱做噩梦。

吉莲娜怜爱地看着我，朝我举起酒杯。我们碰杯的一瞬，她轻声说：“好男人是不该让女人做噩梦的。”

这是她对我和齐德铭爱情的态度吧。

我们从马迭尔回到家时，天已黑透了。吉莲娜洗过脸，卸了妆，老态毕现，疲惫不堪。尽管如此，她还是开始了惯常的晚祷。我很舍不得地摘掉水红色围巾的时候，手机信息提示音响了，是齐德铭发来的短信：“晨起买花的是你吗？提着包裹在寒风中流泪的是你吗？跟一个洋老太去马迭尔吃西餐的是你吗？如果是你，请回话！”

我喜极而泣，但发出的短信却是谴责：“你跟踪我，卑鄙！”

“我跟踪爱，高尚！”他立刻回复。

那行字在我眼里，就是新年的橄榄枝。

8

我和齐德铭重归于好的时候，黄薇娜和丈夫分居了。

黄薇娜的丈夫林旭，是哈尔滨医科大学附属医院的脑外科医生。他个子高高，国字脸，浓眉，目光犀利，唇角柔和，看上去刚柔相济，一表人才。我刚到报社时，曾一度头痛难忍，跑了两家医院都看不明白，黄薇娜便带我去找她丈夫。很奇怪，一进那所医院，握过林医生的手，头疼便缓解了。我跟黄薇娜开玩笑，说她丈夫的手是“止疼剂”，她得好生看着，不然会被患者给掠走。黄薇娜霸气而甜蜜地说：“倒霉啊，这双‘魔爪’，这辈子只能摧残我一人了！”黄薇娜的自负，不是没来由的。她大学时才貌出众，爱慕者甚多，林旭是黄薇娜在追求者中，千挑万选的白马王子。

可是这个白马王子，不安于驰骋在她的原野上了，他踏上了另一片碧青的草地，爱上了他的病人，一个比他小十一岁的，患有轻度癫痫的在艺术学院学画的女孩。

黄薇娜怎么也想不通，林旭有姿色动人的妻子，有活泼可爱的儿子，竟会看上一个相貌平平的病人！当黄薇娜拿到私家侦探偷拍的丈夫和那女孩在一起的照片时，简直气疯了！她在电话中对我发泄着："那女孩比你都丑，瘦得跟流浪猫似的，林旭简直疯了！"

黄薇娜的可爱在于，她很少掩饰自己，当她说出那女孩比我还丑的话时，我在电话这端笑了一声，说："谢谢表扬——"黄薇娜声嘶力竭地说："赵小娥，我水深火热了，你还跟我阴阳怪气！"

我敲开黄薇娜的家门时，是正午时分。她穿一条紫色丝绸睡裙，醉眼蒙地开了门。我刚落座，她便"哗"地把睡衣扯掉，微微侧身，双手松松地搭在胯部，摆出模特走秀的姿势，说："赵小娥，这样的身体够不够美？"说真的，在公共浴池，我也见过不少女性裸体的身姿，可没有一个人的裸体，是没有缺陷的。黄薇娜却不一样，她脱掉睡衣的一瞬，暗淡的客厅骤然明亮了，黄薇娜就像一支蜡烛，光芒四射！

我感慨道："世上有这么完美的躯体，我等就是残次品了，怪不得不好嫁出去呢。林医生真是身在福中不知福啊。”

“这还生过孩子呢。”黄薇娜炫耀完，穿上睡衣，点起一颗烟，不无得意地说，“为姑娘时，比现在强多了！不是我糟践林旭，他第一次和我在一起，上来没三分钟就下去了，我的身体太惹火，一瞬间就把他引爆了！”

黄薇娜放肆地笑着，将那沓林旭出轨的照片撇给我，说：“看看这畜生，说是上夜班，其实都是和这小妖精泡在一起，你说她哪点比我好？”

那女孩看上去孱弱不堪，小眼睛小鼻子的，月牙形嘴，漆黑的长发自然披垂着，谈不上漂亮，但有一股说不出的韵味，很抓人，我没敢把直觉告诉黄薇娜。

“你打算怎么办？”我问。

“林旭提出离婚，说是净身出户，只要儿子，他这不是做梦吗！我怎么能让儿子跟这么个小妈！她癫痫病发作时，万一把我儿子掐死了怎么办？”黄薇娜将抽了一半的烟掐灭，咳嗽起来。

“一般的男人离婚都不愿意要孩子，林旭能要林林，还算负责任的。”我说。

林林是黄薇娜和林旭的宝贝，刚上小学，他比同龄孩子个子矮，像个袖珍人似的，机灵顽皮，有点口吃。他叫我“娥姨”时，听起来就是“哦呀”，十分有趣。

“那小妖精是个病秧子，不像能生养的，他们要林林，是要掠夺我的作品！再不，就是虚情假意要孩子，表示他们高尚，真要给他们，就找借口不要了，这种事情我听得多了！”黄薇娜心绪烦乱，又点燃香烟。

我说：“林医生不要房，不要车，放弃全部财产，说明他对你还是有感情的。”

“他这是亏心！”黄薇娜狠吸了几口烟，说，“再说了，他是他们医院脑外科的台柱子！知道乐队的第一小提琴手吧？除了指挥，乐池中最牛的就是这位置的人了！林旭在医院是第一把刀，相当于第一小提琴，他每天起码主刀两台手术。脑外科的手术，可不像割个扁桃腺切个阑尾那么简单，患者家属谁敢不塞大红包？我也不瞒你，一般的小手术，三五百的红包就说得过去了，可在脑袋动刀子，患者家属提心吊胆，总得给主刀的千八百的。他们医院的脑外科因他红火，我们家也因他红火。如果不靠林旭的红包，这房子和汽车，哪那么容易置办起来？他净身出户，凭他的手艺，三五年就会翻身！我可不能把这双金手，拱手让给那小妖精！”

“这么说，这房子是患者的血换来的——”我心里对自己说，突然感觉屋子灌满了脓血，我的眼前红光闪烁，鼻腔奇痒，胃液上泛，一阵干呕。

黄薇娜盛怒之下，没有察觉我的不适。她告诉我，即便离婚,也不会轻易放过林旭。她要破坏他们同居:“反正在法律上他还是我丈夫，我知道他们的淫窝在哪儿，晚上他不回家，又没夜班，我就去那里，跟他们一起睡！他们要是不开门，我就敲锣！我爸当年在秧歌队敲过锣，他死后留下一面大铜锣，得给它派上用场！”她的计划是把他们搞得心力交瘁，声名狼藉，让他们自生厌恶，终止关系，等他回心转意后，再一脚踹开他。

我说：“既然最终还是离婚，干吗不一开始就放过他？”

“那岂不是便宜了他们！”黄薇娜说。

在我心目中，黄薇娜一直是特立独行、大度从容的女人，没想到她也这样自私狭隘。

黄薇娜发泄过了，平静了许多。她问我最近是不是有了新男友。我点点头，问她怎么看出来的。黄薇娜鄙夷地说：“一个女人眼里有了柔情，能是什么？还不是因为那些败类男人的点滴雨露！可你记住，这样的雨露早晚有一天会消失，就像宋相奎对待你，就像林旭对待我！所以聪明的女人，一生都不会把自己交付给男人。女人是玫瑰，男人是蜜蜂，当他采完你的蜜，没甜头了，就会飞向另一枝玫瑰。在这点上，吉莲娜是最聪明的女人，一生没有真正的交付，一生也就没有彻骨的伤害。”

那时我正跟齐德铭如胶似漆，黄薇娜的话，于我来说是刺耳的。我对她说，吉莲娜在情感上也许并不像我们想象的那样一张白纸，因为她新年请我去马迭尔吃西餐时，一派少女打扮，还说当年曾在那儿跳过舞。

“跳舞？怎么我采访她时，她从没说过？”黄薇娜怔了一下，说，“难道她那天是怀想旧日恋人去了？”

“我觉得吉莲娜一定有过刻骨铭心的爱。”我说。

黄薇娜哼了一声，将一个烟圈吐在我脸上，冷冷地说：“傻丫头，那一定是没有得到的爱！得到的，不会刻骨铭心。”

春节的脚步近了。我们报社的人，没有喜欢春节值班的。但对我这种没父母可奔的人来说，过年值班就是抬爱我了。如果你在烟花满天的时刻，一个人孤独地守岁，会觉得这世界的绚丽与你无关，你是时光深渊中的弃子，备觉凄凉；可你在工作岗位上忙着，年便好熬多了。

领导见我年年主动要求春节值班，特意准我春节前休假一周。

我腊月二十三赶回克山，给母亲上坟。我们那儿的风俗，过了小年，就可上坟。哥哥陪着我去西岗的路上，遇见了开诊所的老杨。这个继母曾经的情人，衣衫褴褛，扛着把铁锹，鬼一样地游荡在村口，见着我们就说：“高抬贵手呀，把我埋了吧！这世道就要没太阳了，我怕黑呀，早点埋了我吧。”哥哥说，老杨很倒霉，他儿子前年突发脑梗死了，儿媳当年就改嫁了；离异的女儿因为家庭不幸，染上毒品，被送进戒毒中心。儿子和女儿的孩子们，一下子失去了庇护，全由老杨看管。真是屋漏偏逢连夜雨，老杨的诊所跟着出了问题，一个在他那儿打了一周肌肉注射针的八岁男孩，突然间有一条腿不好使了，患儿的家属带孩子进省城医院看病，诊断结果是注射不当致残，属于医疗事故，而老杨没有行医执照。他怕有牢狱之灾，赶紧用钱私了，把家底赔掉不说，还背上了十多万的外债，老杨至此崩溃了，出门时总是扛把铁锹，请求过路人把他埋了。哥哥说，这两年继母过得也不如意，秋天时还觍着脸回来找老相好的，谁料一进村就遇见了疯癫的老杨！老杨一把白胡子乱飘着，扛着把铁锹，两眼直勾勾地朝她走来，说：“姑娘心眼好，把我给埋了吧！埋了我你能交好运，田里的玉米都会长成金条！”撞见这一幕的村人回来说，继母很失落，长叹一声，村子没进，转身走了。

继母和她的情人这般下场，令我愉悦，尽管我知道这种快感有点邪恶。

带着这种快感回到哈尔滨的我，精神抖擞。我在投入齐德铭的怀抱时，热情似火。齐德铭开玩笑：“回了趟老家，怎么变得这么甜心了？”

我开玩笑说：“我老家是个甜菜坑，回到那儿，等于泡在蜜罐子里，想不甜都没可能！”

9

齐德铭陪父亲过的年，我是在报社值班室过的年。

吉莲娜习惯了独自守岁，她除夕夜不吃水饺，一壶茶，一碟果干，弹上一首钢琴曲，便是迎新的仪式了。我问她除夕夜通常弹什么曲子，肖邦、莫扎特还是舒曼？吉莲娜淡淡一笑，说：“指尖落到谁那儿，就是谁的曲子。”吉莲娜钢琴造诣深厚，崇拜犹太钢琴家霍洛维茨。她从学校作为音乐教师退休后，曾开过钢琴班。后来年纪大了，她说只给神弹奏了，不再用它谋生。

在南方，年是冬眠的熊，它一出洞，春天来了；可是在北国，年是苍茫原野中奔跑的雪兔，要想它的毛发随春风而变色，还有待时日。

我以为黄薇娜和林医生分居着，年过得一定不如意，谁知正月初七上班时，她容光焕发的。她说春节带着儿子去了亚布力滑雪，小孩学东西就是快，林林三天就学会滑雪了！

我问她："林医生没跟你们一起去？"

黄薇娜用玩笑的口吻说："当然少不了他，不然大过年的，我还不得去人家的门口敲锣呀！"

她的话让我以为他们和好如初，危机已过。

黄薇娜说这次在亚布力，遇见了她的受访者，一个犹太富商的后代。黄薇娜跟他聊起吉莲娜时，意外得知日本占领东北时，吉莲娜的继父与日本人过往甚密，曾把她许配给一个日本军官，吉莲娜不从，精神失常过一段时日。看来吉莲娜在情感上，的确有故事。

"难怪她现在的举止也和常人不一样。"我说。

我看过一个资料，说是日本侵占东北后，曾秘密推行过"河豚鱼计划"，允诺犹太人，赐予他们一方土地，复兴犹太国。其实日本人的本意，是想吸纳犹太资本，为他们在东北的军事和工业建设投资。日本人喜食河豚鱼，它剧毒，但美味，“河豚鱼计划”，意谓这是一项美妙而又危险的计划。他们为了在东北大地吃得更美，对犹太人采取亲善政策。马迭尔创始人的儿子遭到绑架，据说也与日本人有关。日本人想用极少的钱，买下“马迭尔”这块肥肉，而约瑟·开斯普并不买日本人的账，他开出极高的卖价，给他们当头一棒。约瑟·开斯普知道此举会惹恼日本人，他一方面加强了自身的防护，带保镖出行；一方面把财产逐渐转移到了拥有法国国籍的儿子名下，并在马迭尔门前悬挂起红白蓝三色旗。恼羞成怒的日本人在老开斯普身上找不到机会下手，便指使匪徒，绑架了暑期来这里探望父亲的小开斯普，酿成震惊世界的惨案。黄薇娜在谈到这桩绑架案时，对老开斯普有不恭之言，说小开斯普被绑架之初，绑匪切下他的一只耳朵寄给老开斯普，说只要收到赎金，就放了他儿子。可是老开斯普讨价还价，还说见不到儿子绝不付赎金，绑匪榨不出油水，一怒之下，将小开斯普杀害了。黄薇娜当时气急地说：“要是林林遭绑架了，别说是钱，就是割我的肉，我都舍得！”她对马迭尔没好印象，称它是“凶宅”。

吉莲娜的继父，是不是卷入了“河豚鱼计划”，而亲近日本人的呢？一个日本军官在那个年代，能喜欢上一个犹太女孩，让我对这名军官，有了无限的好奇。

犹太人的主要节日是逾越节，跟我们的春节一样隆重。那年的逾越节在四月下旬。哈尔滨的采暖期结束了，大大小小的锅炉停止排烟后，天空获得了解放，蓝天又回到了这座城市。草发芽了，迎春和桃花开了，街上的行人也多了。春光真好，它让万物复苏，也让我们远离了冬日的烟尘。吉莲娜在逾越节前一周，就开始做准备了。她叫来计时工，扫尘，洗窗帘被褥，擦门窗，给窗帘钩换上铜质的，屋子焕然一新，清爽至极。逾越节前一天，她买来羊骨，配上香草，在烤炉烤制，之后做白面薄饼。逾越节期间，她不吃发酵的食品，马迭尔的面包在那七天里，她是不碰的。吉莲娜说以前过逾越节，她是和老朋友在一起，后来这些人相继离世，凑不齐人了。她忧伤地说：“活得长不好，你比别人要看到更多的死亡。”她接着嘟囔，“神怎么还不接我走？”我说：“这世界的灾难多了去了，神忙得顾不上你了。”吉莲娜严肃地说：“死亡可不是灾难，是重生，是人生最大的喜悦。”

我并没有说死亡是灾难，吉莲娜误会了我的话。可我从她的误会中，获得了安慰。想着重生的母亲再无屈辱，也许化作了一只鸟儿，正自由地飞翔在我看不到的天空中；也许化作了一条美丽的鱼，风雨都淋不湿她的心！我不愿母亲复活为人，怕她再遭受尘世的苦难。

这年的四月下旬，为着一种新药的推广，齐德铭带着寿衣又跑业务去了，这次他去的是江浙一带。他不在哈尔滨，整个逾越节，我是和吉莲娜一起度过的。

逾越节的早晨，吉莲娜用捣碎的杜鹃花和绣球花的艳红浆汁，代替羊血，涂抹在门框上。这种风习，源于《圣经》故事。以色列人在埃及备受奴役，欲脱离苦海，可是埃及法老百般阻挠。于是上帝通过先知摩西，降下多重灾害，蛙灾、畜灾、蝇灾、黑暗之灾等，埃及百姓饱尝灾苦，可法老仍不为所动。这样，上帝降下第十灾，击杀埃及一切头生的，无论人畜。为防止错杀以色列人，上帝命令摩西谕示以色列人，在他巡游埃及的那天宰杀羊羔，将羊血涂抹在门框上，这样上帝看到门框上的羊血，就会“逾越”过去，保全以色列人。以色列人逃离埃及时，匆忙中带走了还没有发酵的饼，为了纪念这个日子，他们这一天会吃羊骨和没有发酵的饼。

吉莲娜准备了丰盛的逾越节晚餐，她打电话约黄薇娜一同享用，黄薇娜问带孩子过来行吗？吉莲娜说："神喜欢孩子，来吧。"

黄薇娜非常细心，给吉莲娜带来了一盒杏仁饼，一罐意大利咖啡，和几枝鹅黄的迎春。我问她花儿哪来的，她理直气壮地说："花店又不卖迎春，当然是偷的了！偷花和窃书一样，不能算偷。"她得意地笑起来。

我们报社楼下的小花园，迎春开得火爆，可是上下班的人，朝九晚五，匆匆忙忙，没谁赏花。黄薇娜说花儿开在这样的地方，是开在寂寞里，可折下给喜欢它的人，却是开在热闹里了。我也给吉莲娜带了花儿，虽说在花店买的，却也别致。我让花店的师傅，用藤条编成一个六角星，插满小朵的黄玫瑰，再点缀一些银白的满天星。这颗用鲜花组成的六芒星，芳香四溢，熠熠闪光，吉莲娜爱极了，捧着它去了祷告间，奉献给神。

吉莲娜平素是俯就在钢琴旁的小餐桌用餐的，可一旦来了客人，这桌就局促了。她将厨房角落的白橡木折叠桌搬出。自从老友相继离世，无人来陪她过逾越节，折叠桌已多年不用了，给人冷冰冰的感觉。吉莲娜为它除过尘后，将一块白底粉花的台布铺上，又将迎春插在一只方形青花瓷瓶中，摆上餐桌，它立刻就变了一副脸孔，春意盎然了。吉莲娜失神地看着迎春，叹息一声，说它们开得像极了她在苏州看过的蜡梅，艳而不俗，只是没有蜡梅那股子幽香。

黄薇娜立刻追问："您是哪一年去的那儿？"

吉莲娜怅然若失地说："六十年前了。"

"您是和父母一起去的？"黄薇娜又问。

"我自己。"吉莲娜说，"就想一个人看看花儿。"

花儿也勾起了黄薇娜的往事，她说："我父亲肺癌晚期时，最想看牡丹了，我陪他去了菏泽。他看了三天的牡丹后，说是可以回家了。在回来的飞机上，他抓着我的手说，牡丹是花魁了，可这么艳丽的花儿，还不是说败就败了，我死了又有什么可惜呢！在那之前他非常恐惧死亡，可看过牡丹，他觉得死亡没什么可怕的了。我感谢牡丹，是它让他走得安详。"

我不愿黄薇娜在逾越节时陷入伤感的情境，连忙吩咐她和林林去露台拿折叠椅，而我帮着吉莲娜，将吃食一样样地从厨房端上餐桌。

餐桌摆在客厅中央，它的上面，是一盏低垂的六角形彩绘玻璃灯。五彩的光影照着餐桌上的花儿，照着蔬菜和羊骨，缤纷夺目。入座前，吉莲娜先去祷告一番，然后唤每个人洗一下手，逾越节的晚餐开始了。我们每人先喝了一杯红葡萄酒，然后吃用盐水浸过的蔬菜、剥了皮的白水煮鸡蛋、未经发酵的饼和羊骨。吉莲娜特意为林林榨了一杯梨汁，做了苹果馅饼。三杯酒后，吉莲娜给林林讲逾越节的故事，当她说到摩西带领以色列人逃出埃及，走至红海，举起手杖，使红海分出一条路，让以色列人顺利渡过红海，而让埃及法老的追兵淹死在海中时，林林睁大了眼睛，问："摩西是谁？他的手杖这么牛逼啊，赶得上孙悟空的金箍棒了！"

黄薇娜呵斥林林不许说脏话，吉莲娜倒不介意，她夹了一个苹果馅饼给林林，说："摩西是神啊。"

林林问："他还活着吗？"

吉莲娜答："神是不死的。"

林林又问："你见过他吗？"

吉莲娜微微摇着头，温柔地说："我每天都盼着他来。"

林林颇为同情地说："摩西总也不死，我猜他早就白了毛了，走不动路了，见他肯定挺费劲。"

黄薇娜正饮着酒，林林的话令她笑喷，一口红酒溅到我身上，我的白毛衣，刹那间开出了红梅。

那晚我们喝了不少红酒。吉莲娜讲了很多关于犹太节日的故事，除了逾越节，还有五旬节和住棚节。她说从前过住棚节，一家人会在松花江畔的草地上，用柳树枝条搭起棚屋，带来经书和丰收的瓜果，住上七天。住棚节通常在十月，有时赶在月初，阳光还很灿烂，有时赶在月尾，雪花便飘来了。传说住棚节期间，《圣经》记载的七个英雄，分别会在七天里来到棚屋，所以天再凉，妇孺可回家住，男主人却是要守在棚里的。林林问那七个英雄中,有没有武松。我们集体摇头,林林很失望，说他吃饱了，下了桌，去露台看街景去了。

吉莲娜喝了酒，却毫无醉态，思维敏捷。黄薇娜几次试图把话题引入她的私生活，都遭到她温柔的抵抗。比如黄薇娜问她当年日本人主要住在哪片街区，吉莲娜淡淡地说，就是这一带啊。再问她那个年代的帅男是什么标准，吉莲娜用同情的目光看着黄薇娜说，你爱上哪个男人，哪个男人就是帅的，哪会有统一的标准呢。黄薇娜再问像她这样不结婚的女人，当年会不会遭歧视。吉莲娜意味深长地说："只要你不歧视自己，就是全世界都歧视你，又怎么着？"

她的话让我和黄薇娜都联想到犹太人离散的命运，

我们面面相觑，知道该是结束晚餐的时候了。

黄薇娜离开时有点失落，我送他们母子下楼时，她叹了口气说：“一部传奇摆在你面前，你却不能翻阅，唉！”

我说：“这部传奇的作者属于她，她有权利不让它流传。”

我越来越喜欢吉莲娜了。

五一长假的前夜，齐德铭回来了。他从温州机场起飞前给我打电话，希望晚上回来时，能在中山花园的家中见到我。我揶揄他：“你是想见到饭吧？”齐德铭笑了，说：“知我者赵小娥也。”想着他的旅行箱里装着寿衣，我特别向他祝福了平安。

我去家乐福超市为与齐德铭小别相聚的晚餐采买时，在卖副食的冷柜前遇见了宋相奎。他胡子拉碴，脸色灰黄，瘦了一大圈，见了我后，提着购物篮的手微微发抖。购物篮里有一包红枣、一盒草莓，还有一只冰冻的白条鸡。我们都有点尴尬，躲闪着对方的目光，不知该怎样打招呼。最后还是我先张口的：“买菜啊？”他应了句：“啊，买菜。”我问：“柳琴好吗？”他停顿了一刻，说：“她怀孕了。”我说：“祝贺你快当爸爸了。”宋相奎的眼里并没有喜悦，他说：“小娥，其实我一直想给你打电话的，想跟你说说话，今天真巧，能不能给我半小时，我在楼下必胜客等你，喝杯咖啡？”我看了看表，说：“今天来不及了，我男友从外地回来，快下飞机了，我得赶回去做饭。”宋相奎伤感地说：“怪不得你变漂亮了，我该猜到是有男友了。”他说了声对不起，匆匆与我告别。

从家乐福回到齐德铭那儿，天已黑了。我刚将饭菜做好，电话响了，齐德铭说他已经落地，不过正值下班高峰，进城车辆拥堵，大概五十分钟才能到家，叫我不要着急。我拖地板的时候，想着宋相奎那张憔悴的脸，为他不安。我扔下拖把，给他发了条短信，问他是否方便说话，宋相奎立刻把电话打过来，说他正一个人在酒馆里。我问他想跟我说什么。宋相奎说，他和他母亲，担心柳琴生的孩子会是哑巴，快崩溃了。他说咨询过医生，这种先天性聋哑女与正常人所生的孩子，确实有可能是聋哑儿。宋相奎说他运气差，买彩票连五块钱都没中过，如果孩子出生后跟柳琴一样，他母亲一定得疯了。家里如果有两个聋哑人，一个疯子，再加上他那个娶不上媳妇的残疾哥哥，他肯定也得疯。他想让柳琴终止妊娠，可她态度坚决，一定要生下孩子。宋相奎说他每天服用安眠药，还是睡不着觉。他怀念和我在一起的日子，怀念我们之间的争吵，那一切都变成愉快的回忆了。宋相奎如此旧情难忘，我便有勇气把心底一直存的疑问抛出来：“说句实话，你跟我分手，与柳琴的房子还是有关吧？”我知道这样问他，等于掮他巴掌。宋相奎沉默了一刻，突然咆哮道：“赵小娥，像我们这种从农村出来的人，没有背景，没有金钱，又没有过人的本领，在这个年代，真不该选择在大城市生活！我们何苦活得这么累！”宋相奎骂了句脏话，挂断电话。他的话，等于间接回答了我的问题。我呆坐良久，字斟句酌，给他发了条安慰短信：“别惧怕孩子会是聋哑人，每一个孩子都是上帝送来的天使！一个人只要内心快乐，即便活在没有声音没有语言的世界里，也是美好的。”我知道这句话其实很虚伪，很空洞，宋相奎没有回复——当然不会回复了。

那晚齐德铭一进家，洗了把脸，便迫不及待打开旅行箱，说:“赵小娥，表扬我一下吧，你看看，因为想着你，我带的安全套这次一只没用！”

我说：“我不怕你用安全套，怕你用的是寿衣！”

齐德铭颤声叫着：“小娥——”将我紧紧抱在怀里，哭了。陈二蛋之后，这是我第二次，在男人怀里，被他们的泪水打湿。

10

五一长假的最后一天，齐德铭约我去见他父亲。

我的心一阵狂喜：难道他跟我认真了，这是求婚的信号？

会面地点选在他父亲所开的道外印刷厂，齐德铭说他父亲可能怕我拘束，才在车间与我见面，嘈杂的环境会消除我的紧张感。

可我却觉得这种随意的见面方式，大概也表明他对儿子婚事的漠然。

午后两点见面，可我早餐后就准备上了。我把这个季节穿的衣服全部翻腾出来，一件件地试。那些衣服大都地摊货，质地不佳，要想穿出彩儿来，实在是难。我胡乱搭配，对着镜子左照右照，没一身称意的，不由得心烦意乱起来。吉莲娜见我穷折腾，知道我有重要约会，过来帮忙，问我要见的是什么人。我说这有什么关系，不管见谁，把自己打扮漂亮就是嘛。吉莲娜说那不一样。如果是见工作上的朋友，要穿得大方一些，米色大开领的双排扣短风衣，配一条深咖啡色的长丝巾最为理想；如果是会男友，在这大好春光中，可以穿得活泼大胆一些，选择那条紫色七分裤和大开领的斜肩紫花毛衫，把自己打扮成一丛紫丁香；而如果是见尊贵的长者，就要穿得稳重一些，着那件西装式蓝格子外套，配黑色长裤。我告诉吉莲娜，我要见的是齐德铭的父亲。吉莲娜“哦——”了一声，情绪一下子低落了，冷冷地问：“是去他家里吗？”我说是在他开的道外印刷厂的车间。吉莲娜吃惊地看了我一眼，说：“你同意了？”我点点头。吉莲娜失望地垂下头，说：“那就穿米色双排扣短风衣和黑裤子吧，权当是到松花江边走一遭。风衣里配黑色高领针织衫，不要戴丝巾。万一丝巾绞进机器里，勒住你的脖子就惨了。”

吉莲娜的话，让我联想起美国现代舞创始人伊莎多拉·邓肯，她的死，就是丝巾惹的祸。有一天她乘坐跑车兜风时，缠绕着她脖颈的宽大的红色丝巾，有一截飘到身后，恰好垂到后轮底下。车一启动，邓肯便被绞进后轮的丝巾给拽出跑车。等司机察觉刹车时，邓肯已结束了挣扎。她怎么也不会想到，柔软的丝绸也能充当杀手。邓肯的结局，就是一出惊世的现代舞。我想我没那么好的运气，这种浪漫的死法，只属于艺术家。

我相信吉莲娜的眼力和直觉，按照她的指点穿扮，果然不俗，落落大方。吉莲娜意味深长地对我说，穿上风衣，可以随时随地走进风雨中。

离见面时间还早，我想出去散散步，给自己点勇气。

在我看来，孑然一身而高寿的人，一定是有勇气的人。我无数次地想，吉莲娜的生存勇气来自哪里呢？是永难忘怀的爱恋，还是宗教的抚慰？我更相信是后者。因为前者如雾似烟，我看不清；后者我从她每日虔诚的诵经声中，深切感受到了。

我决定到犹太会堂转转，那里该是给吉莲娜勇气的地方吧。

哈尔滨有两所犹太会堂，都在道里区，相距不远。

犹太老会堂坐落在通江街，过去叫炮队街，1909 年落成，是哈尔滨早期犹太人的宗教活动场所。老会堂 1931 年发生过一场火灾，修复扩建后，一楼仍是礼拜堂，二三楼则是哈尔滨犹太人宗教与文化的办事机构，像犹太宗教公会、犹太复国主义组织、犹太丧葬互助会、《犹太生活》编辑部等，都设置在那里。老会堂从侧影看，特别像一艘早期的邮轮，它的砖红色半球形穹顶上矗立的银色六芒星，就像引航的灯塔。这艘邮轮航行了一个世纪了，依然没到终点，可见宗教的行旅横无际涯。如今的老会堂里有一家青年旅行社，二三楼为客房，是怀旧的旅客乐于下榻之地；一楼还有一家古色古香的咖啡店，吸引着喜欢寻梦的人。

犹太新会堂在经纬街和安国街的交会处，1921 年落成。这座建筑稳重而不失浪漫，主体颜色红白相间，圆心式的金色穹顶，看上去像个成熟了的大南瓜。这座当年可容纳七八百人的教堂，除了做礼拜，还举办婚礼。吉莲娜说做礼拜的时候，会堂常传出幽怨的哭声。不用她解释，我明白哭声源于什么。奇寒的哈尔滨成为了犹太人温暖的收留地，可它毕竟不是他们的故国。

吉莲娜似乎对犹太新会堂的感情更深一些。她说她母亲和继父结婚，就在这座会堂。每年住棚节期间，人们住在松花江畔的棚屋里，会来新会堂祈祷。这座会堂“文革”中遭到毁坏，修复后一度成为“东方娱乐城”，豪华夜总会的灯红酒绿，湮灭了犹太人曾经的眼泪。后来市政府按照原貌修复了会堂，一个属于犹太人的历史文化博物馆在此开馆。虽然复建的新会堂没有吉莲娜想象的好，但她还是为它的重生而喜悦。

犹太新会堂离吉莲娜的住所不远，虽然它被紧紧包围在现代的高层建筑中，没有树木的荫庇，处于交通要冲，受汽车尾气之害，但仍是那一带最摄人魂魄的建筑。看来真正的美，是遗世独立的。

即便在假期中，犹太新会堂的售票口还是冷冷清清的。没用排队，我便购得门票。也许是我跟吉莲娜说过神的坏话的缘故吧，步入会堂时，我有点胆怯。

刚进大厅，才打量会堂一眼，我挎包中的手机响了，是齐德铭打来的。他告诉我他父亲临时决定，将会面时间改在上午十一时，叫我赶紧准备一下，他一会儿过来接我。

我有点不快：“你爸爸怎么这么善变？”

齐德铭兴高采烈地说：“他改时间，是为了请我们吃午饭！要知道，他从没请过我的朋友吃饭啊。”

“可我不喜欢突然改时间。”我嘟囔着，心想幸亏我提前穿扮好了。

“你好像在外面？是不是有事绊住脚了？”齐德铭急切地问。

我看了一下手表，九点五十分，从这里去道外，即便塞车，三十分钟也到了。我说：“我刚进犹太会堂，你来这儿接我吧，快到时手机晃我一下。”

“你和吉莲娜一起去的吗？”齐德铭问。

“我自己。”我说。

“犹太会堂有两个，你去的是红顶的还是金顶的？”看来齐德铭对这两座犹太会堂很熟悉。

“在经纬街，金色穹顶的……”我说。

“啊，就是娱乐城的那座——”齐德铭说，“我现在下楼打车，到你那里，二十分钟吧。”

外面春意融融，会堂却很阴凉，我起了寒意，忍不住打了个喷嚏。中央大理石地面上，镶嵌着一颗巨大的六芒星，我走向那里，想暖暖心。可我脚下，漫溢的不是自然的星光，而是水晶灯投下的绚丽灯影，叫人有点丧气。犹太新会堂修复后太新了，没有我想象中的肃穆庄严。倒是迎面悬挂着的巨幅黑白照片，似一扇幽暗的窗，隐隐吹来昨日的风——那是众绅士在马迭尔旅馆隆重集会的一张旧照片。我盯着其中每一个男士仔细看过来，发现他们虽外貌不同，但每个人的表情都有内涵。而如今的男人，太缺乏照片中人那种耐人寻味的表情了。

吉莲娜说新会堂展览着一只铜质七烛台，是她的朋友捐赠的，非常漂亮。我走出六芒星，去楼上寻七烛台的时候，突然想起我见齐德铭的父亲，是晚辈见长辈，是不是该带点水果之类的东西？

我给齐德铭打电话征询意见时，他已上了出租车。他说："带啥呀，他什么也不缺！再说这次见面不是在家里，也不在他办公室，他随便，咱也随便！"

我没心思看七烛台了，早早出了新会堂等他。齐德铭用手机晃我时，我已等了一刻钟了。他打了一辆红色夏利，车还没到呢，声音先到了，他从车窗探出头喊："赵小娥——"

这一声亲如骨肉的呼唤，让我周身泛起暖意，内心不那么紧张了。

齐德铭坐在副驾驶的位置，车停稳后，他下了车，打开后车门，要与我坐一起。我猫着腰钻进汽车时，他在我屁股上拍了一下，说："今天这扮相不错，挺酷！"

我问齐德铭为什么对两座犹太会堂这么熟悉，他说小时候他家就住在这一带。新会堂是娱乐城的年代，热闹得不得了；它成了博物馆后，反倒是冷清了。而老会堂那儿，他最青睐的是里面的青年旅社，他曾住过一夜，它的小餐厅颇具情调。他挤眉弄眼地说："如果有一天我向你求婚，就去那里！"

想着他身居哈尔滨，却在旅社过夜，估计他是和女孩子去开房，我心生妒火地说："再带小妖精去那儿住，我砍断你的腿！"

齐德铭笑起来，把我的手拉到他胸口，让我触摸他怦怦跳动的心脏，说："一颗红心，两种准备！"

齐德铭父亲的印刷厂比较偏远，在道外建材大市场附近。那是一座狭长的青砖水泥平房，银色的铁皮屋顶，面积大约有两千平方米。它的西侧是库房，东侧是装订和裱糊车间，中间广大的区域，是切纸和印刷车间。

厂子左侧还有一座平房，四四方方的，外墙漆成墨绿色，瓦灰的屋顶，像座兵营，齐德铭对我说，那是员工宿舍和饭堂。离见面时间还差十分钟，齐德铭带我先参观。

印刷车间比我想象的要洁净，印刷机多是罗兰和海德堡等著名品牌，噪声不是很大。工人们穿着银灰色的工装，也是我喜欢的调子。有的工人认识齐德铭，见到他会打招呼，然后多看我一眼。空气中飘浮着油墨的芳香，给人以暖洋洋的感觉。我们走向一台切纸机的时候，齐德铭忽然拽了一下我的衣袖，悄声说："他都到了——"

原来站在全自动数控切纸机前的人，竟是齐德铭的父亲！他穿工装服，一米八五的个头吧，不胖不瘦，鬓角微白，四方大脸，肤色黑红，单眼皮，炯炯有神的眼睛，鼻孔微微翻卷，宽阔的嘴角边，各有一道直纹，好像插着两把锋利的剑，凸显其性格中刚毅的一面。他见了我热情地握手，说："小赵吧？我是齐德铭的父亲，齐苍溪！"他的手略微粗糙，宽厚有力，是男子汉的手。我向他问好，正不知握过手后该说什么时，齐德铭问他父亲："你怎么切上纸了？"齐苍溪拍打了一下切纸机，说："新进的机器，净欺负工人，动不动就停摆！我来调教一下，抽它几鞭子，驯服驯服！"听他的口气，他把机器当作野马了。

我们就站在切纸机前聊了起来。我问他都印些什么东西，齐德铭的父亲说，宣传册、礼品纸袋、挂历、海报和信封，是他们业务的主项。有些人找上门来，要印假发票和盗版书，这种违法的活儿他是不接的。他笑着对我说："德铭跟你说过吧？我坐过牢，坐过牢的人最知道阳光和自由的可贵！才不会为了钱，把自己往监牢塞呢！"说完，他又风趣地将话题转向我们报纸，说我们报纸要是在这儿印刷的话，这活儿他可以接，因为我们报纸除了夸大的广告，没有不良内容！

我笑了。我喜欢齐德铭的父亲，他的稳健和亲和力，将我心中勾勒的那个傲慢、满身铜臭气的商人形象，给彻底粉碎了。我想如果能踏进他家门，有这样的公公，将是我的福气。

但我不知道，命运的小鬼拿着绞索，就在前方等着我。

我们参观裱糊车间时，遇见一个老工人。

他看上去七十来岁了，矮矮的个子，干瘦干瘦的，肤色暗黄，发丝蓬乱，驼背，刀条脸，无神的小眼睛，眼皮耷拉着，嘴唇干瘪，如果不是他的手指灵活地动着，他就像一具木乃伊。齐德铭的父亲见着他，比见着别的工人要热情，“穆师傅，今春风湿病犯没犯？”

穆师傅停下手中的活儿，看了看他的老板，声音嘶哑地说：“不犯才见鬼呢。”

齐德铭的父亲说：“下次我去林甸温泉，把您带去泡泡汤！听说温泉对风湿病有好处！”

穆师傅从鼻子里哼了一声，说：“一身的糟骨头，泡金汤也没用！”

他的话把大家逗笑了。我也笑了。

也许是我的笑声吸引了他吧，穆师傅将目光移向我。他看到我的一瞬打了个寒战，好像我身上裹挟着冷空气，侵袭了他。穆师傅低下头，用手使劲揉揉眼睛，再看我时，喃喃叫了声："燕燕——"

齐德铭的父亲见状，连忙向他介绍："这是德铭的朋友，小赵。"

穆师傅的眼睛似有火花闪烁，他颤声问我："你是哪里人？"

"克山。"齐德铭代我回答，"克山病听说过吧？一种地方性心脏病。上个世纪五六十年代，那一带得这病的人很多，死了不少人呢。"

齐德铭的父亲说："穆师傅当然知道了，这病把他家害惨了。"

"您也是克山人？"我吃惊地问穆师傅。

穆师傅像是被人点化成了木头人，身体僵直了，眼睛也仿佛凝固了，对我的问话毫无反应。齐德铭的父亲见状，在他肩头轻轻拍了一下，说："穆师傅是克山人，出来二十多年了吧？是不是再没回去过？"

穆师傅颤抖一下，醒过神来，低沉地说："没亲人了，还回去做什么……"

告别穆师傅，我们走出厂子的时候，齐德铭的父亲对我说，穆师傅的独女叫燕燕，得病死了，估计燕燕长得像我，穆师傅才会看着我时，不由自主地唤燕燕，叫我不要介意。

我们走向员工宿舍。宿舍有十几间，同一格式。齐德铭的父亲介绍说，除了穆师傅因为年纪大独居一室，其他工人是四人一间。宿舍的西侧是饭堂，虽然对开的玻璃门关闭着，香味还是从此间飘出。齐德铭的父亲对我说：“要是不介意，中午就在这儿吃顿便饭，体验一下工人们的生活，看看我们的伙食怎么样！”

齐德铭显然也没料到他父亲请我们吃饭，就在印刷厂的饭堂！他扯了一下父亲的衣角，小声说：“这么多人，说话多不方便啊。我们还是出去吃吧，我买单。”

我倒觉得，齐德铭的父亲能当着工人们的面，把我介绍给大家，等于承认了我。我对齐德铭说：“就在这儿吃吧，我喜欢家常饭。”

那顿午饭，是我记忆中吃得最热闹的一顿饭。显然齐德铭的父亲不是第一次来这里吃饭，工人们看到他，都说老板又来吃饭啦。饭堂温暖别致，白墙白顶，栗子色的条桌条凳，浅绿的大理石地面，两盏吸顶灯是帆船形的，走在地上，有踏青的感觉。我们坐在条桌的北侧，相对安静。齐德铭与我坐一起，对面是他父亲和穆师傅。饭菜很简单，三菜一汤：地三鲜、油焖黄花鱼、蒜蓉茼蒿和海带汤，主食是米饭和花卷。厨师手艺不错，把家常菜做出了滋味。饭堂嗡嗡嘤嘤的，工人们边吃边聊，有时谁讲了什么笑话吧，就会爆发出热烈的笑声。这种亲切随意的气氛，让我毫无拘束，胃口大开。我发现，工人们绝大多数是男人，难道齐德铭的父亲歧视女性？我疑惑的时候，猛然想起齐德铭说过，他父亲招募的工人，多是刑满释放人员，而关在监牢的人，男性明显高于女性。我心里咯噔了一下，这么说我对面的穆师傅，这个来自克山的老乡，也曾是罪犯？

穆师傅吃饭时很沉默，只问过我一句话：“你是克山哪个地方的？”当我说出我们乡的名字时，他的手抖了一下，又问是住乡里还是乡下的村子？当我报出村名时，他“啊”地叫了一声，龇牙咧嘴地放下筷子——他咬着舌头了！

我觉得穆师傅对我的态度很反常，便问他知不知道我们村子。他愣怔片刻，说：“咋不知道呢，我住过的村子挨着你们村，十九里路。”

我想起自己曾为了寻找强奸母亲的罪犯，而去过那个村庄，不祥之感袭上心头。

午饭过后，工人们陆续走了。齐德铭的父亲让厨房沏了壶花茶端来，跟我和齐德铭单独聊了聊，我趁此向他打听穆师傅的情况。他说穆师傅是个苦命的人，父母和哥哥死于克山病，他自小沦为孤儿，被村里一个放羊的汉子收养。他们相依为命，直到养父去世，穆师傅才离开克山，到鸡西采煤混生活。他当采煤工后娶了媳妇，有了女儿燕燕。可是天有不测风云，燕燕十来岁时得了白血病，穆师傅为了给女儿治病，倾家荡产，煤矿的矿主却又拖欠工钱，让他雪上加霜。穆师傅多次找矿主讨薪未果，气愤之下，一个夜晚，他酒后怀揣菜刀，在矿主的姘头家将其捉住，用绳子捆上，说矿主的手沾满了矿工的血，生生剁掉了他右手的大拇指和食指——矿主喜欢用它们蘸着口水点钱。矿主有钱，出事后不要穆师傅一分钱的民事赔偿（穆师傅也没能力赔偿），要让他把牢坐穿！结果穆师傅被判了七年。燕燕在他入狱的第二年死了，他老婆恨他鲁莽，不负责任，与之离了婚。穆师傅出狱后孤苦伶仃，印刷厂就成了他的家。

我问齐德铭的父亲，穆师傅有七十了吗？他说："哪里，生活把他给折磨老相了，他还不到六十呢。"

我们离开印刷厂时，齐德铭的父亲将一把明晃晃的钥匙递给儿子，说："你不是有驾照吗？后院停着辆新型雪铁龙，你开走吧，和小赵出去时方便一些。记住是借给你的，不是送。”

我没想到，齐德铭接过钥匙，咧嘴一笑，只在手上掂了掂，便还给父亲，说他经常出差，车在他手里，是后宫的娘娘，临幸它的时候少，可惜了；还说他平常喜欢喝点小酒，开车不能饮酒，这等于丧失了人生一大乐趣，亏得慌。

齐德铭的父亲说：“那你考驾照干什么？”

齐德铭说：“开车和游泳我不喜欢，可我都学会了，为什么？很简单，这是遇见突发灾难时，求生必备的本领。”

齐德铭的父亲一脸疑惑地看着儿子，他显然并不知道儿子的旅行箱里，始终放着一件寿衣。

11

如果丁香不开，哈尔滨的春天就不算真正来了。

迎春和桃花开在丁香之前，看似抢着春了，可它们绽放时，哈尔滨气温还偏低，草儿也没有普遍绿起来，人们大都没卸下冬衣，所以那样的春花，与这座城市有点隔膜的意思，不具亲和力。

丁香一开却不一样了，草儿没有不绿的了，人们把棉衣棉裤收起来了。丁香花馥郁的香气就像无形的银针，把你严冬时堵塞的毛孔，温柔地挑开了，将暖融融的春光注入你的肌肤，让人遍体通泰。

丁香开起来实在癫狂，每一棵花树都是一个星空，花朵多得你无法数清。它们开到极盛时，花穗会压弯枝条。

这座城市的丁香以紫色和白色为主。开在公园中的一簇簇的紫丁香，像团团紫云；而开在街巷中的白丁香，就是一条条洁白的哈达。

春光大好，我的心却乌云翻卷。我求助齐德铭，开始调查穆师傅。他离开克山是哪一年？他进了几次监狱？齐德铭问我为什么对穆师傅这么感兴趣，我说穆师傅孤苦伶仃，错认我为女儿，看着怪可怜的，我想认他做干爸。齐德铭揶揄我，说："看不出赵小娥同学这么有爱心！"

从齐德铭反馈的情况看，我出生的第三年，穆师傅离开家乡去的鸡西。从时间上说，他有作案的可能。更重要的是从生理上说，他离开克山时是个成年光棍，作案嫌疑更大。

我要接近穆师傅时，他突然失踪了。

没人知道他去了哪里，足足一周。齐德铭的父亲把穆师傅可能接触到的人，可能去的地方，都问到了，没获得任何线索。正想报警时，他回来了。问他去哪儿了，他说风湿痛折磨得他睡不好觉，去林甸泡温泉了。而事实是，齐德铭的父亲猜到他可能去那里，将林甸大大小小的温泉场所都问到了，却没有穆师傅的入住登记。

齐德铭听他父亲说，穆师傅这次失踪归来，捡着宝贝似的亢奋。他比以前能吃了，也爱说话了。他买了副哑铃，说是要把腰给抻直溜了。他在车间干活时，竟然打起了口哨。工友们都说穆师傅出去一周，肯定泡着了俊妞，才这么美滋滋的。

齐德铭帮我约好见穆师傅的前一天，临近中午，我正在校对一篇通讯稿，传达室说有人找我，我放下稿子，赶紧下楼。

原来是姑姑！

姑姑背着一个廉价的花格子旅行包，烫了一头羊毛卷发，绿裤红袄；脸上拍着厚厚的脂粉，嘴唇涂得像火焰山，给人以烧灼感；眉毛描得黑漆漆的，如两道深渊；耳朵、脖颈、手腕和手指上戴着形形色色的饰品，胖得汹涌澎湃。姑姑见着我动情地说："小娥，好几年没见你了，姑姑想得慌呀——"

我在单位人眼中，是个内向寡言的人，突然间来了这么个高调的姑姑，让人觉得别扭。我跟姑姑招呼了一声，赶紧将她带出传达室，想着去附近的餐馆坐下来，再探究竟。

姑姑在路上告诉我，她下了火车，是打出租车过来的。她说司机带着她转了半个多钟头才到我们单位，花了二十五块钱，而她问过传达室的老头，从火车站到我们这儿，步行一刻钟也到了，就是个起步价，她咒骂哈尔滨的出租车司机黑心。

我们去的那家餐馆门前，有两株紫丁香。姑姑进门的一瞬，从花树上摘了几朵丁香，放到鼻下嗅着，说："都说这花的花芯像钉子，香气大，才叫丁香的，是吗？"

我没心思跟她在花上周旋，敷衍道："是吧。"

知道姑姑嗓门大，进了餐馆，我特意选择北角的位置。那里靠近灶房，有一个传菜的窗口，喧闹，她就是吼起来，也不会影响到其他客人。

姑姑一坐下来便伸过手来，让我看她明晃晃的戒指和手镯。她压低嗓音说："小娥，我怕穿戴不好城里人瞧不起，特意买了镀金的戒指和手镯，你看跟真的一样吧？"她又晃了晃脑袋，说："除了耳环是纯金的，项链和胸针也是假的！”她得意地笑起来。

我问：“你把胸针戴哪儿了？”

姑姑低头看了一下胸，“呀——”地叫了一声，说：“下火车时还戴着呢，一准是落在出租车上了！说是假的，也花了我十五块钱呢，今天这车打得亏透了！”

看着她万分心疼的样子，我直想笑。

知道姑姑怕辣椒，我故意点了剁椒鱼头、麻婆豆腐、酸辣汤和米饭。等菜的时候，她先是夸赞我变漂亮了，然后问我住在哪里，一个月开多少工资，奖金多吗。待她听说我租房住时，撇了下嘴。她的唇角本来就不对称，这一撇嘴，面目狰狞的，十分可怖。她问我租的几间屋，有没有她住的地方。我说没有，只一间。她又问我床大吗，她可以跟我睡一张床。我吓得魂儿都要掉了，连说是单人床。怕她说要打地铺，我赶紧申明屋子转不开身，连张椅子都放不下。姑姑从鼻子里哼了一声，绷起脸说：“那就住旅店吧！我不熟悉哈尔滨，你帮我找！”

菜陆续上来了，姑姑看着菜里红艳艳的辣椒，眼里放光，说她以前怕辣椒，现在离了它却吃不下饭了！姑姑眉飞色舞的，我却垂头丧气。她吃得啧啧有声，嘴上却埋怨着：“这酸辣汤搁这么多的粉面子，太黏糊了，像喝大鼻涕！这鱼头的鳃没有抠尽，腥气！这豆腐可不赶咱克山的卤水豆腐好吃，肯定是石膏做的，我看小孩子打弹弓缺石子，使它都行！这米太陈了，一点儿都不筋道，店家肯定贱价买的！”她把饭菜悉数糟蹋一遍后，问我是否有对象了。我摇摇头，说没有；她也摇摇头，说不可能。她讲一个女孩子眼睛变水灵了，一准是搞对象了。

姑姑吃得打起饱嗝，终于放下筷子，切入正题，说她来找我，是因为几天前老家突然来了个老头，打听我们村子出没出过私生子。老户人家大都知道我的身世，有人便对老头说，某年的七月十五，有个女人上坟被人强奸了，生下个女孩。老头问女孩如今在哪儿。大家说在哈尔滨，不常回来。姑姑说等她听说时，老头已经走了。

“会不会是你亲爹找你来了？”姑姑说，“我怕老头打听到你，到哈尔滨找你，张扬得满城风雨，对你不好，提前来跟你打个招呼。”

“你怎么知道他是我亲爹？”问这话时，我直冒冷汗。

“不是你亲爹打听你干啥？”姑姑说，“再说了，他听说你妈死得早，挺伤心，买了一堆果品，给了带路人一百块钱，去西岗给你妈上坟了呢。”

我联想起穆师傅的失踪，心一阵抽搐。

姑姑述说时，一直观察我的表情。以我对她的了解，她是不会大发慈悲，专程来提醒我的，她此行一定别有目的。我故作轻松地笑笑，说不管谁来找我，我这一生，只有母亲，没有父亲！姑姑很失落，吧唧一下嘴，终于对我说，老家的房子原本要动迁，现在看来没戏了，房前的大院子闲着可惜了，克山土豆好，她想开个小型粉丝厂，手里资金不足，想跟我借三万块钱。未等我作答，她开始唠叨这几年如何背运。先是养了两百多只鸡，谁知一场鸡瘟，让她血本无归；接着她男人得了糖尿病，打起胰岛素，针管里每天流的都是铜板，家里愈发穷了；而她在齐齐哈尔的儿子不争气，技校毕业后不肯吃辛苦，干起传销，成了半疯了，她只得把他领回乡下，当废人养活着。姑姑抹着眼泪，动情地说："这年头没闺女，老了就没依靠！姑姑真后悔当年没养个闺女呀。小娥，你要是不嫌弃．就做姑姑的干闺女吧！"

我忘不了童年所受的屈辱，我用报复的口气大声说："我嫌弃！我不会认你做干妈！"

姑姑被我的话噎着了，直瞪眼。

我接着说："我没钱借给你。你想用钱，可以拿房产和田地做抵押，去信用社贷款。”

姑姑说：“你怎么这么薄情寡义！管咋的，咱们过去是一家人呀。”

“我没有过去。”我说，“你记住了，我没有过去——”

姑姑威胁道：“要是这儿的人知道你是私生女，不会拿好眼睛看你的！”

我冷笑一声，说：“这年头谁要说自己是私生女，等于说血统高贵，还很时髦呢！”

我结过账，给姑姑留下五百块钱，告诉她如果想住下，就去饭馆旁的小旅店，一宿九十；如果不想住，直接去火车站买票回返。姑姑可怜巴巴地问：“你就不能陪我一下晌吗？”

我说工作忙，毅然走出饭馆。姑姑追出来，说她还带了两包粉丝给我呢。我头也没回地说：“我那儿做不了饭，你随便送人吧。”

户外春风荡漾，花香扑鼻，可我想起穆师傅那张干瘪的脸，一阵作呕。如果他真是我生父，那我绝不会饶恕这个强奸了母亲的罪人！

我步履沉重地踏入单位大门时，被传达室的老头喊住了，他说刚才扫地时，捡到一枚胸针。他说上午只有我和找我的人到过传达室，估计是我们遗落的。那是一枚玉簪花形状的仿银胸针，在姑姑佩戴的假饰品中，唯有它看上去别致。

我接过胸针，告诉老头这是我姑姑的。

“你这个姑姑真有意思。”老头说，“她怕我不给她找人，拿出一包粉丝要送我；等我打完电话，告诉她你马上下来，她把粉丝又装回去了。”

老头笑了，我却笑不起来，心里有痛的感觉。

我攥着那枚胸针出了传达室，来到小花园，选了一棵盛开的紫丁香，把胸针别在花丛中。当丁香花像星辰一样在黎明的天际落败时，这枚玉簪花，将为这棵丁香，续写花事。

12

我很快接近了穆师傅，并认他做了干爸。

那个春天对我来说暗无天日，我与他交往时佯装笑脸，内心却流着眼泪。我仔细观察穆师傅的五官，发现自己确实非常像他，比如豆一样的小眼睛，比如说话时微微下垂的唇角。最要命的是我们的耳朵，轮廓完全一致，它们就像血亲的旗帜，幽灵般地飘扬在我与他之间。

我朝他要过燕燕的照片，我们真的很像姐妹，难怪穆师傅初见我时，撞着鬼似的打寒战。当复仇之火在我心中熊熊燃烧起来的时候，我还想通过技术手段，最后鉴定一下亲缘关系，以免错杀。

血液并不是DNA检测的唯一途径，唾液、指甲、毛发等都可做样本，可我认准了血。为了采到穆师傅的血样，我买了套理发工具，拿松花江边缓坡上的青草练手，熟练地掌握了用推子的技巧。江边的人见我给草剃头，都当我是疯子。一个礼拜天的黄昏，齐德铭出差了，天有点阴，我带着理发工具去了穆师傅的宿舍。听说我要给他剃头，他非常高兴，嘱咐我别把他头发剃得太光。说坐过牢的人，出来后再不喜欢剃光头了，也都不喜欢穿马甲了。我给他剃头时，他非常安静，没有说话，偶尔发出一声知足的叹息，很享受那个时刻似的。剪下的头发如同衰草，带着股霜雪的气息。我在将剃完头的一瞬，沉着地将推子斜斜地探进他的后颈窝，用推子一侧锐利的尖头，刺破他的肌肤。当那股我期待的鲜血涌流而出时，我就像看到一朵妖花，充满恐惧。穆师傅只是轻轻叫了一声，安慰我不要紧，说是高级理发师也有失手的时候。我拿着事先备好的棉球，为他清理创口，如愿采到血样。

没有相关单位开具的血样鉴定证明，DNA 的化验就做不成，我跑到黄薇娜家，求助于她。黄薇娜家的沙发桌上，摆了一大瓶香气蓬勃的黄玫瑰。她刚洗过澡，湿漉漉的头发披垂着，穿一条葱绿的睡裙，绿水横流的样子，看上去清新愉悦。她说刚过完生日，鲜花是一个新结识的朋友送的。我夸赞她的朋友眼光不俗时，她得意地说："就是！这个人看上去五大三粗的，可是气质不凡！哪像林医生，一送我生日玫瑰，不是红就是粉！"

黄薇娜说自春节始，她改变对林医生的策略了。他们一家三口在亚布力滑雪时，她主动跟男性接触，与他们一起滑雪，一起喝烧酒，吃热气腾腾的杀猪菜，快快乐乐的。林医生装作不在意，可内心嫉妒得发疯。现在她不主动给林医生打电话，也不监视他，随他跟那女孩同居。每到周末他回来看林林时，她总要约个男友在家喝茶谈天，林医生看见，敢怒不敢言。

"林医生真傻，有次他回来，与我约会的男人走了，他还嘲讽我，说黄薇娜你现在怎么胃口那么好？频繁更换性伙伴，不他妈怕感染艾滋病吗？"黄薇娜哈哈大笑着说："亏他还是医生，不明白男人首先是发情的动物，其次才是讲情感的人。我换男友换得勤，就因为他们一旦试探出你不会跟他上床，便不会在你身上耽搁工夫，你只能招另一个上门。再说了，儿子在家，我哪能做那事啊。”

我从黄薇娜的话里，还是感受到她的心，并不像她的外表那样明媚。

“你何苦折磨自己，早点放弃吧。”我说。

“等他崩溃了，我再放弃也不迟，我不能给那小妖精一个生气勃勃的丈夫！因为这浑蛋说话太损，嫌我太健康，他乏味了！他做了医生后，喜欢楚楚可怜的女孩了。你说他是不是变态？谈恋爱时，他是多么喜欢我的明朗和健康啊。我得把他折磨成病人再说！”黄薇娜发泄完，将目光转向黄玫瑰时，眼神忽然变得温柔了，她叹息一声，说：“也有人喜欢我的健康和明朗，不是所有的男人都是阴沟的老鼠，见不得阳光。”

我把两份血样呈给黄薇娜请求帮助时，她定睛看了我半晌，说：“出了什么事？不跟我说实话，我可不帮你做什么亲子鉴定。”

我说：“好朋友帮忙是不问理由的。”

“那得看是帮好忙还是坏忙？”黄薇娜说。

“当然是好忙。”我说。

“哦——”黄薇娜沉吟片刻，说，“好吧，帮你做次违规的事情——”

“这是鉴定费。”我从包里掏出三千块钱递给她。

黄薇娜大大方方地说：“钱我是得收下，接私活没有白干的！这样吧，多退少补！”

“好的——”我说，“怪不得男人都喜欢你！你做事痛快，不忸怩！”

六月的一个黄昏，我和齐德铭在中央大街的老上号吃过饭，去松花江畔散步。一到夏日，哈尔滨最夺人眼球的就不是中央大街，而是江畔的斯大林公园了。林阴路下的长椅很少有闲着的时候，江堤石阶上，更是坐满了相依相偎的情侣。卖风筝和卖棉花糖的，卖冷饮和卖凉糕的，卖遮阳伞和卖凉帽的，生意跟江水一样回暖了。我和齐德铭走到九站码头时，夕阳将江水染得一派金黄。我跟他开玩笑说，咱们租条船，到江里捞金条吧。齐德铭说好呀，省得我东奔西走推销药！他跑到船主那儿问价时，黄薇娜打来电话，告诉我 DNA 的检测结果，送检的两份血样，所检测出的多个位点完全一致，存在着遗传学意义上的血缘关系。听完电话我牙齿打战，浑身哆嗦。齐德铭租好船，回头吆喝我上船。我走向他时流着眼泪，齐德铭连问我出什么事了。我说想着下江捞金条，就要从穷人变成富人，激动哭了。齐德铭撇着嘴说：“骗人倒挺诗意的！”

吉莲娜说犹太人将落日看作是新的一天的开始，可对我来说，那晚的落日是永远的落日，我的生命再无日出可言了。

我暗自发誓要为母亲复仇！

齐德铭划着船，我坐在船头，在大自然的美好晚景中，想着干掉穆师傅的种种方法。用耗子药包顿饺子让他吃掉，毒死他；在饮料里给他下安眠药，将其迷昏，然后割他的手腕，让那些肮脏的血流尽，造成自杀的假象；搬开昏暗路段的一个破损的马葫芦盖，深夜将他引入那里，让他坠井，一颗污秽的灵魂，正该由污水井收留。可这些方法容易将我暴露，我不想被当作杀人犯处死，不想失去齐德铭。江水发出翻书似的哗哗声响，好像松花江是个大才子，正挥毫书写华章。我忽然想，何不在小船上将他干掉呢？穆师傅说过他恐高恐水，只要把他骗到船上，傍晚时划入无人的江水深处，趁他不备将其推下，他不就见阎王了吗？那样我可以名正言顺地跟世人宣告：我干爸从船上不小心落入水中了，他和我都不会游泳，没法自救和施救，看来这个计划最可行。

我们回到岸上时，天已黑透了。齐德铭让我跟他回住处，说这样的夜晚需要一场缠绵。我没心情，拒绝了他。齐德铭生气了，他当着我的面，给一家洗浴中心打电话，预约按摩女，说："对，我半小时后到，要个手把好的，十八九岁，长头发的女孩！对了，我不喜欢吸烟的，还有，指甲不能太尖！"

我说："你也给我叫个鸭吧。"

"你想要什么样子的？"齐德铭问这话时，好像蛇要发出攻击，嘴里发出咝咝的声响。

"最好能把我——"我顿了顿，吐出两个粗鲁的字，"搞死——"

"那地方只有鸡，没有鸭！"齐德铭吼着，先是搧了我一巴掌，然后颤抖着抱住我，"小娥，千万别为了报复我，糟蹋了自己！这样吧，咱们坐船过江到太阳岛去，那儿有租帐篷的，今晚我们哪儿都不去，就在帐篷里过夜。"

我像木偶一样被齐德铭牵引着，乘轮渡过江，到了夜色茫茫的太阳岛。我们租用了一顶热气球似的红蓝条帐篷。那个夜晚我们仿佛末日狂欢，浑身汗湿，像两条被打上岸的鱼，折腾得筋疲力尽。我在睡去的一刻轻轻问他："指甲尖的女孩有什么不好？"齐德铭恹恹无力地说："有的女孩快乐时，喜欢在你身上乱抓。尖指甲跟锥子一样，扎得我肉疼。"

齐德铭的话，刺得我心疼。

实施杀人计划前，我多次去松花江划船，练习脱桨时，如何保持船体的平衡。我可不想推他入江的时候，船体倾覆。为了迷惑穆师傅，那期间我没忘了给他打电话问安。

机会终于在一个周末的傍晚来了！

穆师傅突然打来电话，说干女儿哪有白当的，要送我条金项链，问我去哪里买好。我立刻说中央商城，因为那儿离松花江近。

我们见面的时候，太阳西沉了。穆师傅穿着深灰的裤子，蓝白条T恤，刮了胡子，干干净净的，腰不那么弯了，眼神也有了温柔的光影。我跟他说在报纸上看到周生生推出了一款新样式的金项链，非常漂亮，可刚才等他时，我进去问了一下，哈尔滨还没到货，想等等再买。穆师傅爽快地说："买就买个可心的，等吧！"不过他说既然到商城门口了，不能不进去逛逛。他嫌我穿得素气，要给我买条花裙子。我说改日吧，我有点头痛，不如去松花江上划船，风凉风凉。他问我会划船吗？我点点头，穆师傅欢天喜地地说："那敢情好！"

我们往江边走的时候，只要逢着热闹，我都会主动停下来，让他最后看一眼。那时正值哈尔滨之夏音乐会期间，中央大街成了音乐的秀场。在马迭尔旁啤酒广场表演室内乐的，在金谷大厦门前吹萨克斯的，吸引了众多的游客。穆师傅每凑上前，总要拨拉一下耳朵，好像他的耳朵是空白的音碟，拨动它们，就能将美好的乐音录下似的。

我们在靠近防洪纪念塔的码头租船下水时，夕阳已尽。江上船来船往，但比陆地还是清静多了。小船不大，穆师傅坐船头，我坐船尾，我们相对着，不到两米的距离。

穆师傅刚上船时有点紧张，待他发现我这个掌舵的，能自如地错开其他小船，便放心了，愉快地慨叹江上比岸上好，没灰尘，还风凉！他大声问我会唱歌吗。我摇摇头，紧盯着他的眼睛，说："我妈妈会唱歌。"他低下头，轻声问："她唱得好吗？"我点点头，说："好听，都是民歌。"

穆师傅的嘴唇哆嗦着，说："民歌好哇——"

我将船划向北侧的江桥，那儿的巨大桥墩，可做罪恶的挡箭牌，我想在那儿下手。

天渐渐黑了，江上除了往来的大轮渡，消闲的小船渐次归航了。水面暗淡了，却也开阔了。江风浩荡，带来无边的凉意。桨板拨水的声音，先前听不真切，可当我们远离喧嚣，走向孤独时，桨声澎湃。我划得浑身汗湿，接近江桥时，穆师傅突然问："头还痛吗？"我说好多了。他说："江上风大，早点回去吧。"

可我不能掉头，我要把他留在深渊里。

船至桥墩时，一两百米之内，再也看不到一条船了，而江桥之上，恰好有一列火车经过，发出巨大的轰鸣声，这正是下手的大好时机。我悄悄撇开桨站起来，欲冲向他。可不知是久坐的缘故还是惊恐，我的腿打着哆嗦，挪不动步。火车很快通过江桥，小船开始颠簸，可我还是不能动弹。穆师傅大声问："小娥——怎么了？"

"怎么了？你该知道的！"我抽泣着，冲口而出，"你隐瞒了一宗罪！"

桥下是暗淡的，可离桥墩两三米远的水域，因为有了桥上灯光的投影，就像落了无数朵春花，有一股说不出的明媚。

穆师傅把着船帮，将头扭向那片湿润的灯影，呜咽地说：“我该想到你知道了。”

“你强奸了我妈妈！”我哭喊着，“强奸女人的男人都是浑蛋！该死！”

桥下水流相对平稳，可小船还是打着旋儿，穆师傅唤我先坐下把好桨，待他讲完他的故事，我还想要他的命的话，他无怨言。

事实上我已支撑不住，穆师傅的话，给了我一个坐下的理由。

穆师傅讲述的时候，双手不时在脸上抚过。他说贫穷和疾病，是两大害人精。他原本有个快乐的童年，可那场梦魇似的克山病，夺去了父母和哥哥的性命。他成为孤儿，被一个放羊人收养。养父人好，但是又穷又老又丑，没有女人肯嫁给他。穆师傅长大后，养父中风，穆师傅便去生产队喂牲口，挣工分养家。穆师傅说养父瘫痪了，但意识始终清醒。他见养子渐渐成为大龄青年，便不让他喂牲口了。后来穆师傅才从邻居口中，得知养父为什么不让他喂牲口，他是怕他娶不上媳妇，打牲口棚里那些小母羊的主意！说人毕竟是人，不能和牲口搞一块儿。穆师傅说到这儿，声音颤抖了。

穆师傅说他们村子穷，而我们村子相对富裕些，所以每年的清明节和鬼节，他都会沿着乌裕尔河，傍晚赶到我们村的坟场，拾取坟头的供品。有一年他划拉回家的白面馒头，装了半面袋！运气好的时候，还能捡到熏肉、鸡蛋、鱼块、苹果、香烟、糖果等供品。他在坟场，从来没碰到过人，因为他到的时候，人们都上完坟了。可是那年七月十五的黄昏，他却在东山岗的坟场，遇见了一个女人！那女人他看了一眼就动心，丰盈的红唇，湿漉漉的眼睛，穿着蓝花小褂，可爱至极，他没有忍住，冲上去把她抱住了。

“她没有挣扎？”我颤抖着问。

“挣扎了——”穆师傅说，“可当我告诉她我这般年龄了，还没尝过女人的滋味，她要是不答应，我可能拿小母羊撒野，堕落成畜生，她不挣扎了。她虽从了我，可她一直发着抖，我也发着抖。”

“恶心！”我叫喊着，“你该让雷劈死，让牲口给踩死，让狼给咬死！”

“小娥——”穆师傅说，“能不能放我条生路？我为当年犯的罪去自首，法院判我多少年，我就坐多少年牢！有你在，我就是坐牢坐到死，也心甘情愿！”

“你自首，我就得受牵连！你以为我想让人知道我是一个强奸犯的女儿？”我说，“做梦吧！”

“我明白了——”穆师傅说这话时，语气恢复了平静。

他在投江之前，将身上的钱包留给我，告诉我里面有张工行的银联卡，没设密码，有五万多块钱，希望我结婚时能用它买点什么。他最后对我说的话是：“回去时慢慢划，上岸后打车回去，别一个人走夜路。”

穆师傅纵身跃入波涛之中。

我划着小船离开江桥时，月亮出来了。

不过那晚的月亮在我眼里就像野鬼，惨白惨白的。

13

穆师傅的尸体，是在道外江段发现的。

那天晚上，我一回到码头便报警，说干爸在船上没有坐稳，在江桥附近落水了。当救生艇越过江桥，向下游搜寻的时候，发现了像黑鱼一样在月夜的江面漂浮的他。

警方怀疑我，但法医对尸体进行了解剖，结果显示穆师傅没有外伤和内伤，自溺而亡。

齐德铭的父亲在皇山公墓给他买了块墓地，厚葬了他。

他死了，我以为自己报了多年的仇，内心会获得解放，其实不然。我寝食难安，精神恍惚，工作频频出错。不该校对的地方，我用红笔勾勾连连，乱改一气；而错的地方，我却像瞎子一样看不出来。最恐怖的是有一天，我居然把头版的一篇社论中的关键词“旗帜”，改为“妻子”，幸好值班的副总编辑敬业，发现了这个重大错误，得以在付印前纠正。领导火冒三丈地找我谈话，说作为一名职业校对，出这样的问题是不可饶恕的！说这事若在“文化大革命”，我就会被当作政治犯关进监牢！如果再犯类似错误，报社就会解聘我。

我想保住饭碗，再校对时，见着每个字，都像是久别的亲娘，要一看再看，害得我眼睛生疼，一天点数遍眼药水。

我茶饭不思，面色萎黄，穿衣戴帽马马虎虎，上班时袜子穿差色了、衣服的纽扣系错了位，已是常事。最要命的是夜里噩梦不断，大喊大叫，时常惊醒吉莲娜。

齐德铭以为我的反常，是因为眼睁睁看着穆师傅落水，受刺激而引起的。他张罗着帮我再认一个干爸，说这世上的亲爸只一个，干爸只要想认，成百上千地等在那儿。

还是黄薇娜深知我心，她虽不知道我身上究竟发生了什么事，但肯定我的反常与那个 DNA 鉴定结果有关。她说早知如此，当初就不帮我忙了。她说这世道，糊涂者愉快，清醒者痛苦。她建议我请病假休养一段。那时我正被字折磨得身心俱疲，校对时每个字都让我生疑，快到崩溃的边缘，我接受了黄薇娜的建议，请了病假。

穆师傅留下的银联卡，事发后被我拿回来，藏在床板下，一直没敢用。休病假的日子，我取出它，装进钱包，在中央商城，依照穆师傅的意思，买了条花裙子。刷第一笔款时，我心慌气短，做贼似的东张西望，在银联单的交易单上签穆师傅的本名穆长宽时，笔头颤抖，但交易成功后，我拿到花裙子，胆量倍增，再用它时气定神凝，大大方方，仿佛它本该归我所有。我疯狂购物，买了金项链、手机、碧玉手镯、高档皮鞋和太阳镜。短短一周改头换面，消费了一万多块。除了逛商场，我还进酒楼享受美食，如今大多的餐馆都能刷卡了。我爱吃麻辣小龙虾和水煮鱼，嘴唇被辣得红艳艳的，连口红都省下了。齐德铭见我打扮得妖里妖气，不断添置贵重东西，认定我学坏了。在他眼里，我这种姿容欠佳、性情古怪的女孩，不可能傍上大款。如果我没傍大款，没中彩票，手头突然宽绰起来，一准做鸡去了。

齐德铭对我淡漠起来，我却放不下他。有一天我没打招呼，去了中山花园。沐浴之后，我打开他的旅行箱，将那件寿衣披在身上，奔向满怀激情在床上等我的齐德铭。他吓得用被子蒙住脸，凄厉地叫了一声，“女鬼——”不再理我。

物质生活得到满足后，我的精神依然处于危崖状态，夜里服用安定，也睡不了一个囫囵觉。我眼睛发花，幻听，大脑常常一片空白。有天深夜，我梦见了穆师傅。他瘦得不成样子，衣衫褴褛，光着脚，面如白纸，胡子拉碴，擎一只空碗，走街串巷地讨饭。叩到我门时，他一见我，老泪纵横地叫了一声：“闺女啊——”我从梦中醒来时浑身汗湿，望着黑洞洞的天棚，号啕大哭。吉莲娜被惊醒后，打开厅里的灯，推开我屋门。乳黄的光影中，穿着白色丝绸睡袍的她形销骨立，头发披垂，骇人之极，吓得我大喊大叫。吉莲娜走过来，轻声说：“小娥，别怕，我是吉莲娜呀。”

我呼唤着吉莲娜的名字，扑进她怀里，哀求着：“吉莲娜，救救我！”

吉莲娜温柔地抚摸着我的头发，轻轻问：“你丢了工作？”

我说："没有，不过也快了——"

她又问："那个卖药的和你分手了？"

我说："有一天我穿上他的寿衣，把他吓傻了！不过不完全是因为这个。"

"小娥，你不会是身体出了大毛病吧？"吉莲娜扳住我的肩头，定睛地看着我说，"你这一段气色吓人，天天花钱，是不是以后花钱的日子不多了？"

"不是！"我终于忍不住，对吉莲娜说，"我逼死了亲生父亲，是我杀了他！"

吉莲娜瞪大眼睛缩回手，僵直地站起来，脸色惨白，缓缓离开了。她的房间很快传出诵经的声音。夜深时分，厅里的花草释放着淡淡的幽香，诵经声从此穿过，感觉那声音就像迎春的枝条，濡满花香，说不出的美好。

吉莲娜祷告完，去厨房准备茶点，端到钢琴旁的小桌上，唤我出来。

我们对坐着，喝着绿茶，吃着咸味奶酪，开始了长谈。我把埋藏在心底的话，毫无保留地对她讲出来。而她听完我的身世遭际，也把深藏在心底的秘密，告诉了我。

吉莲娜说，其实她与我一样，也害死了父亲！不同的是，我害死的是生父，她害死的是继父！

吉莲娜的继父和母亲结婚时，是伪满日本人统治的时代。那些流亡到哈尔滨的犹太人，都怀有复国梦想。他们中的一些人，把这份梦想，寄托到了日本人身上。日本人也暗地许诺，可在中国土地上，让他们实现梦想。

吉莲娜说继父是生意人，但他打交道的日本人，不局限于商人，有很多政界和军界的人，他常在新世界和马迭尔宴请他们。吉莲娜十八岁的那年夏天，继父破例在家里招待了一个客人，他来自新京，在日本关东军司令部担任要职，此去满洲里视察边境防御工事，路过这里。这个日本人比吉莲娜大十岁，又矮又瘦，眼睛像鹰一样，不苟言笑，气质阴郁，说一口流利的中国话。席间继父唤吉莲娜为他们弹奏一首钢琴曲，她选择的是舒曼的《童年即景》。吉莲娜说她怎么也没想到，这次见面后，这位军官从满洲里回来，专程来哈尔滨登门拜访，向她求婚。母亲不想让女儿嫁给日本人，尤其不愿意她离开哈尔滨。继父却欢欣鼓舞的，说吉莲娜跟了这样的人物，对他们实现犹太复国的梦想大有好处，极力说服吉莲娜。可吉莲娜态度坚决，说她不愿嫁给军人，尤其是日本人。继父表面上尊重她的选择，实际上策划了一个阴谋，将吉莲娜拱手相让。

日本军官离开哈尔滨的前夜，继父说铁路俱乐部有别莉茨卡雅的演出，邀吉莲娜同去，他知道她非常喜欢这位女歌手唱的犹太民歌。吉莲娜没料到，她到了俱乐部，日本军官已在那里，与她座位相连，怪不得吉莲娜的母亲要一同来时，继父说没有余票呢。演出结束后，他们同乘一辆汽车离开俱乐部，继父说应该先送客人回旅馆，这样车子驶向了格兰德旅馆。夜色渐浓，街上车马稀少，灯火寥落。到了旅馆门口，日本军官邀请他们下车喝点什么，继父爽快地答应了。吉莲娜想着与继父在一起，安全无虞，跟着下去了。日本军官在他旅馆的房间招待的他们，让侍者送来茶点。吉莲娜的继父问她想喝什么。她看了看，从清酒、咖啡和茶中，选择了奶油咖啡。她拈起杯子刚啜一口，继父提示她应该去洗个手。吉莲娜洗手归来，一杯咖啡落肚，身上发软，困倦难当，视物模糊，她嚷着回家，继父不予理睬，撇下她离去了！那一瞬她明白了，他们在她的咖啡里下了药。吉莲娜次日清晨醒来时，发现自己赤身裸体地躺在旅馆的床上，身旁是日本军官。他向她热烈表白，说爱她这个人，爱她的琴声，希望她能嫁给他。吉莲娜说："你就是用枪顶着我的头，我也不会答应！"她挣扎着起床时，继父到了。他夜里回了家，对妻子说吉莲娜看演出时碰见了同学娜塔莎，去她家住了。吉莲娜和娜塔莎是好友，一起弹琴，一起学画，以往她贪玩时，也有住在娜塔莎家的时候，所以吉莲娜的母亲也没起疑。

继父以为吉莲娜被日本军官占有了，会在婚事上低头，没想到她宁死不嫁！吉莲娜说从那时起，她就想要继父的命！她不能容忍母亲跟这样一个心狠手辣的男人过下去。日本军官回到新京后，对吉莲娜念念不忘，几次来哈尔滨看望她。吉莲娜见他痴心不改，开始装疯卖傻，这一招果然奏效，日本军官见她精神异常，掉头而去。吉莲娜调侃说，她是个高超的演员，连母亲和继父，都被她骗了。

日本军官从她的生活中消失后，吉莲娜开始了复仇计划。继父沉迷于大烟，但他从不去烟馆，只在家抽。他辟出一间屋，名义上是待客的茶室，其实就是烟馆。他有两杆烟枪，宝贝似的横在红木条桌上。一杆是湘妃竹的，烟头包银，翡翠烟嘴，爪形的紫砂烟葫芦；另一杆是非洲犀牛角的，上面雕刻着蝙蝠和石菊图案，烟嘴是象牙的，烟头包金，六角形的紫砂烟葫芦侧壁上，镶嵌着六颗红宝石，美轮美奂！这两杆烟枪，继父都喜欢。

他在躺椅上烧着大烟膏，心醉神迷地吞云吐雾时，家人是不能打扰的。

吉莲娜打起了这两杆烟枪的主意，想浑然不觉地杀死他。她买了砒霜，每隔一周，悄悄用牙签将它们从烟嘴和烟葫芦拨拉进烟身，为他设置了一条死亡通道。砒霜埋伏进烟枪，等于每天在吸继父的血。吉莲娜说从那以后，继父每吸食一次大烟，都要难受几天，可越是难受，他就越想着吸。他变得烦躁，消瘦，咳嗽，胸痛，终于有一天，他吸完大烟后，在去松浦洋行办事的途中猝然倒地，一命呜呼！人们只当他是吸食了过量大烟而亡，包括吉莲娜的母亲，所以尸体顺利入殓了。葬了他以后，吉莲娜不再装疯，恢复常态。而那两杆烟枪，虽然价值不菲，但吉莲娜的母亲憎恨它们，说它们是害人精，填进炉膛烧掉了。吉莲娜说她最心疼的，是镶嵌在烟葫芦上的那六颗红宝石。

继父死后没几年，日本宣布无条件投降，东北光复了！吉莲娜在报纸上，看到强奸她的日本军官，在大溃逃的前夜，在寓所剖腹自杀。而她在这样的时刻，迎来了爱情的曙光。这道曙光，在她心灵的地平线上照耀，直至晚年，始终不灭。

吉莲娜是在哈尔滨出生长大的，俄语汉语都好，当年苏联红军打过来时，她被苏联领事馆聘为翻译，参与了战后一些事宜的处理，吉莲娜说她得以认识了一位苏联外交官。这人高贵儒雅，比她大十多岁，喜欢音乐和绘画。她知道他在苏联有家室，而且很快会离开中国，但还是抑制不住地堕入情网。我问他那位外交官叫什么名字，吉莲娜不肯说，只说他跟她一样，也是个天才的演员。因为他成功诱捕了在哈尔滨的亲日白俄反动头目，将其押送回国，投入了莫斯科的卢布莱扬卡监狱。

苏联外交官和吉莲娜在哈尔滨告别时，请她去马迭尔吃饭，送她一枚雪花形状的胸针。他们一起跳了舞，一起喝了酒。吉莲娜说他非常会带女伴，舞姿刚劲而轻盈，在他的臂弯里起舞，感觉自己就是一朵云。他们告别后，再没见过面。

“连信都没有通过吗？”我问她。

吉莲娜摇摇头。

我说：“你们告别那天，你跟他跳舞，是不是梳着辫子？”

“你怎么知道？”她吃惊地问。

“新年时你请我去马迭尔吃饭，梳着辫子。”我说，“你别着的，也一定是他送的胸针。”

吉莲娜抿着嘴，羞涩地笑了。

“那时你才二十多岁，能从这样的爱中熬过来，真不容易。”我说。

“小娥，不怕你笑话，他回到苏联后，我痛苦极了！我每天晚上都偷着流泪，瘦得不成样子。我怕自己真的疯了，转年三月独自去了苏州，到香雪海看梅花。站在梅园里，看着梅花边开边落，想着美好的爱情跟花一样，也就是那么一段时日，我就看开了。反正我盛开过，在心底存了一辈子可以回味的香气了。”

至此我也明白了，为什么吉莲娜不把母亲和继父葬在一处。我问她现在还恨继父吗？她意味深长地说：“我杀了他，我要洗清的是自己的罪。”

我激动地问：“杀了魔鬼，也有罪吗？”

吉莲娜没有回答我，转身回屋，捧出镶嵌着六芒星的藤条匣，对我说那里除了经书，还珍藏着苏联外交官送她的胸针，以及一个她亲手缝制的香囊，里面装的是当年她去香雪海拾得的梅花。她嘱咐我，她死了以后用白布裹身，胸针和香囊随她一起火化。藤条匣和经书，捐赠给犹太新会堂。她说关于房屋等遗产的处理，律师会做；而藤条匣里的东西，我帮她处置最恰当。

我答应了她。那时天色已明。

14

哈尔滨的夏天一到，家家的衣柜就受累了。那些厚重的冬装本已压得它们手脚发麻，现在春装又挤了进来，空间变得更为狭小，再加上为防毛织品生虫而放置的樟脑球，散发出难闻的气味，衣柜的气闷可想而知了。

衣柜气闷不要紧，女人们欢心了。

很少有女人不喜欢夏天的，夏天可以让她们翻腾出袒胸露肩的绫罗绸缎，穿出风情来；但有一些已婚女人，对夏天还是有怨言的，因为出汗多，家人的汗衫得一天一洗；还有，男人们这时节贪恋冰镇啤酒，他们在夜市的大排档和街头的小酒馆，三五成群，就着炝拌菜，不喝到夜深不归，无意中冷落了她们。虽说如此，女人劳碌之后，经过一夜的休息，清晨换上清爽的夏装，看着镜中飘逸的自己，心境又明朗起来了。

我却不敢穿那些裸露肌肤的夏装了，超短裙、大 V 字领的鲜艳 T 恤、短袖衫、水磨蓝的牛仔短裤以及皮凉鞋，往年是我服饰中的宠儿，可那个夏天我把它们打入冷宫，不去碰它们。我开始购买保守的夏装，衬衫一律的长袖，一律的纽扣灌顶，直至脖颈；裙子曳地，可以当拖把使；皮凉鞋代之以长舌头的皮鞋，不露脚踝。我比修女捂得还严实，半寸春光不露。

自从跟吉莲娜说出心中的秘密，我仿佛是找到了同谋，内心不那么惊恐了，噩梦也少做了，轻松了许多；可吉莲娜却不然，她看上去更阴郁了，常常看着我发呆。我以为她后悔讲出自己的故事，因为秘密只有埋藏在自己心底，才是最安全的。我向她表明，我虽在报社工作，但绝不会做那种无良记者，将她的经历写出去，不会将她的秘密示人。

吉莲娜听我这么说，终于实言相告，她忧戚的不是自己，而是我。她说我逼死了父亲，可从我的眼神中看不到忏悔，这很可怕。她说一个人不懂得忏悔，就看不到另一世界的曙光。我想起了齐德铭曾对我说过，我之所以吸引他，是因为我的眼底有一种绝望的东西，与他合拍。如果按吉莲娜的说法，他也是看不到另一世界曙光的人。

吉莲娜说 1948 年以色列宣布独立后，50 年代初，在哈尔滨的一些犹太人，陆续回到了以色列，可她从没动念离开这里。除了因为当年犹太人备受迫害时，是哈尔滨伸出温柔的臂膀收留了他们，还因为她的爱和恨都在这里。她说有爱的地方，就是故乡；而有恨的地方，就是神赐予你的洗礼场。一个人只有消除了恨，才能触摸到天使的翅膀，才能得到神的眷顾。她说半个多世纪下来，她的爱没变，但她对继父的恨，逐日消泯。

我对吉莲娜说，连人世都陷在黑暗中，我不相信另一个世界会有曙光！

吉莲娜说，人世的黑暗和光明，是一半对一半的。正因如此，神给在黑暗和光明中跋涉的人类，指明了两条路，一条是永远的光明，一条是永远的黑暗！

我阴阳怪气地说："不就是天堂和地狱吗？天堂到处是光明，可我紫外线过敏，去了那儿，兴许还受不了呢！地狱在我眼里更没什么可怕的，我不是已经在地狱中了吗？不怕再下一次。"说这话时，我的泪水涌上眼眶。

吉莲娜的眼睛也蒙上了泪水，但她还是说："可是小娥，我仔细想了，你父亲当年在坟场对你母亲做的事，不是不可原谅的。你母亲不是也可怜他，最终顺从了吗？"

"你是说那不叫强奸，我不该让他死？"我说，"那你凭什么用砒霜毒死你继父？"

吉莲娜哀怜地说："我不是说过，我在清洗自己的罪吗？"

"我没罪！"我冷笑着说，"您不要责备我，我是在坟场受孕的孩子，是魔鬼的化身！"

吉莲娜霍地站起来，行动从未这么迅疾过，劈手打了我一巴掌，然后像朽木一样，伏在我身上哭了。这是我第一次听见她放声大哭。她松开我的时候，贴了下我的脸颊，说："对不起，我不该打你。我只想让你懂得慈悲，慈悲会给人带来安宁和喜悦。还有，你看夏天哪个女孩穿得像你似的？别把男人都看作强奸犯。"

吉莲娜贴着我的脸时，我的心被刺疼了，她的脸颊像深秋的枯叶，异常干涩，似乎我轻轻一碰，她的脸皮就会像遭遇了地震的大地似的，瞬间绽裂。一个女人丧失了水分，大概离死不远了。我害怕她离去。

从那天起，吉莲娜的身体每况愈下。以前她睡不好觉，现在却睡不醒了。她昏昏沉沉从床上爬起来时，通常是骄阳似火的正午了。她梳洗完毕，吃过东西，整个下午便关在屋里祷告。她的每日两餐，变成了一餐，黄昏时分，她至多下楼喝上一杯咖啡。她不碰钢琴了，只是怜惜厅里和露台的花草蔬菜，不忘了给它们松土浇水。

吉莲娜最需要人照顾的时候，我却到黄薇娜家陪伴林林去了。

黄薇娜随香港来哈尔滨的一个经贸代表团，去北大荒采访，她说不放心把林林交给林医生，怕那个学画的小妖精害了孩子，让我帮她带一周，反正我休着病假。跟林林在一起时，我每天总要抽空看看吉莲娜，买点面包和水果送过去。她的腿越来越不听使唤了，行走的时候，她的身体前倾着，一副慨然向前的姿态，可腿却像被什么东西绊住了，举步维艰。吉莲娜收下面包水果，总要问清价钱，毫厘不差地付给我。而我由于烦乱，忘了付每月规定的水电煤气费用，她也不客气，当面催缴，每笔账都算得清清楚楚的。

黄薇娜从外地回来的前日，正好是礼拜天，林林不用去学校，我们睡了个懒觉起床后，每人吃了一碗鸡蛋面，我见阳光灿烂，便跟他说先带他去看望吉莲娜奶奶，然后去太阳岛的极地馆看企鹅。林林很兴奋，自逾越节后，他就没见过吉莲娜。他说要把自己装扮成摩西的模样，给吉莲娜奶奶一个惊喜。

摩西什么样？按照我的理解，他应该一袭黑衣，披红色斗篷，戴黑礼帽。林林只记得摩西有一根手杖，他不配合我找衣服，而是跑到储物间翻手杖。最终他拎出一根紫檀色的桃木手杖，说这是他姥爷用过的。他妈妈说留下这根手杖，是想等她老了无人管时，把它当儿子使。林林问我：手杖不会说话，能当儿子使吗？我说不能，林林说就是，儿子能和妈妈亲嘴说话，手杖会吗？正是林林的这句话，激起了我做母亲的欲望，我又不可救药地思念起齐德铭。

我们到吉莲娜家时已是正午。林林穿白衬衫，黑裤子，戴顶卷檐式牛仔帽，拎着手杖。天热，我在街角顺路买了个西瓜，想着进屋后，给吉莲娜切西瓜吃。

按照和林林事先设计好的，上了楼后，我悄悄用钥匙打开门，让他先进去，我留在门外，为的是给吉莲娜一个惊喜。

门打开后，林林拄着手杖，一缕风似的飘了进去。他模仿着太空音，念经般地说："摩、摩、摩，西、西、西，来、来、来，了、了、了——"吉莲娜呵呵笑了两声，跟着是扑通一声闷响，林林惊叫起来。

吉莲娜倒地了。当时她正用喷水壶，给盛开的含笑浇水。她倒地的一瞬，喷水壶扫着她的脸，将她干涩而漾着笑意的脸，淋上一片晶莹闪亮的水滴，仿佛下了一场露珠。含笑嫌露珠还不够好吧，撒下几片鹅黄的花瓣，用它们的凋零，为吉莲娜另一世的盛开，送上一缕幽香。

吉莲娜早把她律师的电话留给了我，说她走后，第一时间通知律师，善后事宜由他处理，我立即拨通了那个电话。

吉莲娜的律师五十多岁，是个音乐发烧友，稳重老成。遵照吉莲娜的遗愿，我们给她用白布裹身，连同那枚胸针和梅花香囊，将她火化，葬到犹太公墓她母亲身边。葬礼结束，律师才把遗嘱的详细内容告诉给我。他说吉莲娜辞世前不久，针对房屋的归属，对遗嘱做了最后的修改。她把钢琴和与音乐相关的书籍捐给了生前所在的学校；将存款二十一万元，扣除丧葬费和律师费，捐赠给养老院。她最大的遗产是房子，先前她留给谁，做什么用途我一无所知，律师也没透露，我所知道的是，吉莲娜在她生命的最后时刻，把这套房屋的继承人，改成了我。

律师宣布完房屋归属于我的那一刻，我仿佛被送上高原，心跳加快，呼吸急促，面颊发烫，脑子有点缺氧的感觉，出现空白；当律师将吉莲娜留下的土地证和房产证拿出来，问什么时候带我去办理房子过户手续时，我生怕所经历的一切是梦，连连说："现在——现在就去——"

我在哈尔滨终于拥有了一套自己的房子！我不太相信好运就这么降临到我头上了。我打电话告诉给哥哥，他连夜从老家开车赶了过来。他汗涔涔地进屋后只打了声招呼，就像手执搜查令的警察似的，把房间的每个角落仔细看过，然后嘘出一口长气，走到露台，点燃一支烟，带着哭音说："小娥，哥哥以后不用那么玩命干活了！知道哈尔滨房子贵，你自己买不起，哥哥想帮帮你，给你攒了七万来块了！"

我拉着哥哥的手，眼泪噼里啪啦落下来。

哈尔滨的夏天通常很短，但那个夏天在我印象中很长。八月中旬了，满大街还是穿短袖衫和皮凉鞋的。住在吉莲娜留给我的房子的前半个月，每个早晨醒来，我都像拉磨的驴子似的，绕着屋子转圈，尽管房产证已是我的名字了，可我仍不相信它归我所有。我没有动吉莲娜留下的东西，除却搬走的钢琴和一些书籍，一切都保留着她生前的样子。她和家人的照片，依然摆在壁炉上，每当我从厅里走过，都能感受到她的目光。我的耳畔，依然回响着她诵经的声音。我喝茶时，仍习惯摆两只茶盅。出门时，也会像从前一样跟她打声招呼："我出去了，吉莲娜。"唯一变化的是，她精心侍弄的花草，无论厅堂、露台还是卧室的，一天天憔悴、枯萎，尽管我没忘了浇水、松土和施肥，它们还是走向了颓败。我相信花恋旧主，它们追随吉莲娜去了。

我开始觉得，吉莲娜说的或许没错，在我们肉眼看不到的地方，有另一世存在。我也开始反思我对生父所做的一切。他真的罪不可赦吗？为什么我报了认定的仇，却心怀郁闷？我一遍遍回想着松花江上的那个夜晚，回想着他让我放他一条生路时，那满怀祈求和哀怨的声音，我的心有一种被撕裂的痛楚！我打电话问齐德铭的父亲，穆师傅的墓地花了多少钱。他告诉我七万。我将生父银行卡里未被我挥霍掉的两万多块钱悉数取出，再加上自己节衣缩食攒下的老本，凑够七万，在一个下雨的周末，打车到印刷厂，送给齐德铭的父亲。我说作为穆师傅的干女儿，买墓地的钱理应我出。他一定从我的眼睛里看出了什么，说："如果我收下这笔钱，能给你带来安宁，我愿意代穆师傅接受。"

告别的时候，齐德铭的父亲忽然对我说："小赵，听说一个犹太老人，遗留给你一套房子，你要是住着别扭，就把它卖掉，我来帮你换套新的！那个地段的房子很值钱，不难出手！”

我非常吃惊，我和齐德铭很久没联系了，他是怎么知道的？

我追问他时，齐德铭的父亲说出了黄薇娜的名字。他犹豫了一番，说他认识黄薇娜时，并不知道她与我在同一家报社工作，而且是好朋友。黄薇娜一直对他说，她供职于一家广告公司，直到他在不久前的电视新闻中，看到她随香港经贸代表团在北大荒采访，才知道她的真实身份。

他这番解释让我明白，他和黄薇娜之间，感情非同寻常。

“你是黄薇娜生日时，送她黄玫瑰的人吧？”我问。

他点了点头。

“齐德铭知道这些吗？”我问。

他说：“我跟他说了。”

“他怎么说？”我问。

“没怎么说。”齐德铭的父亲说。

告别他后，我从道外沿着松花江，步行到道里的黄薇娜家。我把伞落在印刷厂了，一路顶着细雨行走。淋着雨的感觉真好，没人看出你在哭泣。松花江烟雨茫茫，我的心也烟雨茫茫。一个多钟头后，风雨过去了，而我也到了黄薇娜家。

黄薇娜看上去非常疲惫，气色也差。她说吉莲娜死后，林林开始害怕手杖，只要在街上看见拎手杖的人，掉头就跑，说手杖会要人的命。最近他吓得连门都不敢出了，她担心林林会得自闭症。

我觉得很对不起黄薇娜，是我帮着林林扮成摩西，拎着手杖见吉莲娜的。

“我知道你为什么来，齐苍溪刚给我来过电话了——”黄薇娜递给我一件纯棉睡衣，让我把湿衣服换下，以免着凉，然后点起一棵烟，说：“赵小娥，你把男友藏得那么深，我真不知道他的儿子就是你男友，而他也是刚知道我在报社工作。不过你别有顾虑，虽说我爱齐苍溪，他也爱我和林林，愿意一起组建新家庭，可现在看来很难！林医生知道我另有所爱，不愿意离婚了，现在他每周回来三次了，这不他看林林不爱出屋，带他去看电影了。说真的，我要真嫁给齐苍溪，你跟了齐德铭，也挺别扭的。我岂不成了你婆婆？你说你是管我叫妈呢，还是像以前一样叫娜姐？”黄薇娜哈哈笑起来，她的手抖着，烟灰落在她穿着的银粉真丝睡裙上。

“齐苍溪比你起码大二十岁吧？你干吗要嫁老头！”我说。

“那我明白了，你想嫁给齐德铭！”黄薇娜冲我扮个鬼脸。

“我们好久没联系了。”我说。

“但这不说明你们不爱了。”黄薇娜说。

从黄薇娜家出来，天色已暗。我到避风塘吃了一碗蟹黄豆腐，喝了半瓶白葡萄酒，醉醺醺地回家。走到家门，掏出钥匙的一瞬，发现门边立着一把花格伞，是我遗落在印刷厂的那把，门上贴着一张便笺，是齐德铭的字迹：雨天不打伞，不是找罪受吗？哪个女孩像你这么没脑子，整天丢东落西的？

这把回来的伞，鼓起了我给齐德铭打电话的勇气。我进门后放下伞，迫不及待地拨通了他的电话：“谢谢你送回来的伞！”

齐德铭说：“祝贺你继承了一套房产！你现在有了房，是小富婆了，不愁嫁人了！”

我说：“少贫！你知道你爸和黄薇娜的事情了吧？”

齐德铭说：“是啊。你看，我爸单身这么多年，有过这么多女人，头一回对一个女人认真，要娶黄薇娜，我得以孝为先，成全他们呀！咱俩算是没戏了，你不可能让你最好的朋友做你婆婆吧？”

“谁说我想嫁给你了？”我说。

“啭，人一阔，脸就变！”齐德铭说，“算我瞎猜吧。”

“送伞时怎么不等我一会儿？”我说。

“我这不是往机场赶么，要去四川几天！等回来去你那儿，你在豪宅给我接风，要做西餐哦，不然跟那房子不配套！”

“还西餐呢，给你煮碗鸡蛋面就不错了！”我笑着问他，“你没忘了带旅行箱吧？”

齐德铭嘿嘿乐了，说：“赵小娥同志，你是想问我带没带那两样东西吧？”

“讨厌！”我说。

“回来见！我到机场了。”齐德铭挂断电话。

五天之后，齐德铭回来了。他乘坐的飞机抵达哈尔滨太平国际机场的时候，我正在露台看晚霞映红的天空，他短信告我平安抵达，问我西餐准备得怎么样了，我回复他：“豪宅女主人和一锅牛肉柿子汤正等着你呢。”

齐德铭没能喝上这锅汤，就在他给我发完短信，下舷梯的一瞬，突发心肌梗塞，一头栽倒，再没起来。他的旅行箱，一开始和形形色色的行李，一起在抵达大厅的蛇形转盘上缓缓运行，到最后其他行李都被认领了，只有他的旅行箱，像脱离了雁群的孤雁，还在漆黑的转盘上，孤零零地伫立着。

这个带给我噩梦和喜悦的人，说走就走了。我没有参加他的葬礼，齐德铭不喜欢女孩的眼泪，而我去了不可能不哭。我只是给他父亲打了个电话，告诉他齐德铭随身的旅行箱里备下了寿衣，火化时请给他穿上那件衣服。

齐德铭死后，我觉得这个世界一下子变得漆黑了。走在平坦的街路上，我却有跋涉在泥泞中的感觉，说不出的沉重；我三天不吃饭，也不觉得饿；夜凉如水时我浑身燥热，而阳光灿烂的正午，我却冷得打寒战。我的头脑持续出现大块的空白，彻夜不眠。我忘记了很多事，唯有一件深深铭记——齐德铭说过，他如果向我求婚，会去犹太老会堂。有一天，我穿上用生父的钱买的黑底红花的裙子，配上精致的黑色小西服，把西服的上兜当作花瓶，斜斜地插了枝红玫瑰，独自去了那里。

犹太老会堂就像一座乡间庄园，有一股温暖的旧，质朴亲切。我对柜台后面当班的服务员说，我是来看望住在这儿的一个客人的，电话约好了，他马上就会下来。梳着马尾辫的服务员没有怀疑，让我在一楼拐角的小客厅等候。

那个狭长的小客厅状如香蕉，古朴温馨。斑驳的墙壁上悬挂着各式老照片，筒形的羊皮灯在过道投下鹅黄的光影。我选了张两人对坐的小方桌坐下，手指在方桌的蓝白格子台布上轻轻拂过。我对着对面的椅子说："齐德铭，我愿意做你的新娘，你求婚吧！"那张椅子空空荡荡，没有人影，也没有人语，而它旁侧的老式沙发上，一黄一黑两只小猫，却甜蜜地相依相偎着，发出温柔的声音，我终于控制不住，歇斯底里地大喊大叫起来！

那一刻我发疯了！原来人发疯是那么的容易。

我从精神病院出来时，已是新年了。秋天是怎么从这座城市走过，冬天又是怎么来的，我一无所知。我不想见人，哪怕亲人，哪怕好友，也不想知道他们的消息。精神病院的医生让我每周复诊一次，建议我把经历的一切写出来，说是这样有助于我进一步的康复。

我住在吉莲娜留给我的房子里，伴着袭向这座城市的股股寒流，看着夜晚凝结在玻璃窗上的霜花，提起笔来，开始了回忆。我已不是校对员，第一次体味到字的美妙，字在我眼里没有对错了。如果我的回忆没有颠三倒四，按医生的说法，我的精神将恢复正常了。可我又是多么恐惧正常啊，因为这意味着我经历过的痛苦，可能还会回来。我多么希望自己化成一只小鸟，栖息在吉莲娜留下来的挂钟里，与死去的时间呆在一块儿。

我不想听到时间的声音，因为时间对我来说，已是干涸的河流，失去意义了。

金山寺 |尤凤伟|

尤凤伟，男，山东牟平人。“新时期”开始写作，已发表作品五百余万字。短篇小说《为国瑞兄弟善后》《雪》《隆冬》《风雪迷蒙》《空白》，及中篇小说《山地》《生命通道》《生存》《石门夜话》《相望江湖》《岁月有痕》及《中山装》等颇受好评。出版长篇小说《中国一九五七》《泥鳅》《色》《衣钵》《百合的江湖》等，出版《尤凤伟文集》（四卷本），《尤凤伟自选集》（三卷本），《尤凤伟作品系列》（八卷本，即出），及小说集数十种。

当是一种职业性警觉，宋宝琦即使沉睡中也会被一声短促细微的短信振铃惊醒，且懵懂状态中反应准确无误：一把从枕边摸起手机且对准位置：您好您好是哪位？

短信短信！身边的老婆比他更神，黑下有风吹草动她总是先知先觉且头脑异常清醒。接下来男人把手机举在女人面前让她念。这也是常态，之所以如此，一是他不用找眼镜，省去一通麻烦，另外，也是最具实质意义的：他“现阶段”外面“清爽”，无暴露隐私之虑，乐于顺水推舟自证清白。

老婆念："僧人"要出事！

迷蒙中一惊：什么?! 什么?!

老婆又念一遍："僧人"要出事！

他翻身坐起，一把抓过手机，又迅速从床头柜上摸出眼镜，他看到的信息与老婆念出来的无异，不由自主"啊"了声。

"僧人"是谁？老婆问。

嗯，同事。他含混地说。

他没再睡着。

上午，市府召开文教口领导干部碰头会，贯彻省府刚召开过的文化体制改革会议精神，作为市府大管家的副秘书长宋宝琦，可以说这是他的会，马虎不得，所以诸事亲力亲为，不敢在领导眼皮子底下出纰漏。直等到分管文教口的钱副市长开始对着麦克讲话，他才松了口气，思想在瞬间开了小差，回到那条让他心里一直不安的短信上。他晓得发短信的人此时也在这间会议室里开会，像其他与会者那般正襟危坐，在事先发下的讲话稿上装模作样地描描画画，心里实不知在想什么。他冷不丁想到，此时该人想的怕也是"'僧人'要出事"这桩事吧。

该人与“僧人”是党校同学，也是好友。以他所知，本名尚增人的“僧人”党校毕业后不久升为县级丹普市市委书记，而会场上的“同党”李为则升为大市文教局书记兼局长,两人来往密切。而今,尚增人在书记任上出事,难说不会挂拉着其同党李为。他不由得为李为担起心来。

一上午的会。会毕作鸟兽散。这时他收到李为发来的短信：我在车上。他心里立刻明白。

由舞蹈演员转行为司机的小马将他俩拉到海边一家菜馆，李为让小马回去了。这里他们来过几回，店不大，清静，菜品亦不错，重要的是环境，窗下便是海，海天一色，浪拍沙滩。正应店名“涛声依旧”。

不等酒菜上来，宋宝琦便迫不及待地问李为：消息确实？

李为点点头：来自纪检委。

宋宝琦其实也想到消息出处是纪检委，这类事纪检部门是正头香主，这说明他那里面有熟人，他问：问题严重吗？

李为说这个不晓得，不过要一般般人家也不会管。

宋宝琦问：“僧人”他听没听到风声？

李为说：好像没有，前几天还兴高采烈地来电话，说他亲手抓的一个大项目已竣工，各方面都满意，很快要举行剪彩仪式，要我去参加，对了，他还让我告诉你，到时请你也去。

宋宝琦说：这样，那就是还被蒙在鼓里。又问：什么时候对他采取行动？

李为说：这，属高度机密，人家哪会讲。按常规，确定了就不会久拖，怕夜长梦多。

宋宝琦心想也是的。

服务员送来酒菜时，两人打住话头儿，同时把眼光投向窗外的大海，海景美不胜收，然而他们什么也没看见，眼前唯一片茫茫的蓝。

服务员离去，李为端起满满一杯啤酒，仰脖灌进肚里，把嘴一抹，吐出一个字来：操！

宋宝琦看看李为，没吱声。

还不到一年啊。李为感叹说。

宋宝琦能体会李为的意思："僧人"尚增人就任书记不到一年时间就出事，太过急切。他仍未吱声，只在心里道：不是有句话叫"一万年太久，只争朝夕"吗？不过客观上讲，上任一年出事尚属正常，某市一交通局长上任还不到两个月便被"双规"，而"僧人"还没那么快。

尽管这么想，他心里还是替“僧人”惋惜。依他的条件，仕途上还是大有作为的。不想前程就这样断送了。

两人喝了一会儿闷酒。李为突然问：这一两年你和“僧人”走得近吗？

他看了李为一眼，惊讶于他怎么会问出这么一句话来，哪怕再弱智，也会猜到其潜台词：“僧人”出事会不会牵连到他，就是常说的“拔出萝卜带出泥”。当然他也晓得李为是出于好意，出于对他的关切，否则也不会深夜发短信，更不会冒昧地问出这么一句话来。他对着李为摇了摇头，说没有远近这一说。

是吗？李为思忖说，但，你对他是有恩的呀。

指向似乎更明确了。他没反驳，因为李为并没有说错，自己确实对“僧人”是有恩的，这恩就是帮他坐到书记的“龙墩”上。这个李为是始作俑者，他比任何人都清楚。那是一年多前，作为市府办公室主任的他在丹普市副书记任上挂职已经快三年，恰这时，市委鲍书记调任大市任副书记，按常规市长孙广德会填充这个空出来的位置，成为书记，但他的年龄到了“杠杠”上，没戏了。在这种情况下，市委市府居副职的，许多人都盯着这个位置，思谋着能上位。一时间各种传闻飞扬。不久集中在两个人身上，一个是副书记尚增人，另一个是来挂职的他。而他对此无动于衷，挂职官员属“飞鸽”干部，期满便打道回府，即使要提拔也是回去后的事，所以他不当回事，每当有人在他面前说到这件事，他也是一笑置之，不入心，倒有些隔岸观火的心态。事情常常这样，愈是没有念想，最终就愈落在你头上。一天李为打电话给他，说已得知市领导倾向于让他接手书记一职，干一届后再回大市。李为又说自己要到丹普出差，到时一聚。当时他不晓得李为是为何而来，但能聚一聚也是高兴的。到达的那天晚上，他与尚增人尽地主之谊，宴请过程并未涉及书记职务话题，饭后他与尚一起把李为送至宾馆，尚率先告辞，他留下与李为说话，很快就说到主题上。李为问他对留下任书记有何考虑，他说他没思想准备，也没认真考虑。李为点头说，根据你的情况，回大市也会升任正局，所以在丹普干不干书记无所谓，而这一职对“僧人”却大有所谓。下面竞争激烈，机会稍纵即逝，过了这个村就没有这个店，所以他让我与你商量一下，看能否把这个机会让给他。其实不等李为把话说完，他就明白李为此行是专程为尚当说客，让自己把到手的书记一职让给尚，让尚成为丹普一把手。他晓得，通常情况这是很扯淡的事，不过就自己的实际情况而言，李为分析得对，挂完职回大市升正局是手拿把攥的事，而尚就不同了，也许这是他升迁的最后一次机会。也正因为看明白了这一点，作为两人共同朋友的李为才能开这个口。于是“理解万岁”这句话在这里就体现出来。他理解尚增人，也理解李为。他当即表示同意，这事就谈完了。不久市委组织部来人征求他的意见，他首先对领导给自己的信任表示感谢，后又以孩子即将考大学需要回去照顾为理由，婉拒了这次提职。来人又征询他对尚的看法，他毫不吝啬地说了一通好话。而后的事情也如他所料，尚上位。从这一点看，也确如李为所说对他有恩，甚至可以说恩重如山。只是世事难料，尚履新不到一年便出事了，仕途一败涂地。李为的责怪也在情理之中。不仅李为，他自己也难以接受这一现实。他叹口气，“僧人”走到这一步，也用不着大惊小怪，一把手，过去叫“父母官”，现在叫老板，想不走歪都难啊。

李为苦笑说，论究起来倒是咱俩害了他，让他上了位，为主一方，就急于搞出政绩，弄个什么丹普世纪园大工程，这你知道，人人都知道工程是个大泥沼，没有提着头发飞过去的本领，谁能逃得脱？

他说，话是这么说，可一旦摊上事，这些就不能论究，只能按倒霉处理了。

李为把杯子往桌上一放，脱口说，他自己倒霉，别人也要跟着不清爽！

这话的意思再明白不过。都知道李为与尚增人过从甚密，在某个范围里他也讲过帮尚上位的事，尚出事，自然会有人把眼光盯向他。回到刚才李为说他对尚有“恩”的话，这不就是把眼光盯上他了吗？当然不是幸灾乐祸，而是担心，以他与李为的交情，这他能肯定。

他说，李为你放心，我和“僧人”之间没啥事，要说有只一桩，春节他请我去丹普寺院烧香，回来时他让人在车后备厢里放了几盒当地特产，有海参海米鲍鱼，他要是交代出来，我承认，上面要撤职就撤职，要入刑就入刑……

李为淡淡一笑，说这点儿事在咱这里，肯定不会追究。大家才不会相信，会讲帮这么大的忙，仨瓜俩枣打发了，太不靠谱。

实际上这也是李为对他讲的话，李为不大相信尚能如此不讲游戏规则。他很想问一句：尚又是咋样向你报恩的呢？讲恩，你比谁都大呀。牙关一咬，终是没说出口。

须知这是最隐秘的事体，特别在这关口。

李为突然发现了什么，盯着宋宝琦面前满满的酒杯，问句：你咋不喝了？

宋宝琦说下午陪李市长去保税区视察，哪敢多喝？

李为调侃句：为人不当差，当差不自在。还是早些当上一把手吧。

他回句：别忘了利益与风险共存啊。

李为哑然。或许想到了尚增人吧。

回机关的路上，宋宝琦感到身心轻松。庆幸尚增人没把他的帮忙当回事，这让他得以“清爽”。真是不做亏心事不怕夜半鬼叫门啊！

在保税区吃了晚饭，宋宝琦与谭秘书一起把市长送回家，回到自己家时，中央一套刚播完晚间新闻节目。许是与市领导夫人的身份有关，安安愈来愈关注国内外时讯，晚七点、晚十点的两栏新闻是必看不可的。宋宝琦应酬回来常常看不到，安安就补课似的把当天的重要新闻大事转述于他。其实这时醉意未消的宋领导唯见她嘴唇翕动却听不见声了。

今天他喝得不多，有心事。自然还是为“僧人”的事。他认为如果李为的消息确实，李市长一定会知道。“双规”一个中层干部铁定须经常委会拍板。视察过程中他一直寻找与市长过话的机会，却苦于区里一大帮子人的前呼后拥，根本寻不到空隙。直到饭前见市长一人在大堂吸烟区吸烟，便赶紧给自己点上一根凑了过去。他怕再有人步他的后尘，赶紧开口说李市长有件事需向你请示，下周丹普新落成的世纪园要举办剪彩仪式，您去吧？李市长连想都没想说句不去。他赔小心说丹普那边……李市长打断他：丹普那边，不就是尚增人嘛！他开他的庆功会就是了，我没空。他住口。也无须再说什么，市长明显的情绪化已说明了一切。

此刻，他将自己的情绪带进了家，打开了闸门：“僧人”完了，完了。

安安问：“僧人”是谁？

他说：丹普市委书记尚增人。

安安对上了号：他完了？怎么完了？

他说：怎么完了？要“双规”。

安安问：为啥？

他说：还用问？

安安问：事大吗？

他说不大也不会动他。一两个亿的大工程，他掌控，人家拿钱砸，还不往死里砸！

安安就不再问，给男人泡了一杯茶，放在茶几上。

宋宝琦问：年初一从丹普回来都带了些啥玩意儿？

安安脸上现出惊色：怎么？挂拉上咱了?!

宋宝琦不耐烦：到底带回了啥？

安安说哪记得过来，没那么好脑子。

宋宝琦说别的我不管，只丹普回来带的，还在不在？

安安说：应该在，年前把储藏室清理了一次，该送的送，该丢的丢，年初一才从丹普带回来的，不好处理，应该还在那儿。

宋宝琦挥挥手：快去看看。

又说全部拿出来。

盯着安安提溜在茶几上的“僧人”谢礼，宋宝琦如同望着一堆不明危险物，心中极为不安，甚至恐惧。假若如官场惯用伎俩，礼品挂羊头卖狗肉，变更了“内容”，那么其所具危险是显而易见的。以李为所说自己对“僧人”有大恩，那么可与“大恩”相对应的报答，自不会是个小数目，其效应足以让自己翻船。如此的事体怎能不让他心惊胆战？如同儿时在老家看杀猪，杀巴子（屠夫）

在举刀将猪开膛之前，总会念叨句：有膘没有膘但看这一刀。而对于眼盯着礼盒的他，当是有祸没有祸但看里面的“货”了。他苦笑着摇摇头。

拆。他说。

拆？安安用眼光问。

拆开看看里面有没有别的。他说。

安安明白了他的用意，一惊，问句：这些礼品够贵了，海参一盒三四千，鲍鱼一盒两三千，还能……

宋宝琦打断：不知道有没有比海参、鲍鱼更贵的？

啥？

钱！

安安眨巴眨巴眼，领会了，就动手开启礼品包装，打开后仔细检查，直至拆完也未发现有异。哦，正常礼品。

面对一片狼藉，宋宝琦先愣了一阵子，而后轻嘘一口气，心里不由得嘟噜句：你个尚增人，倒是放了在下一马啊！啥个叫劫后余生，这就是了。

卸掉压在心头上的石头，他轻松无比，站起身在厅里踱着步子，像在“复读”自己在仕途中走过的一步步。奋斗了二十多年，直到今天走到地级市副秘书长的位置，虽说算不上两袖清风，但总体上说自己是清廉的，究其原委，一是怕出事断了前程，另外所从事多为没有实权的差，没实权办不了实事，人家自没必要拿钱“砸”你。他不由得想，要是当初不把丹普书记的位子让出去，接下来，结果又会怎样？会不会像今日的尚书记那般，走到末路？这个，他不敢断定，更不能嘴硬说自己不会。尚也好，其他贪腐被查或未被查的人也好，一开始未见得就无所顾忌，只是走着走着才身不由己，他记得在一本书上看到这么一段话，一个人向一位道行深厚的大法师请教：船在什么地方最安全？大法师回答：在远离大海的地方。回答可谓饱含禅意，然而翻过来想，远离了大海，船还是船吗？正因为船对大海有种本能的渴望，所以才一往直前驶向海的深处。此几乎成为颠扑不破的真理。又奈何？他深深叹了口气。

这一晚倒睡得安稳，中间还钻进安安的被窝操练了一把。

第二天陪李市长去经济开发区视察。开发区刚开建时他在筹委会办公室干过一段，与现任开发区主任孟先知同为办公室副主任，关系不错，后来分开亦经常联系，互相让对方帮办一些事，办完在电话里道声谢，如此而已。说来官场上也不像有人认为的那样锱铢必较，义气还是有的。不过像今天这种情况，到了他孟先知的地盘，酒是要多喝几杯的。

常常是这样，走马观花般地视察，压轴戏还是在酒场里。经过多年官场洗礼，个顶个，喝酒不在话下。不过今天李市长情绪不高，不肯喝，宋宝琦就成了众矢之的。特别当着市长的面，须摆出一副舍己救主的姿态，另外从“僧人”的纠葛中得以解脱，心情轻松，喝酒正当时，就一杯接一杯地喝，很快就过量了。于是就故伎重演，从兜里摸出手机，作接电话状到走廊里。头脑发热，稀里糊涂拨了李为的号码，听到对方的应声，急不可待地报告佳音：李为李为，你放心，放心，我没事，没事。不等对方反应过来，接着把清查礼品无异常的事和盘托出。跟句：真得谢谢“僧人”啊。

电话那头生硬地一笑：哈，老兄你说倒背了，是“僧人”应该感谢你！

哦哦，他谢了，谢了。他分辩说。

哈，几盒劳什子土特产，那也叫谢？

虽带着醉意，他仍明白李为的意思：依他之所做，“僧人”的答谢是远远不够的。不合规矩，荒诞不经。事实上他自己也清楚，李为的质疑是摆在“理”上的，符合当下价值观念。而问题在于，“僧人”对他的无理正是歪打正着，为他之所求，所望。这般他才没有麻烦啊。

事情不对啊，真的不对，李为的声音透着认真，“僧人”不会这么弱智，脑子再短路也不致如此。尽管有句话叫什么大恩不言谢，那是扯。你再仔细想想，查查，别出纰漏。当然，谁都不希望有事。可常常不以人的意志为转移……

他啊啊着，心里却有气：你小子是认准我受了“僧人”的巨贿了，可在哪里？你检举，检举出来我认！

不讲了。挂了。

回到房间接着再喝。心中有纠结，喝得更无节制，甚至有些癫狂。李市长有些于心不忍，朝众人说句不要再灌宋宝琦了，再喝得在这儿落宿了。李市长的号令下得有些迟，他已经醉态毕露，嚷着叫孟先知再拿两瓶茅台出来，一人一瓶“吹喇叭”，让李市长给挡住了。

回程，汽车驶上高速路便疾速前行，车灯的光柱刺破暗空，非现实般光怪陆离。一如既往，市长秘书小谭坐副驾驶位置，宋宝琦陪李市长坐后排。而与以往不同的是，今番打盹儿迷糊的是宋宝琦，清醒的是李市长。

不久，把持不住的宋宝琦把头靠在李市长的肩膀上发出鼾声。李市长倒体恤，没做反应，小谭看不过眼，向后撂胳膊碰碰宋宝琦，呼声秘书长压着市长了！宋宝琦就惊醒过来，意识到自己的失态后连声说对不起。李市长说以后我不喝，也用不着你代，没这本经嘛。宋宝琦说是，以后注意。停停李市长问，听人讲春节你去丹普拜佛烧香了？一听市长问这码事宋宝琦打个愣怔，一下子醒了酒，一时不知作何答。李市长说怎么不和我打个招呼，一块儿去跟佛亲近亲近？他说封建迷信的事，谁敢向市长说呀。李市长说都说那座寺院作法事很灵，拿你来说，上香不久就升官了嘛。他赶紧说就算有点滴进步，也是市委、李市长的培养啊！李市长笑了一声，说你个大宋行啊，喝醉了官话还一套一套的。他说这不是官话，是事实。李市长问你什么时候开始对佛有认识的呢？他说不瞒市长说，我是一俗人，不仅对佛家缺少认识，还一直抱有成见。李市长问为什么抱成见？他说怕是受民间故事《白蛇传》的影响吧，法海和尚不择手段拆散白素贞和许仙一对恩爱夫妻，还把白素贞压在雷峰塔下面受苦，心里不接受，所以……李市长说这是传说，历史上那个真实的法海可是个了不起的得道高僧。他说原来是这样啊，那市长给讲讲真实的法海，以拨乱反正。李市长说我也是一知半解，弄不好就以讹传讹。小谭说市长太谦虚了，讲讲也让我们长长见识。宋宝琦说市长讲讲吧。李市长就讲起来，说法海是唐代人，父亲裴休是当朝宰相，以现在的说法是官二代了。法海的母亲吃斋念佛，所以法海在娘胎里就开始斋戒与佛结缘了。出生以后，父母认为，官场险恶，富贵虚渺，所以决定送子出家，法号法海。他砍柴三年，担水三年，闭关修炼三年，又在师父的引领下，三次云游，46 岁来到镇江金山。此时金山上有一个寺院叫泽心寺，败落已久，法海找到一个低矮的岩洞栖身，看到寺庙破败，杂草丛生，非常心痛。一天，他在佛像前起誓，一定要将寺院重新修复。后来法海不畏艰难，挖土修庙，有一天意外挖出一大箱黄金，法海不为金钱所动，上缴镇江太守，太守上奏皇上，皇上深为感动，下旨将黄金发回，修复庙宇，几年之后，残破的庙宇终于修葺一新，再次迎来旺盛的香火。法海圆寂后，人们将他原先修炼的那个山洞取名法海洞，为他塑了一尊石像，供奉在里面。你们说，这个法海与欺压白娘子那个残暴法海是不是有天壤之别呀？市长一席话只讲得车内的人感慨不已。宋宝琦说没想到市长的知识这么渊博，有空一定向市长好好请教。小谭说市长讲的这个真实法海坚守信仰，不存私欲，值得我等今人学习效仿啊。李市长说金山寺在唐朝时，叫江天禅寺，后改为金山寺，应与法海和尚和黄金的故事有关，说来也是颇有意味啊。大家连连点头称是。小谭说佛教博大精深，劝人积德行善，用现时的说法算正能量。李市长说是正能量。小谭说“文化大革命”当“四旧”破了，现在开始昌盛起来，许多人皈依佛门，不少官员家里都设了佛堂，整日香烟缭绕。李市长说这都是老婆们干的，也无非是求告个平安。平安是福嘛。小谭说是。宋宝琦问：市长，要是让你在东方佛家与西方的基督中举手，你怎样举？李市长答非所问：我举“中特社”。都笑。

回到家，宋宝琦重新进入醉酒状态，直挺挺倒在床上，呼呼大睡。却没有睡久，醒来时见安安坐在床边望着他。四目一对，他心里倒泛出些许温情，问句咋不睡了？安安不语，赶紧起身去倒了杯温茶端来。他喝下后也就添了些精神，对安安说把你的手机给我。安安问干啥？他说给孟先知发个短信。安安问你不是刚从他那儿回来的吗？他说刚想起一件事。安安问啥事？他说我突然明白过来,李为告诉我“僧人”要出事,除了是关心我,让我从中脱身出来,还另有一个目的是让我把信透给“僧人”啊。安安说他和“僧人”那么铁……他打断说正因为铁所以要避，在这关头，当事人的铁哥们儿电话都有可能被监听,这个他清楚。安安有些紧张起来,问那你呢?他说应该不会，可也不敢贸然行事，所以迂回一下，把李为的短信转发给孟先知，让他透露给“僧人”。安安问孟先知敢出头?他说差不多，一是孟和“僧人”是老乡,也是挂拉亲戚,知道了这事会急,另外孟这人挺仗义,没城府，心直口快，一炮就打过去了。

说着他就把“炮弹”提供给孟先知:“僧人”要出事!

孟没立即回应。也在情理之中。

尽管心情有所放松，但心里还是替“僧人”忧虑，即便与其没有利益瓜葛，也不希望他出事。

只是“事”说来就来了。下了班司机小邹送宋宝琦回家，宋宝琦有意无意地问句:小邹，上回从丹普回来，人家给的啥，还记不记得?小邹想了想，说是海产品吧，你、我、张梅一人一份。他哦了声。一般到下边去，礼品少不了司机的份儿。小邹说的张梅，是办公室的会计，不知从哪儿知道自己要去丹普进香，找到他，提出跟车一块儿去，说要去许个愿。他不好不答应，就让她同行。礼品有她一份儿，也在情理之中。小邹又想起什么，说对了，尚书记还送了你一个笔筒。笔筒？他打个愣怔。小邹说对，很壮观的，包装盒上印着毛主席诗词。下车后你给了张梅。他“啊”了一声，瞬时记起有这回事。送行时，尚一个人来到他的房间，把小邹说的那个笔筒递给他，笑着说句听说你老兄的书法练得不错，借借主席的仙气，更上一层楼。因都知道他练书法，送文房四宝大有人在，“僧人”送这个，他没当回事。一起下楼来到车前，小邹很有眼色地从他手里接过笔筒，放进提前装了礼品的车后备厢里。回市里车开到自家楼下，小邹和张梅一起下车帮他从后备厢里拿东西，又要帮他送到家，他谢绝了。也就在这一刹那，他不知怎么心血来潮，把笔筒往张梅手里一递，说这个你带回去吧，得空练书法也不错嘛。张梅没推辞，道声谢收下。这是个简单过程，没当回事的事，忘记了不足为奇，而一旦记起来又会很清晰。这如从天降的清晰记忆让他头脑里炸了一道雷电：莫非“僧人”真正的“意思”就藏在笔筒里吗？有可能，很有可能，如果是这样，尚对自己“真正”的“表示”就落到张梅手里了。这一刹那，张梅那张带着可人笑容的脸油然现在他眼前。他倒吸了一口冷气。

推开门，听安安在讲电话，见到他，朝他摆摆手继续讲，讲的什么他一概不入耳，他心里正陷入要不要把笔筒的事讲出来的纠结中。讲必然要带出张梅，而张梅跟他去丹普他没告诉安安，没别的，只觉得多一事不如少一事，女人，特别是官员女人在对自家男人的戒备上总是神经过敏，风声鹤唳，问题是现在不讲以后不得不讲可就转不过脖来了。权衡一番，觉得还是讲为好。

安安收了电话，说今天孟先知发来短信，问我是谁，我没回。

他说不回对。

过会儿又来一条。

说什么？

问是啥意思。

他哼了声：啥意思？让你通风报信，这还不明白？

安安又重复老问题：他会给“僧人”报信吗？

他说应该会吧。

安安问：就算“僧人”知道要被处理，还有挽回的余地吗？

他说这得看他的法道了。

法道？

就是能不能赶快找人灭“火”啊。

趁安安不再追问，宋宝琦就把“僧人”送笔筒的事讲出来，说主要是家里这类东西泛滥成灾，就顺手给了张梅。至于笔筒里放没放别的，还是个未知数。

开始安安听得很迷茫，等明白了是咋回事，眼一下子瞪得溜圆，喊：赶紧把笔筒要回来呀！

出乎宋宝琦的预料，安安并未诘问被他隐瞒了的张梅丹普行，直奔主题到笔筒上，可见她对事情的轻重是有数的，只是思维尚过于简单：送了人的东西能说要就要吗？或说这件事早已复杂化了，“内涵”远不是一个笔筒。比方如果里面有“货”，张梅会承认并交出来吗？通常情况，自己吃个“哑巴亏”也没大要紧，问题是不弄清真相，以后的事就无法进行有效应对。他把自己的担忧如实告诉了安安。

这，这可咋办哩？安安扭动着手指，这是遇上纠结的习惯动作。

他自是不指望她能对这桩“策略性”极强的事拿出个办法来，叹口气说：想想，好好想想。

这晚他失眠了。辗转反侧中他想到报上登的一则笑话，问：失眠的时候都在想什么呢？回答：想睡觉。而对于此刻的他却不是这样，他想的是那个诡异笔筒对于他的安危不可测啊。

早晨起来，宋宝琦脑子里已形成一个思路，不过没和安安讲。

上午，李市长听财税口汇报，讲起来后他退出小会议室，本想直接去财务处找张梅，想想觉得不宜太郑重，就回自己办公室用座机拨过去，张梅听出是他，立刻用欢快的语调说句领导有什么指示，请下达。他笑一声，说没指示。觉得心跳得有些急，便定了定，又说小张不好意思呀。张梅说领导有事只管讲，一定照办。他又笑笑说：小张，你记得年初一从丹普回来，我送你一个笔筒吗？张梅笑说记得记得，领导的“恩典”怎能忘怀呢？他说瞎说瞎说，那么个不值钱的东西算啥个“恩典”。他不等张梅接话，紧接问道小张那个笔筒你开始用了吗？张梅说还没有，领导让我练书法，我真想练，可这段时间老爸的身体欠佳，老跑医院……说到这儿张梅大概反应过味儿来，问句领导是不是要……他赶紧打断张梅的话，说小张是这么回事，我老弟那天来电话，说要练书法，让我给弄套文房四宝，别的都有，就少个笔筒，所以……张梅在那边嘻嘻笑，说这么大的领导还“翻小肠”啊，行啊，还给你就是了。他跟着张梅笑，说给了东西再要回来，是不像话，不过，我保证再送你一套上佳的。张梅说行是行，不过要罚。他问怎么罚？张梅说再去丹普还要带上我啊。他大包大揽：一定一定，没问题。

稳妥起见，他借口事急让司机小邹拉着张梅回家取。

不多会儿，小邹把笔筒送到他的办公室，放到茶几上。他显出不经意的样子瞅一眼，像看个无足轻重的物品，心却加速了跳动。啊！哪里是无足轻重，是举足轻重啊！

门在小邹身后刚刚关闭，他便弹簧样从沙发椅上弹起，三步两步奔到茶几旁，哆嗦着手从塑料袋里把笔筒掏出来，入眼的是考究庄重的厚纸壳外包装，上面印着一只圆柱形青花瓷笔筒，笔筒上印着毛主席诗词《沁园春·雪》手书。他不深究，只一眼带过，便着手查验是否有被拆启过的迹象，反复端详了一阵，未发现有异常，便着手打开顶盖，把笔筒从里面拿出来，在这一过程中答案已经彰显：笔筒是空的，一无他物。开始，他怔了怔，待完全认定眼前的事实，他僵硬的身体一下子放松了，如同卸下一副千斤重担。

上苍保佑，终是逃过这一劫啊！他心里默念，眼前同时现出大年初一在丹普寺烧香许愿的那一幕，他记得当时许了三个愿，头一个便是仕途通顺，厄难不及，现在看，当是灵验了。

他想想，给李为发了个短信：放心，我没事，绝对。

李为很快回答：没事就好。

但愿“僧人”也没事。

共同心愿。

然而许多事并不以人的意志为转移，丹普市委书记尚增人终是被“双规”，有内部消息来源的李为在电话里对宋宝琦讲了个大概，声音透着不安与沮丧。他一时无语，心情很沉重。到了这一步，“僧人”的命运落定，难以翻盘。如果在这之前有所知晓（他不能断定孟先知、李为及其他人是否已把消息透露给尚），请某个大人物“救急”，或许会有转机，而现在事情由暗转明，实在是晚了，再有人施以援手，就不是“救火”，而是“劫法场”了。如此“舍己救人”哪个敢试乎？他问尚被控制在哪里？李为说目前还在丹普。他问事情严重不？李为说交代中，难确定。匆匆挂了电话。

他赶紧上网，见城市论坛头条便是尚被“双规”的消息。没有更多实际内容，仅消息而已。然而对当事人而言，短短几行字已为灭顶之灾。

啊！“僧人”完了！

在无尽的惋惜嗟叹中，他再次为自己没身陷其中而感到庆幸。他也清楚是尚的不按常理出牌，把他从网眼儿里放出来了。世事难料，这话对极。

尽管未被尚案牵扯，但他仍密切关注，得空便上网，察看动态。随着时间的推移，案件已渐渐“发酵”，各种说法铺天盖地。让网民大做文章的是尚书记跳高式身败——刚起跳便摔倒（李为亦对此事耿耿于怀），何以如此速朽，网民也有自己的见解：权力过于集中。对此，了解丹普情况的他是认可的。尚当上书记同时又兼任了人大主任一职，这不足怪，问题在于恰逢市长到“点”下野，一时没合适的人接，尚又临时接过这一摊。智慧的网民将其调侃为“三头六臂尚”,“三头”无须再说,“六臂”是指尚大权在握后进行了一次班子调整，调整是官样说法，实为重新洗牌，尚将重要部局的一把手都换成“自己”的人。将这么一副官人“形状”称为“三头六臂”是恰切而传神的。只是春风得意的尚没记住有句叫“成也萧何败也萧何”的话。

渐渐地，尚案的“发酵”已不仅限于网上的空口把式，而进入实际阶段，办案人员频繁地找“相关人”谈话，落实问题。孟先知电告他“谈过了”。李为也电告“谈过了”，还加句：你也做好准备。他不以为然：谈有可能，但没什么可顾虑的，平常心应对即可。

那天刚上班，小谭秘书便告知李市长在办公室等他。他不敢怠慢。办公室除了李市长，还有一男一女两位客人。李市长笼统介绍说这是纪检委的两位同志，找你了解些情况，好好配合。他说好的，主动上前与“两位同志”握手。李市长说我有事出去，就在这儿谈吧，不受干扰。他晓得市长是去快落成的铁路北站检查工作，本来他也要陪同去的。

李市长出了门，宋宝琦以主人身份从饮水机接水泡了茶，端到客人面前。脑子趁这空当转：他们会了解些什么呢？无事不登三宝殿。难道真以为就犯在他们手里？滑天下之大稽。

年龄五十上下浓眉大眼的男客当为主谈。待他坐下，三十左右清秀的女客冲他友好地一笑，介绍说这是孙处，我姓丁，小丁。他朝孙处点点头。虽在机关多年，并没见过这位孙处，包括小丁，他们的工作性质属那种昼伏夜出的类型，常人难得一见，包括他这个大管家。

孙处喝了几口茶，眼光随着放杯子的手落下，并不抬起，仍盯着杯子看，和蔼得近乎讨好说：宋秘书长，冒昧打搅，不好意思，请务必理解。

他说：理解理解，你们是公务，不必客气。

小丁拿出本子准备做记录。

孙处抬起头，看看宋宝琦，说：如果您认为是不当问题，可以不予回答。如果口误，提出来可以不作数。

很客气啊，他心想，可视为对领导的优惠政策吗？笑一笑，说哪能哪能，说了的就要负责嘛。

孙处也笑笑，说：宋秘书长是个敢作敢为的人哪。

这话让他有些不爽，孙似乎认准了他有问题，就看能不能敢作敢为了。孙想干啥？

孙处说：事情是这样，丹普市委书记尚增人严重违纪，现已被“双规”，这秘书长自然知道，我们来是想就有关问题向您做些了解。

他说孙处长只管问，凡知道的我肯定说。

孙处点点头，问：秘书长从什么时候起认识的尚增人？

他想想说这个记不太清。

孙处问那什么时候熟悉的呢？

他说熟悉应该是到丹普挂职之后吧，一个班子内，住同一座宿舍楼，同在市府餐厅吃饭，低头不见抬头见，常委会、书记碰头会，一起出席。

孙处问：秘书长认为尚增人是怎样一个人呢？

他说：从旁边看，很正常的啊。有魄力，也实干。不过被“双规”了，就不能从表面看了。

孙处略顿顿，说冒昧问一句，秘书长与尚增人的关系如何？

他说这怎么讲呢？

孙处说怎么讲都行。

他说正常，应该说正常。

孙处点点头，说应该是这样的，可有些人认为你们的关系比较密切……

他一笑：过从甚密？沆瀣一气？狼狈为奸？

孙处：言重言重。

他说外面有种说法，丹普书记这把椅子是我让给尚增人的，但稍微有些常识的人都知道，这不可能。行车讲礼让三先，官场不讲这个。

事实上……

事实上每个人的情况不同，同一个职位，有的人想得，有的人不想得，比方我，不要书记一职，是想回家督促孩子备考，怎么能认为我与尚是私相授受呢？

孙处说当然不是，你的情况是明摆着的，即使不留丹普，也不影响……

他知道孙处没说出口的话是不会影响后面的升迁。

他不吱声。孙处喝了口茶，又说：正如您所言，事情因人而异。对于尚增人同志，书记一职可遇而不可求，重大无比。所以，你的后撤，事实上是成全了他，他应该很感激你……

他一下子明白，绕了半天，却与李为所想如出一辙。不过他并不特别反感，投桃报李是人们的思维定式，是美德，否则便为不堪。

他沉默。

一直忙于记录的小丁趁这空当为每只茶杯里续了水，又对他一笑。

孙处喝口水又将眼光盯在杯子上，过会儿，说话的语气有所沉哑：宋秘书长，公务在身恕我不恭，能否回忆一下与尚增人同志之间可有不当往来？

他问什么叫不当往来？他盯着孙处看。

孙处说这个秘书长应该清楚。

金钱？财物？

孙处不语。

金钱没有，财物嘛，尚增人送了我几盒海产品，还在，如果这算尚增人对我的贿赂，过会儿我回家取来上交。

孙处摇摇头，说如果仅仅是几盒海产品嘛……

别的没有，肯定没有！他打断说。又问句：尚增人讲给我别的好处了吗？

孙处说对不起，这个我们有纪律，不能讲。

孙处站起身，向宋宝琦伸出手，说务必请秘书长理解。

他不能理解，明明没有干系的事，别人就是认定你有干系，不是撞见鬼了吗？

谈了，他也如实做了回答，他觉得事情已到此为止，事实却不是这样。中间只隔了一天，孙处和小丁再次登门。

这回是在市府小会议室。

落座后孙处对再次打扰表示歉意，希望对他们的工作继续予以支持。

他轻松说：没问题。心里却想：他们不依不饶，一定是以为我有问题不讲。凭什么这样不相信我？

孙处说我们接着上回谈，你说尚增人同志请您去丹普寺上香，前后是怎样一个过程？

怎么问起这档子事？不搭界嘛。便说年前，大约小年后一两天，尚增人打来电话，说这几年寺院极红火，香客蜂拥而至，拜佛许愿据说很灵，问我想不想去，去的话他提前安排。因我爱人和小孩儿要去兰州岳母家过年，只剩我一人在家，也无聊，就答应去。初一日出前赶到，尚增人带我们一行上山，又由寺院大法师引带敬香、敲钟，中午尚增人陪着吃了一餐饭，便回来了。简单说就这么个过程，还需要详细说吗？

孙处说已经很详细了，不过有一点想和秘书长核对一下，尚增人有没有讲相关费用一事呢？

费用？什么费用？

孙处看着他：香火啊。

啊，这个尚增人没讲。

秘书长没想到会有一个费用问题？

当时没想到，只想是由一把手安排的，一切不成问题。

是这样，应该是这样。但佛事不同于其他，要虔诚，官再大，香火钱不敢不付。

他眨眨眼，一下子明白过来，硬把他往尚增人的事上拢，症结原来在这笔香火费上啊。其实他不是没听说过关于官员进香拜佛的一些事，只是脑子一根筋，觉得三头六臂的尚增人能把他地面上的所有事摆平，用不着自己多操心。原来问题出在这里。

他诚恳地说：我还真没想到这个问题，要是提前想到，我肯定会自己付。

孙处说：这个我们完全相信，问题是即使秘书长想付也未见得事先能准备那么个数目啊。

他脱口问句：多少？

孙处不想卖关子，说十万。

他不吭声了。十沓红色百元大钞在眼前悬浮，像一把火在烤。他感觉额头沁汗了。

小丁友好地起座为他添了茶水，说句喝点儿水。

他渐渐缓过劲儿来。望着孙处问道：这十万是尚增人付的吗？

孙处摇了摇头。

那是谁？他问。

一私企老板。

尚增人说的？他问。

是。孙处如实回答。

他终于明白，在让官这件事情上，尚确是按“大恩”谢了自己，以这种“形而上”的方式。

他问尚还说什么了？

与秘书长相关的，就这些。

他意识到自己问了不该问的问题，其实孙处已经向他透露了本不该透露的话，其善意应该心领了。同时，他也知道事情不会止于此，不管什么人付了钱，都是与他有关联的。尚增人讲出来，自是想撇清自己，找出个“相关人”替自己担当这一块，减轻一些罪责，对此他也能理解，现时的人对许多乌七八糟的事都能理解，见怪不怪也是一种修行啊。

他发现孙处又在盯着茶杯看。他忽然明白，孙极力避免与自己对视，是因他自知眼光里有一种难掩的职业性严酷，便努力避免以此冒犯自己这个“市领导”。他同样领情。

他试探问：纪检部门欲怎样定性这十万块钱呢？

孙处稍稍抬下头，眨着眼说：这个领导让我们先听听秘书长的说法。

我？

对。

他说:实事求是讲，我不认为这笔钱应该算在我名下。

孙处不接话，只转头看了小丁，小丁低头在记。

他继续：一，我不知道要花这么多钱；二，钱的来龙去脉我一无所知。

孙处低着头说：按说秘书长应当知道做这种高端法事的行情，十万也是优惠了的。

他问不优惠能有多少？

孙处说三十万五十万都是在谱的事。

他说这行情我确实是不晓得的，而问题的根本之处是我并没见着钱。

孙处说是没见着，但钱是为你花出去了，你是受益人哪。

受益人？精神受益人？他似乎是自言自语。

也可以这么讲，物质是可以转换为精神的。那就是转换成本。

噢,上升到哲学层面了,很深奥啊。他不无讥讽地说。

孙处说：哲学也谈不上，可从法律层面上看，事情还是很明显的。

请讲。

孙处尽量从眼里透出和善，说：尚增人授意老板买单，属索贿性质；那老板肯于付钱，属于行贿性质；而落到秘书长身上，则属于贿赂对象了。

他觉出孙绵里藏针的毒辣，一定要把他栽进去，便质问道：那么收款的寺院该怎样认定？

孙处说：寺院属正常佛事活动，功德箱里面的钱是善男信女自动放进去的，不是非法所得。

对这一点，他无话可说。

孙处歉意地笑笑，说秘书长别误会啊，我们只是想大面上把事情捋一捋，这样对秘书长也有益处啊。

阴阳怪气。他想。这些人你就不知道他哪句话是真哪句话是假。他既然要把事捋一捋，就不妨一捋到底，落得个心里清爽，便眼盯着孙处问：你们纪检是不是已有定论，这十万块钱是我的受贿款项？

孙处沉默，良久方说：对秘书长说句真心话，这个我不知道，最后由领导来定。

这次谈话到此结束，双方都悻悻的，勉强握了下手。

接下来的日子宋宝琦就很不好过了，可谓度日如年。他左思右想，也无法推断事情会朝哪个方向发展。他不大相信自己会彻底翻船，那来无影去无踪的十万块钱强栽到自己身上很“狗血”，可他又深知官场的事向来难测，事说大便大说小便小，只看握权把子的怀哪种心思。另一个让他隐忧的因素今年是他的本命年，这道无形的阴影一直印在心里面。当初答应去丹普进香也与此有关，希望能保佑自己迈过这道坎儿。而结果适得其反，惹出这番事来。想想只怪自己借花献佛心不诚。有时他也事后诸葛瞎寻思：早知如此当初就不该把书记一职让给尚，自己留下干一届，再回大市说不定能干上副书记或副市长。呵呵，他晓得事到如今想这些已经晚三春……他不由得又想到那个关于船与海的典故，觉得人生是耶非耶真他妈妈的很悖论，难说难道。

他联系不上李为，李为也不联络他，不晓得是怕惹麻烦，还是本身已经有了麻烦。特殊时期，什么情况都可能发生。

他也思谋着从顶头上司李市长那里套点儿口风，又担心不慎出错，偷鸡不成蚀把米，便作罢。

一把刀始终悬在头顶，又不知啥时落下，心神不宁，烦躁不安，抑郁的各种症候亦渐次显现，感觉像到了世界末日。

这天是周六，安安的学校有活动，临出门安排他买鲜奶，说小铺里的不保险，要去大超市。近期的事情他没和安安讲，这人看似很有章程，其实心理承受力很差，知道了会比自己更焦虑。

超市离家不远，步行十分钟便到。他推着购物车在货架中间穿行，忽听有人呼了声“秘书长”，旋即一个同样推购物车的秀气女子笑盈盈站在面前，他稍稍一愣，认出是与孙处一道与自己谈了两次话的小丁。他高兴地与小丁打了招呼，除了寒暄，偶然相逢的两人似乎也没多少话可说，便客气地挥手再见。而没过多久，小丁又转回，伸手递给他一张字条，说句秘书长要有事就联系我。他笑着点点头，顺手把字条塞进口袋里，没多想。

回到家，放下东西，又习惯地把零钱掏出来放进门边的一个纸盒里，这时看见混在其中的小丁给他的那张写有电话号码的字条，他的心倏地一动，意识到小丁这一举动似有某种深意。再联想到谈话过程小丁投向他关切而友好的眼光，心想莫非她是暗示自己，想知道案子的内情她可以……对，是这样的，一定是这样的。自古有云“朝中有人好做官”，她就是“朝中”人，知道朝中内幕。

想好了，便不再迟疑，给小丁拨了手机。小丁平静地问句是秘书长吗？他说是我是我。小丁说有事请讲吧。他一时竟不知该从何讲起，而怎么讲又都显得唐突。小丁不吱声，等着。他轻咳一声，小心翼翼地问：小丁，那事，有什么进展吗？小丁说那事啊 Pass 了。没事了？Yeah，为什么……小丁笑笑，问句难道秘书长不希望是这个结果？他赶紧说：不是，不是，只是……小丁说秘书长不用说了，我知道你怎样想，这事有些超乎常规，程序走到上面，上面集体无语。他说怎么会……小丁说想想也在情理之中，这事佛是一方事主，哪个愿多事，惹佛不高兴啊？啊！啊！是这样，原来是这样。他真的没想到这一层，可仔细一想，也确在情理之中。

当他要向小丁真诚道谢时，小丁已挂机。即便如此，他还是由衷道句：谢谢你啊，小丁！

满天阴霾一扫而空。生活重新美好。忍不住又给李为拟了条短信：我请你，还在“涛声依旧”……想想似觉不妥，便作罢。

又过了几天，他接张梅一短信：宋哥，对你讲，上回在丹普寺许的愿，已经灵验，非常非常感谢你呀。我想在国庆长假期间再南下去金山寺上香，你可愿同往？

他满身发起热来，不待细想，便打出三个字：没问题。发了出去……

月　煞 |孙　频|

孙频，女，1983 年出生，毕业于兰州大学中文系，现为杂志编辑。2008 年开始小说创作，现已发表小说一百余万字。中国作家协会会员。

一

刘水莲一直记得那个深夜的月光。

她是在睡到半夜的时候忽然醒来的，就像是被一个陌生人的体重给压醒了。醒来的一瞬间里，她有些恐惧地看着盖在自己身上的棉被，棉被上没有人，只有雪一样的月光无声地落在上面。

她从床上爬了起来，掀开竹帘，并没有人叫她，其实整个院子里都没有一点点声音，她被一种神秘的东西像磁力一样吸引着，走进了院子里。月光正落在青砖青瓦上。

是满月。

月光像大片大片的雪花落在她身上，砸着她。

她犹豫着恐惧着，却还是下了两级台阶，就在她踩下那级台阶的同时，她忽然被钉在了青色的月光里。她看到院子里居然还站着一个人。是个女人，背对着她站在那里。就着月光她觉得背影像是母亲刘爱华的，她身上穿的那件红衣服也是刘爱华的，在月光下，那件红衣服忽然像吸足了血液一样，鲜艳凄怆得让人不敢多看。可是这背影又不像是刘爱华的，她从来没有见过刘爱华这么安静，安静到肃穆地站在一个地方。刘爱华是个疯子，已经疯了十八年了，她怎么会这么安静祥和地站在深夜的月光里？不会是她，一定不是她。

那，又是谁？

刘水莲愈发害怕了，她甚至有些站立不稳，寂静的月光像蛇一样缠着她的喉咙，她开始有些窒息了，踉跄着往后退了一步。月光下的女人听到脚步声忽然回过了头，看着她。是刘爱华，不，准确地说，是刘爱华的脸。但，目光却不是她的了。刘水莲站在五步之外的地方看着刘爱华，刘爱华也看着她。

刘水莲在看到她的目光的一瞬间里便感到了一种巨大的恐惧，她想转身逃走，想回到屋子里，可是，她动不了，她被月光钉在了那里。那绝不是刘爱华的目光，是有一个陌生人正站在她身体里向外看着她。她正和一个陌生人在深夜里对视着，最可怕的是，这个陌生人根本不认识她。那目光是远的，是凉的，是隔了几千里地望过来的。刘爱华不认识她了？刘水莲挣扎着动了动嘴唇，可是，她的嘴唇只是像灯影一样无声地落在了雪地里，嘴里没有发出任何声音，那声音一出来就在月光下蒸发了。

月光更亮了，刘水莲突然发现，今晚刘爱华居然把头发梳得一丝不乱。在一个深夜里把头发梳得这样一丝不乱？这十八年里，每天都是外婆张翠芬给她梳头的，一天不给她梳，她就会蓬头垢面地在镇子上乱跑。现在，张翠芬早就睡着了，她住的北屋熄着灯，想是没有醒来。

那么现在，只有她和她了。

两个人在黑暗中静静地对视着，像站在一条大河的两岸渺茫地望着对方，中间有巨大的河流黢黑无声地流过去了。她突然就伸出一只手向刘爱华的衣服摸去，她想看看眼前的是不是只是个投在墙上的影子，是不是这只是她做的一个梦。可是，那影子往后退了一步，躲开了她的手。她忽然用冰凉的水底一般的声音对她说了一句，你是谁？声音也不是刘爱华的，这不是从一个疯子口中说出来的声音。刘水莲的那只手猝然停住了，影子落在月光里，又停在了两个人的影子中间，看上去像一幅边缘清晰的剪影。

刘水莲跌跌撞撞地逃进了屋子，躲在了自己床上。她想，这一定是在做梦，这不可能是真的，不可能。到明天早晨就好了，她要等着天亮。这剩下的夜晚刘水莲一直是似睡非睡，一会儿醒了一会儿又睡着。她已经彻底分不清楚究竟是梦境还是真的，也不知道刚才见到刘爱华是梦还是真的。那种睡眠轻薄得像层纸，随便什么一戳就破了。她就这样支离破碎地睡到了天亮。

有什么在响，是外婆张翠芬起床去开院门的声音，张翠芬每天起床第一件事就是先去开院门，以免让街坊邻居觉得她家在睡懒觉。她迷迷糊糊地想，天亮了？想爬起来的时候竟发现自己周身酸痛，像刚打了一晚上的仗一样。她正在床上歪着，忽然就听见张翠芬在院子里喊了一声，是谁开的门？她的声音里有一种近于绝望的尖尖细细的东西伸了出来，像刀锋。刘水莲这下彻底醒了，她挣扎着爬起来冲进院子里，看到张翠芬正站在院子里看着虚掩着的院门，门闩被人从里面拔掉了。有人半夜把门打开了？院门都是从里面闩好的，从外面打开根本不可能，除非是翻墙进来开门出去了。可是墙上并没有一点被爬过的影子。张翠芬忽然像想起了什么，迈着碎步，急急忙忙地跑进了东厢房。那门也是虚掩的，一推就开了。刘水莲看到外婆猝然就站在了东厢房的门口，不再动了。

她突然想起了昨晚的月光，怎么就亮成那样呢，亮得都有些邪气了，像是白天的倒影一般，落在水里的清凉的逼真的倒影。昨天晚上月光下的刘爱华到底是真的还是假的？还是只是她的一个梦？她跟着过去了，站在了刘爱华住的东厢房门口。她忽然有些莫名的哆嗦，就像是站在一处洞穴前的感觉，因为不知道洞穴里有什么而微微地恐惧不安着。

然而，东厢房里是空的。没有人。一老一少两个人怔怔地看着这间忽然就陌生下来的厢房。早晨的阳光把她们的影子烙在了砖头地上，肥大臃肿。阳光从窗子里筛进来，她们甚至都能看见在阳光里游动的那些灰尘。一种突如其来的陌生像一个屋子深处的人影一样，越长越大，越长越大，几乎要把她们两个人的影子全部吞没进去了。

刘水莲忽然就明白了，这种陌生是从那炕上从那些家具上从这屋子的每一个角落里散发出来的，那就是，这间屋子里有一种异样的整洁。被子是叠好放整齐的，家具是新擦洗过的，镜子亮得像刚磨过的刀，就连脸盆架上的毛巾都搭得纹丝不乱。这间屋子十八年里都没有这样陌生地整洁过。这种整洁看上去就像是刚被刀斧砍出的一道伤口，新鲜、生硬、粗粝；又像是在一夜之间变出来的狐妖的房子，只是一种幻影，似乎只要轻轻一碰，它就消失不见了。

那摞被子被码得整整齐齐的，蹲在炕角，上面却没有人。墨绿色的油毡铺在炕上，油毡上的几朵红色的牡丹鲜艳欲滴，油毡反射着早晨的阳光，亮得像面湖水，那几朵牡丹似乎就在水中轰然开放了。可是，这油毡上，也是空的。刘爱华不见了。

刘水莲这才开始有了些知觉，就像从一个很深很长的梦里慢慢醒过来了。一种奇异的、尖锐的直觉像一把刀一样直直穿过了她的身体，她听见风声从那里呼啸着穿过。那就是说，昨天晚上见到的刘爱华是真的。可是，她现在又去了哪里？她是半夜走的吗？把这些家具全部擦洗完了，把屋子收拾干净了，就悄悄走了？这么说，自己是在她走之前看到她的？她在半夜梳着那么整齐的头发，原来准备要出门？出一次远门？

就在这个时候，一群人已经从虚掩的院门里涌了进来。刘水莲再一次有了身在梦境中的迷离感，她根本看不清那些人的脸，却异常清楚地听见了走在最前面的那个男人的声音，他说，婶，快去井儿街，有人在井里看到爱华了。

刘水莲感觉自己一路上几乎都没有用脚就到了井儿街中间的那眼井边了，她忽然觉得身体里有一种巨大的空旷感，就像她身体里忽然长出了一大片沼泽和沼泽上的天空，到处都是明晃晃的空旷。这些身体里的空旷突然让她轻盈如飞，她被熙熙攘攘的人群挤着夹带着，飞到了井边。涌到井边的人越来越多，一个消息已经迅速传遍了整个小镇。刘家的疯子忽然掉到井里死了。这好好的疯子怎么就忽然死了呢？昨天还见她在路上又笑又叫的，怎么睡了一夜就，死了？

尸体已经被捞出来了，像尾鱼一样晾在井边的石台上。是刘爱华。她静静地躺在那石头上，皮肤苍白到了浑浊，冰凉而僵硬，水珠从上面滚过又落了下去，就像她也是一件被打磨出来的新鲜的石器。她的脸被井水泡得微微有些肿，像是突然之间长胖了一些，眼睛是半闭着的，一束很冷很硬的像石头一样的光从那条缝里挤了出来。一看到她的脸，人群忍不住往后退了一步，像是怕被那眼睛里的光伤到自己一样。

她身上的那件红衣服吸饱了井水更加鲜艳了，在早晨的阳光里带着一种肉感的荤腥。她的头发，刘水莲忽然看到了她的头发，从这么深的井上掉下去，又在这么凉的井水里泡了一夜，那头发却还是一根都没有乱。也就是说，昨晚在月光下看到的刘爱华是真的。真的是她。她是费了多大的力气才把这一头长发梳得这样纹丝不乱啊，就像是刀削斧刻上去的。只有石头刻出的头发才会这么牢固这么坚硬吧。

人们在悄悄议论着，怎么就死了？寻死的？要不是寻死难不成是被人推到井里的？

就是个可怜的疯子，一疯疯了这么多年，哪有什么仇人？谁会害死一个疯子？八成是自己寻死跳井了吧？

疯了这么多年也没见她跳过井上过吊，就连刚疯那时候也没见她要跳井，怎么突然就想起跳井了？

疯子的心，又没人知道她每天在想什么。我看她也是好一阵坏一阵的，有时候病轻了些还知道和我打招呼呢。她要是知道自己疯了，心里也不好过吧。

那就寻死？

呃……不好说。

张翠芬已经哭得扶着井栏起不来了，脸上又是鼻涕又是泪，她干干地张着嘴，嘴里却已经发不出任何声音了，就像她的声音忽然被什么东西吸走了。她的两片干枯的嘴唇就那么无声地却剧烈地抖动着。刘水莲却一滴泪都没有，她久久地看着母亲的尸体。她这才发现，她从来没有这么近距离地看过这个女人，十八年里从来没有过。从自己生下的时候，她就已经疯了。她是被外婆张翠芬一手带大的，是张翠芬用羊奶把她养大的。刘爱华的病时轻时重，重的时候谁都不认识，连自己的妈都不认识，更别说认她了。病重的时候，她就在街上不停地笑着，叫着，哭着，还要脱自己身上的衣服，一直要脱光才停下来，然后还要站到街中间去，经常因为围观的人太多把路都堵住了。张翠芬每天都要出门找她回来，就像找一个贪玩的不肯回家的儿童。她一条巷子一条巷子地找，一条街一条街地找，有时候还到山上找，别人说你就关上她几天。她说不能关，关住了就疯得更厉害了。

把刘爱华找到的时候，她再拉着她的手把她拉回家，也像拉着一个耍赖皮的小孩子。张翠芬每天早晨给她洗脸梳头发，换衣服，然后她就笑嘻嘻地自己跑出去玩，到晚上再衣冠不整地回来。她就像一具泡在酒里的小孩的尸骸，永远地泡在那里了，她将再不会老去。她从时间的轨道上自己抽身退出了，她沿着自己一个人的真空的轨道往前走，没有衰老，也无所谓悲伤。当刘水莲开始上初中了，上高中了，也开始终日为自己的前途担忧的时候，刘爱华还是活在十八年前的二十二岁，她已经被风干了，一步都没有往前走，高兴了就笑，不高兴了就哭。她像一枚钉子被钉在了时间深处的某一个缝隙里，任是谁都拔不出她来。

从小到大，就因为这个疯子母亲，她受过多少欺负。男同学欺负她，女同学则是一见她就躲，似乎她是个传染病人，是带着病菌的，随时都会传播给别人。同学们欺负她也就罢了，连老师都没有一个对她好过。上课回答问题的时候，她从来不敢举手，因为老师根本就不会叫她回答问题。她坐在教室里就是一件摆设，一件透明的摆设，他们根本看不见她，任是谁都能从她的身体里穿过去，踩过去。

她是空气。不是人。

只有一回她像是存心要报复老师一样，壮着胆子举了次手要回答问题，结果把语文老师吓得眼睛足足瞪了有半天。她觉得她不正常了，可是疯了？怎么突然就要举手回答问题？这事本来不奇怪，可是放在她身上就奇怪了。就像一个本来没有腿的残疾人忽然站起来要跑步，真是怪吓人的。后来，语文老师把这件事四处讲给别人听，说真是铁树开花了啊。铁树开花？她又做了回传说中的怪物，此后就彻底死了心，自己心甘情愿地把自己当成了一缕空气。她心甘情愿地让自己下贱下去，下贱到最深不见底的地方去。

一个人退到无可退让的时候，还有什么能伤着你？

她在这个小镇上生活了十八年，这个疯子做了自己十八年的母亲。小的时候，大约是皮肉还没长结实，委实羞耻了好几年。她觉得这疯子是长在她身上的一块赘肉，压在她身上越长越大，她恨不得把它割掉，踩扁，可是这疯子一直结结实实地长在她身上，无论怎么样，她们都是血肉相连的，怎么割也割不断。后来她慢慢长大了，也就皮糙肉厚起来了，脸皮也跟着厚了，绝不像小时候那样，别人一个眼神就能把她杀死。她已经有些刀枪不入了，谁爱笑就笑去，爱说什么就说去，只要不怕浪费自家的唾沫。听到别人说起疯子这两个字的时候，她一脸的凛冽和无畏，就像一个刚从战场上回来的满是暗疮的战士听到别人说起打仗的表情。这两个字最早对她来说是一块揭了皮的红红的肌肉裸露在那里，任意给人参观，到后来，这伤也就结疤了，起茧之后竟然比其他部位还要厚实些，耐磨些，盔甲似的长在肉上。这世上，有什么事情是白受的呢？没有。

你就是觉得你都死过九次了，那也每一次每一次都不会是白死。

二

刘水莲知道自己是这个疯子生出来的。可是她为什么要生她？她一个人在这个世上受苦也就罢了，还要复制出另一个她来一起受苦？想到这里她便有些恨她。她是这个世界上离她最近的人，也是离她最远的人。在刘爱华疯病最厉害的时候，她就是喊妈喊得撕心裂肺，肠子都碎成一截一截的，她也不知道这是在叫她。她在另一个世界里迷路了，任是什么都不能把她唤回来。声音，血液，肝肠寸断，都不能。

只有偶尔病轻的时候，她会突然叫她莲莲。她的目光也在那一瞬间抽去了坚硬的芯子，像水草一样柔软咸腥地趴在她的脸上，身上。刹那，她全身都是这种咸腥的味道，就像她的全身上下都在流泪。这个时候，刘水莲便觉得，自己终究不是石头里蹦出的猴子，终究还是有母亲的。那是一个人在这个世界上的出处，回去的路有很多条，可出处只有一个。但这种柔软也不过是偶然的，她的母亲更多的时候是在走失，在一个很深很深的隧道里走失，只有偶尔，才回来看看她。她连趴在她肩上哭一次的机会都没有。

可是，昨天晚上，她看到她时，她的目光为什么陌生到那种坚硬的地步？坚硬得连一丝缝隙都没有，像一扇关得严丝合缝的窗户，一点点灯光都透不出来，没有人能知道里面究竟是什么，又有什么会突然从里面走出来。

现在，她看着她的尸体忽然明白了，昨天深夜，在她看到她的那个时候，她其实已经完全地彻底地清醒了。也就是说，昨天深夜，她突然从一个深不见底的梦里醒过来了，醒来的时候，身边一个人都没有。这一觉就是十八年，突然醒来时自然是物是人非，不知身在何处了。

刘水莲想，在她突然醒来的那一个瞬间里，她该是多么深的恐惧啊。这十八年对她来说，就是一眼深井，她一个人向井底爬去，想看到井底最深处究竟是什么，她想把这一眼井开采出来，想把十八年里沉积下来的东西全部挖出来，挖给自己看。可是那最深的井底，连一点光都没有。那是怎样一种巨大的黑暗？

昨晚，她看到她的时候，她也许正在那里努力回忆着什么吧，她在想这究竟是哪里，她在这里做什么，想她究竟是谁。可是，她根本认不出她了。她生她的时候就已经疯了，当她从那条很深的隧道里突然走出来的时候，她把自己的女儿遗留在里面了。所以，她再也不认识她了。在这个世界上，这个生她的人，却再也不会认识她了。当她就站在她对面的时候，她却彻彻底底地成了她的陌生人。

昨天深夜，她一个人在那里究竟徘徊了多久，寻找了多久啊？她一定是一点一点地找到了什么痕迹，十八年里往事的痕迹。那些细细碎碎的羞耻像一根根血红的针一样无声地刺进了她的心里，太多了，太密了，她拔都来不及拔。大约在那个时候，她就决定了这一死吧。这个决心定了之后，她反而平静了，于是在十八年里她第一次把自己的屋子打扫得干干净净，把被子叠好了，换上了十八年前最好的一件衣服，就像，这十八年从来就没有存在过。然后，她洗了脸，梳了头发，把一头长发梳得纹丝不乱，盘了一只精致的发髻。

原来，她那样精心地梳好头发，只是为了让别人能看到她干净整洁的尸体，活着的时候她没法让人看到这样的她，那就让他们看一眼死去的她吧。这才是她。在她悄然走出这院子的时候，也一定留恋地看着这从小长大的院子吧，因为她知道，这一去就永远不会再回来了。是永远。也就是在那个时候，刘水莲被一种神秘的东西唤醒，走出房间看到了她。原来，她们对视的那一眼其实就是永别了。从此以后，这个生过她的人，和她就是阴阳两隔了。

那时她却不知道，她怎么能知道。

原来，她忽然惊醒，走出屋子，就是为了和她道个别。是月光叫醒了她。难怪昨晚的月亮会亮成那样，亮得让人觉得惊心动魄，觉得一定有什么要发生了。满月里那种神秘的磁场突然把一个疯子从时光深处残忍地唤醒了，然后又叫醒了睡梦中的刘水莲。

刘水莲一声不响地蹲在了刘爱华的尸体旁边，静静地看着躺在地上的女人。旁边有人过来开始搬动尸体，把她放到了一张木板上，准备抬走，木板还滴滴答答地滴着水。木板刚刚被抬起来的时候，蹲在地上的刘水莲忽然像睡醒了一样，尖叫了一声，妈！便向着木板扑过去。她死死拽着木板，要把刘爱华的尸体往下拽，两个男人都挡不住她，她突然浑身长满了力气，紧紧拉住了刘爱华的一只胳膊，嘴里只是尖叫着，拼着命地喊，妈，妈！上来更多的人要把她拉住，要把她的手从尸体上掰下来，可是她的手像长在那里了。她像尾即将被下锅的鱼一样挣扎着，蹦跳着，要从人群里蹦出去，谁也拦不住她。就在刘爱华的尸体要被抬走的那一瞬间，她才忽然明白过来了，在这个世界上，她再也没有母亲了。从前，哪怕她是个疯子，是个傻子，她总归还是个有妈的人。可是，从此以后，再也没有一个人可以让她对着她喊出“妈”这个字了。在这个世界上，这样一个人就要永远永远地消失了。

原来，这就是永别。

刘水莲趴在井台上久久哭着，不肯起来，似乎这井台上还留着刘爱华的余温，她捂着它，怕它消散，可它还是像水一样从她指缝间流走了。

井边还不甘散去的人们悄悄议论着，疯子也知道跳井？看来也不是全疯……

是忽然就清醒了吧，以前就有过这样的事，疯了好多年突然就和好人一样了。我估摸着她可能是想起自己以前做过什么事了，觉得没脸再见人了。可不是，站在这大街上把衣服脱得光光的，被全镇人都看到了，就是好了又怎么见人……

可惜了，本来是好好的一个大学生，要不是她妈当年……

听到这句话刘水莲猛地抬起了头。

屋子里，刘水莲冰凉地牢牢地站在张翠芬面前，像一株没有了一片叶子的挂满冰霜的树。刘爱华突然死了，她才忽然明白，原来，刘爱华是一个谜。知道谜底的只有张翠芬。现在，她要她把这个封了十八年的谜底告诉她。

张翠芬终于缓缓地开口了。刘爱华从小心高气傲，但是高考的时候她戴的那只老表居然走停了，她看错了时间，没有答好题，最后只考取了一所很普通的大学。刘爱华尽管对那学校很不满意，但还是去报到了。刘爱华在那所大学里总觉得很委屈，她失魂落魄地过了一段时间，没有任何寄托，直到认识了一个叫马军的男生。她暗暗喜欢上了这个喜欢打篮球的男生，每天黄昏的时候她都会坐在篮球场的台阶上看着他和一群男生打篮球。

对大学的失望使刘爱华把全部精力集中在了这个男生身上。人总是要千方百计为自己找到寄托的，一种东西让他们失望了，他们就会逼自己转向另一种东西。那是一种本能，就像植物要活下去就得千方百计把根须伸到有水的地方去。后来她再去篮球场的时候发现马军不见了，她不知道马军是因为打球骨折了，在床上躺了三个月。这三个月里他们都没有见面。三个月之后的一天早晨，他在去教室的路上忽然看到站在路边的刘爱华。他只看了她一眼就不动了。这个女生满脸是泪地看着他，她一步一步走到了他面前，泣不成声地说了一句，你去哪儿了，我在这儿等了你三个月。马军不知所措地看着她，她忽然伸出双臂抱住了他，她当着路上的人来人往，紧紧地抱着他，久久没有放开。马军觉出了这拥抱的异样，忍不住也紧紧抱住了她。那一刹那，他很深地感动了。他们的恋爱就是这样开始的，一直到大四毕业，马军留校了，他们商量着准备结婚。在这个时候，刘爱华回了一趟家，是被张翠芬叫回去的。她并不知道，这一回去，她和马军就已经是永别了。

原来，这世界上这么多撕心裂肺的永别就藏在那些最波澜不惊的瞬间背后。在你以为是开始的时候，其实就已经是结束了。

三

张翠芬一直站在窗前，背对着阳光在那里说话，仿佛她身上有什么伤口是见不得阳光的，她必须把自己隐蔽在这背光的角落里。于是刘水莲看到的只是虚虚的一张影子，臃肿的，松散的，像一堆已经烧完的纸灰，只要一碰就会灰飞烟灭。她看不清她的表情，只能听见她的声音，这声音就好像一个隐形的人形一样站在离她很近很近的地方，她甚至都能感觉到它擦到了她的鼻翼。

她听见这声音说，你不知道那种害怕，那种无依无靠的害怕，男人早早死了，就丢下我和一个女儿，为了不让她受屈，我三十岁就守了寡，就没有再嫁人。她是我唯一的指望啊，我这么多年是怎么把她带大，怎么把她供出大学来的啊。我就剩她这一个亲人了，要是她也远远嫁到外地，我怎么办，你让我一个人怎么活？我当时是真没有办法啊，我根本想不到她会疯，根本想不到，我只是想把她留在我身边，不要离我太远。我想不到她会当真成那样，她太傻了，太死心眼了，她真是一点弯都转不过来啊。要是知道她后来会变成那样，那我就是一个人苦死也不会叫她回来啊。你不知道我后悔了多少年，你知道我这么多年是怎么熬过来的？我每天是往自己心里扎刀子啊，心里每天都在流血，每天每天。我连死都不敢死，我死了她怎么办？还有，我死了你怎么办？

当年，刘爱华回家后，张翠芬就不让她回去了，说是在县里的中学给她找个老师的工作，离家近，就在本地找个男人结婚。刘爱华死活不同意，哭着闹着要回学校去。张翠芬看她铁了心地要回去，就把她关了起来，想着关几天她也就回心转意了。刘爱华因为一直没有回心转意，被张翠芬关了整整一个月，这期间，马军曾经千辛万苦地打听到了她家的住处，找到了她家。张翠芬没有让他们见面，只告诉马军，刘爱华已经结婚了，嫁到县里去了，不在家里。而事实上，当时，刘爱华就被关在院子里那间紧紧拉着窗帘的东厢房里。马军听完张翠芬的话就绝望地离开了，连口水都没喝就转身走了。他这一去就再没有来过。

一个月之后的一个早晨，当张翠芬进去给刘爱华送饭的时候，忽然就发现她的目光变了。她忽然不认识她了，就像她的身体里忽然住进去了一个陌生人，这个陌生人隔着刘爱华的身体与张翠芬四目相对。在那一刹那，张翠芬突然就明白了，她已经疯了。

刘水莲闭上了眼睛，就像她正坐在刘爱华当年待过的那间黑屋子里。门窗紧闭，窗帘严严实实地拉着，被抽去了神经的时间，像一堆杂沓的、死滞的脚步，没日没夜地踩着她过去了。那一个月的日日夜夜像一盆火烤着她，煎着她，煎着她的每一根神经，每一寸皮肤，煎着她的五脏六腑。那一个月的时间里，她是怎样像飞蛾扑火一样盯着那窗帘缝隙里渗进来的一点点光亮。她像一枚薄薄的窗花把自己挂在那里，挂在那一点点光亮的缝隙里，等着有人来救她出去。

那是怎样一种等待啊，每一分每一秒，都是在刀尖上走过来的，是每等一分钟都肝肠寸断的啊。

在这个世界上，必须和一个血肉相连的人分离，那是怎样一种疼痛。刘水莲忽然想起，她从小就在刘爱华屋子里的窗框上、床上、墙上，看到过被利器划过的痕迹，那些不成形的、诡异萧索的痕迹挂在那里一直散发着骨质的寒凉，她一直都不敢去碰它们，就像它们是一道喑哑的谶语。现在，它们已经在十八年的岁月中凋零枯瘦下去了，像一些风中的残荷，一碰就碎的。可是，她现在才能够一点一点地把它们捡起来，拼凑起来，拼成了两副完整的骨架。一副骨架是“马”字,另一副骨架是“军”字。她用自己的指甲，把这个她爱着的男人很深很深地葬在了这屋子里每一个细密的角落里，把他深深嵌入每一寸空间。那么，从此以后，在这个世上，无论她是生是死，他都和她在一起了。

用最后的力气做完这件事，她就松手放开了自己，任由时空的狂流把她冲走、漂走，冲到哪里算哪里。她再也撑不住了，因为她已经用完了全身的最后一丝力气。她就是这样在时间的隧道里走失的，从此以后，她在错乱的时空中孤独地流浪了十八年。

刘水莲可以想到，那个晚上，当她轻轻掩上院门向井儿街走去时是怎样地轻松和急迫，快点，再快点，她一分钟都等不及了。在那个满月的晚上，在那条空旷寂寞的街上，她一个人带着自己长长的孤单的影子，梳着整齐的发髻走到了那口井边。她朝着那口深深的井里看了一眼，那就是她最后要去的地方了。井水里映着一轮金色的满月，就像一枚硬币沉在水底，似乎随手一捞就捞出来了。然后，她一秒钟都没有犹豫就跳进了那眼深深的井里。

她跳进了那轮金色的月亮里，像传说中的嫦娥。

张翠芬已经颓然坐在了地上，她坐在那里大口大口地喘着气，似乎在一个早晨的时间里，她已经把自己完完全全榨干了，榨得一点力气都没有剩下，成了一具被蚀空的残骸在河岸被流水冲刷着。上午的阳光从玻璃窗里滤进了这间刘爱华曾经住过的屋子，屋子里的空气顿时有些发酵起来，酸而暖，像人的体味，像是这屋子里密密麻麻地站满了人，站满了大大小小的刘爱华。冲着这阳光站着的刘水莲忽然泪如雨下，她对着地上的张翠芬喊了一句，那我呢，我到底是从哪里来的，是谁生了我？她都没有结过婚，她怎么生出我的？你们为什么要让一个疯子再生出一个孩子来受苦？

张翠芬仍然伏在地上，只能听见她断断续续的声音像裂帛一样在这空气中撕裂开来，一声比一声更让她觉得惊心动魄。她说，第二年的春天，我忽然发现她怀孕了……她经常一个人……在外面乱跑，我总是不想把她关起来，我觉得她太可怜，就想让她快点好起来，快点醒过来再嫁个人，过日子。可是，她就这样怀孕了……我也暗暗地去查过到底是谁做的这孽事，可是，天哪，我再也查不下去了，因为，不是一个人强奸过她，不是一个人哪……我还去哪里找？都是我做的孽，我都认了，我早就认了，这就是我的命。我吃多少苦都让她把书念完，就是因为我自己没上过学，我不能让她像我一样啊……她小的时候每天自己背着书包上学放学，一回家就写作业，学习比谁都好……那时我怎么也想不到，有一天，她会成了今天的这个样子……这是对我的报应。我那时就想，不管这个孩子的父亲是谁，我都要把她养大。你妈不能没有一个孩子啊，她已经什么都没有了。她又不是天生的疯，她本来是很聪明的，我就想，她生的孩子也一定是聪明的。你确确实实是你妈十月怀胎生下来的啊，生下来还不到六斤，当时我都以为你活不了了，谁知你……

谁知我还是活下来了？你应该高兴，有了我就可以接我妈的班了，你不是就怕没人给你养老送终吗？现在，她死了，是不是该轮到我了？刘水莲满脸是泪，目光却是铁铸的一般钉到了张翠芬身上。张翠芬一动不动地看着她，嘴唇无声地张开，又合上了，像一尾干枯的濒死的鱼。刘水莲不再看她，她又一次打量着这间屋子，在知道了十八年的谜底之后，她突然感觉到刘爱华的魂魄分明还住在这屋子里，她知道，她的魂魄再不会离开这间屋子了。她是一只焊在了这屋里的芯子，从此以后，她永远都在这里，就像，她根本就没有死过。

此后，刘水莲走在镇子上碰到每一个男人的时候，她都会突然看着他想，这个男人会不会是她的父亲？这种意识总是在一瞬间像锋利的刀刃，既是冰凉的，又是灼热的，它捅着她的大脑还有她的心。她周身走风漏气地从他们身边走过去，倨傲而苍凉。他们之中有一个人的血液就流动在她的身体里，她却不知道他是谁，她捉不住那缕诡异的血液的源头。他们中的每一个都可能是他，又每一个都不可能是他。她简直像这小镇上的所有男人集体生出的一个孩子，而在本质上，她又是根本没有父亲的。她姓刘，她随了母亲的姓。这其实是在一开始就告诉别人，她是根本没有父亲的。她被他们彻彻底底地放逐了，然而，她还是不小心长大了，大得都可以和他们面对面站着，看到他们的眼睛里去了。

她想，当他们从她身边走过的时候，会不会有那么一点心虚？心虚这是不是自己的孩子？甚至，他们会不会有些恐惧，因为，她居然也长这么大了，大得都可以报仇雪恨了。她本身是不存在的，可是他们中的一个一定要把她从空虚中唤出来，就像唤醒装在瓶子里的那个魔鬼。是他们把她唤醒的。

黄昏的时候，刘水莲一个人坐在山上向山脚下的镇子看去。血色的夕阳把整个镇子染红了，整个镇子像晶莹剔透地汪在了一泊血液里。她一个人坐在山上晃着双脚，忽然有一种近于无耻的满不在乎，她把两只脚对着镇子，就像坐在一个水盆边把两只脚泡进去嬉戏一样，带着仇恨戏谑这个镇子。谁让它生出了她，谁让他们生出了她？她就是一个镇子和一个疯子生出的一个赘物，那张男人的面孔反而藏在镇上一个最深不见底的角落里。如果真的有一天，她把这个男人从哪个角落挖出来了，她站到他面前又该做什么？叫他父亲？荒唐，简直荒唐到了滑稽。她恨不得把他咬碎了，剁碎了。他怎么能让一个可怜的已经心碎的疯子再生下一个孩子？她自己受的苦还不够吗？却还要把她复制出来，拖着她，一起受苦。她从来到这个世界上就像一个人质，被挟持着活了十八年。现在，她要自由了？

刘水莲就这样晃荡了两个月，经常是连教室都不去，有时候她看到张翠芬正四处找她，她就悄悄躲起来，不叫她，故意让她找去。这样过了两个月就是高考了，刘水莲终究还是参加了高考。她平日里算个学习中等的学生，只考上了一所省城的大专也不足怪。就算是个大专，她也要去上。她必须离开这个镇子，她打起精神参加高考也是为了这个。因为她知道，如果不抓住这最后一根稻草从这镇子里逃出去，以后，她就再也出不去了，会像刘爱华一样，被铸死在了这镇子里。她会成为封在琥珀里的那只虫子，再怎么鲜艳也是死的。她必须得为自己挖出一条通道来，才能从这芯子里逃出去。

必须逃出去。

这个晚上，刘水莲和张翠芬坐在灯下吃晚饭，木桌上摆着两碗小米粥，一碟咸菜，还摆着一张揉皱了的录取通知书。那通知书印在一张劣质的纸上，纸上那几个嶙峋的黑色的字和那枚血红的章凛冽地挤在一起，散发着一种潮湿的炽热，好像这些字和这枚章也是摆在桌子上的一道菜，等着她们把它吃下去，还要把它消化掉。两个人却谁也没有向那张纸看一眼，都埋着头喝粥。灯泡的光有些昏暗，落在她们的脸上、手上，像长出了一层釉。灯光像金属一样落在金色的小米粥里，粼光闪闪，她们头也不抬地就着小米粥把这金属咽下去了。两只碗都终于空了，像两只落在木桌上的满月，静静地摆在她们中间。

其实刘水莲知道，张翠芬根本供不起她的学费。这么多年里，她们三个人就是靠张翠芬摆个小烟摊，织点毛线袜活下来的。那烟摊是用两只凳子一只木匣子撑起来的，风雨无阻地摆在井儿街的路边，张翠芬就在烟摊后面一针一线地织着毛线袜。夏天忽然下暴雨的时候，她也舍不得把烟摊撤掉，就到人家屋檐下避避雨，烟摊还在雨里，盖了一块塑料布。她站在房檐下眼睛还是一个不错地盯着那些路过的人们，唯恐漏过一个要买烟的。真要是有个过来买烟的，别说是下着暴雨下着雪，就是下着刀子她也要赶紧跑到烟摊跟前的。这几年里，张翠芬的眼睛渐渐开始花了，织毛线袜的时候连针脚都看不见了，她便更全神贯注地守着那个烟摊，因为这是三个人唯一的活路。

冬天的时候，她就把烟摊摆在冰天雪地里，然后在烟摊下面生一只小小的铁皮炉。她必须像烤番薯一样不停地烤自己的两只脚和两只手，才能避免它们冻僵。即使这样，整个冬天，她的双手和双脚上还是长满了紫色的冻疮，像一粒粒熟透的樱桃一样终日流着橙黄色的液体。每天早晨，她早早起来把早饭做好，接着再把午饭也做好，然后在身上揣一个饼子当自己的午饭，就搬着烟摊到井儿街上去了。中午的时候，刘爱华和刘水莲在家里吃已经做好的午饭，她不回家，怕耽误了生意，怕少卖了一盒烟。她就在烟摊后面啃那只饼子吃。晚上，一直要到街上已经没有什么人来回走动了，她才搬起烟摊回家做晚饭。经常是别人家都准备睡觉的时候，她们家的晚饭才刚刚做好。

她们三个人成了这镇上一个独立辟出来的生物群，独立在人群之外，就像一朵从灌木丛中长出来的坚硬的木耳，任是谁都摘不掉她们。她们额外地牢牢地长在那里，渐渐地像岩石一样风干在了那里。

她们活得不像人。她们活成了这镇上的一种奇异的标本。

刘水莲就这样生活了十八年，她当然知道张翠芬根本拿不出这笔学费，可是，她要惩罚她，她要替死去的刘爱华惩罚她。所以她要把这张劣质的录取通知书压到这个正在一点一点老去的女人身上，压在她臃肿而苍老的肩膀上。

因为，这是她该得的报应。

沾满了油腻和灰尘的灯泡滤出的灯光照着这两个坐在木桌旁边的女人。她们披着一身的灯光，一动不动地坐着，就像两只温润柔和的坛子。刘水莲一言不发地看着坐在对面的张翠芬，一种痛像一排隐秘的牙齿一样在她身体深处静静地咬着她，咬着她，但她连一点声音都没有发出，就任由它们咬去，咬她的五脏六腑。

张翠芬也不说话，她一直盯着那张纸，用一种专注而遥远的目光看着那张薄薄的纸，就像在那黑字和红章之间正上演着一出戏，她正看到紧张处，看着那几个戏子会怎么做，看着它们走出来又走进去，看着它们走在悲欢离合间。她老了，年轻时曾经白皙的脸上满是密密麻麻的斑点和皱纹，每一道深深浅浅的皱纹就像深深浅浅的容器一样，盛满了灯光，这使她看起来就像站在了灯火通明的舞台深处，整个人都忽然被点燃了。

坐在对面的刘水莲忽然感觉到这种异样的明亮了，她忍不住有些微微的害怕。就在这个时候，张翠芬忽然站了起来，那盏昏暗的灯泡正好卡在她的额头上，照着她的脸像镀金菩萨一般，神秘，肃穆，安详。她站在那里，对着桌子后面的刘水莲说了三个边缘极其清晰的字，跟我走。

四

街上满是月光。

无孔不入的月光。

是不是所有这些要发生点什么的夜晚都有着这样凄厉的月光？这样像舞台灯光一样尖锐明亮而荒诞的月光。刘水莲的影子跟着张翠芬的影子，无声地走在寂静的青石板路上。她们那长长的虚虚的影子庞大地落在街上，看起来像两只兽的影子，带着一种隐秘的不祥。

月光像洪水一样洁净地冲洗着整个小镇，所有的角落里弥漫的都是这种月光的冷腥，像一场盛大的灾难即将燃烧。她们鬼魅一般的影子穿过街道，穿过胡同，终于在一个院子门口停住了。院门还没闩上，裂着一道缝，屋里的灯光从这缝里吐了出来，像一条蛇芯子一般寒凉。张翠芬慢慢推开了门，然后她们两个无声地踩着月光向那间点灯的屋子走去。刘水莲忽然就觉得走在自己前面的张翠芬不再是个人，自己也不再是个人。她们像两个月光下的罗刹忽然神秘地降临到了这镇子里。

没有人知道，她们是来报仇了。

那房门被推开的一瞬间，屋子里的人都愣了一下。屋里一共有四个人，两个孩子在桌子上写作业，他们头对着头，黑色的头发闪着光，看上去像河流深处两颗光滑的卵石。女人坐在炕上做着一只鞋，男人正半躺在炕上，淹没在女人的影子里。屋子里的地面没有铺水泥，满是坑坑洼洼，屋子中间一根柱子撑着屋梁，柱子上挂着一只米篮子，还有半袋白面。

在男人看到张翠芬的一瞬间，忽然就从炕上弹了起来。也就是在那一瞬间里，刘水莲从他的眼睛里看到了一种巨大的恐惧，这种恐惧顿时便让她浑身长满了力量。她甚至很邪地对他笑了一下。张翠芬的脸上笼罩着一层奇异的平静，使她的整张脸看起来都是陌生的，又是可怕的，像一种真正的战争来临之前的平静。她对着炕上的男人平平静静地说，李战海，你知道我是来做什么的，十八年了，她要上大学了，出不起学费。我是来要钱的。

屋里的女人死死地盯着张翠芬看，又盯着李战海看，像是突然之间谁都不认识了。李战海已经从炕上跳了下来，刘水莲这才看清楚，这是个多么瘦弱，又多么猥琐的男人啊，连胸前的肋骨都能一条一条数得清。他的两条腿是有些罗圈的，似乎连站立都站立不稳。刘水莲想，这样一个男人，就这样一个男人，却可能是———她的父亲？她一阵翻江倒海的恶心，脸上的笑却更邪更锋利了。她笑吟吟地看着这男人，看着炕上的女人，甚至还看着那两个写作业的孩子。她听见李战海干涩的声音，听见他慌不择路地说，怎么就说是我的？你凭什么说是我的？

张翠芬冷笑，你凭什么说不是你的？

那又不是我一个人……

张翠芬忽然从腰带上拔出了一把剪刀，她把那剪刀牢牢套在了自己的一只手上，就像忽然之间长出了第三只锋利的手。她说，你要是敢说你没睡过她，我今天就把你的这张嘴剪烂喂狗。我告诉你，今天我来就没打算活着回去，你要是不拿出钱来，我今天半夜一把火把你们全家都烧死，你信不信？

……

我放过你十八年，不是放过你一辈子。你还真以为没事了？是还没到时候。现在，到了。

李战海的女人已经在尖着嗓子哭叫，边扯着头发捶着大腿哭，边叫两个孩子收拾书包，她要带他们连夜回娘家去。李战海倚着那根柱子，有气无力地说，我没钱，你也知道，我连他们的学费也出不起。

还想躲？连门都没有，拿不出钱就把命拿出来。你还想什么都不往出拿？

最后的结果是李战海连夜七拼八凑出了五百块钱，他说，就这么多了，实在没有了，你今天就是杀了我也就这么多了。他缩在墙角里，看上去只有小小的一握，似乎一只手就可以把他拎起来。张翠芬久久看着放在桌上的那沓揉皱的钞票，最后，她幽幽叹了口气，拿起钱装进了口袋，一声不响地向门口走去。刘水莲跟在她身后，在转身出门的一瞬间，她忽然回头对着墙角的李战海笑了一下，灯光下，就像匕首一样残忍。

她们的影子再一次走进了胡同，再一次出现在了街上。她们无声无息地，力大无穷地走在月光下，一前一后，紧紧相随着，像两个身披盔甲的铁血战士。夜更深了，月亮更亮了，它散发着一种比白天更惨烈的光芒，在这种惨烈的明亮里却又四处飞翔着黑暗诡异的影子。踩着月光她们两个悄无声息地出现在了另一家院子门口。这家的院门是用树枝扎起来的，只轻轻一推就开了。刘水莲认出来了，这是老光棍来宽的家，他连扇木门都懒得割，就终年用这树枝扎起来的柴门。原来，原来，就连来宽都可能是她的……父亲？在走进这院门的一瞬间，她几乎被一种巨大的疼痛击倒在地。张翠芬继续向前走，她气喘吁吁死命地跟着她，就像是一不小心就会走丢一样。

来宽是个五十岁出头的老光棍，很小就是个孤儿，无父无母，由祖母带大，祖母死后就再没人管他了。他有一口自己吃的饭就很不错了，哪里有钱娶媳妇，自然也没人给他说媒，他也就只能一年又一年地荒着，一直荒到五十多岁，就住在祖母留下的这两间破屋里，靠在附近的铁厂里打铁挣点钱养活自己。因为长年在铁厂里打铁，倒也练出了一身好肉，坚硬黢黑，像铁的颜色，摸上去也像铁。土制的铁厂十分不安全，经常出现铁水烧伤工人的事故。来宽的一只脚是这样被烫伤的，一只眼睛也是这样被烫瞎的。因为他的一只眼睛是玻璃珠子做的假眼，所以他看什么东西看什么人都得把脸侧过来，把全部注意力都集中到那只真眼睛上。由于用的力气太大，使那只眼睛看上去总是睁得要掉出来的样子，似乎随时都需要用手把它塞回去。那只假眼睛则终年散发着死滞的玻璃的光泽，蛰伏在他脸上，一动都不动。

铁厂里一拿了钱他就去买酒和猪头肉，揣在怀里揣回去，关上院门就坐在屋里一个人吃着喝着。他吃东西只用一只手，另一只手就在一条卷起裤管的大腿上来回地搓啊搓，搓起了泥面鱼一条条滚落下去。他从不刷牙，吃喝完了就地一盘就睡着了，所以不到五十岁的时候，嘴里的牙齿基本上已经掉光了。他也不去配假牙，就用两颗残存的牙齿和光秃秃的牙床继续磨碎那些吃的，咽下去。只要有钱他就去买吃的喝的。别人说你好歹给自己添件衣服，他说，一件衣服穿在身上能觉得什么？披一件衣服在身上那就是把七斤猪肉披在身上了，不可惜得慌？

就是这样一个老光棍，居然也可能是……她父亲？两间低矮的破屋里都没有开灯，莫非来宽不在？然而，张翠芬连犹豫都没有犹豫就朝其中的一间走去。她似乎突然之间具备了一种超人的嗅觉，就像某种动物的嗅觉一样奇异，但是，不像人的。门上挂的是竹帘，只一挑，她们就像魂魄一样无声地飘进去了。月光畅通无阻地从窗户里从竹帘里涌进来，像金属一样轰轰地砸着这屋里的人。就着月光，她们看清楚了这屋里还有一个影子，是来宽。他就在屋里，却没有开灯。他正坐在月光里独自喝酒。三条影子面目模糊地相对着，就像看着彼此在河水里抽去了筋骨的倒影。

刘水莲听见了张翠芬的声音，她说，来宽，十八年了，水莲要上大学去了。我是来要钱的。刘水莲以为，这个男人也一定像李战海一样跳起来大叫，凭什么说是我的？可是，这个影子半天没有说话，他无声无息地坐在那里。他周身长着一层毛茸茸的光晕，看起来像一只睡着了的动物。他们三个默默地对峙了一会儿之后，刘水莲听见了他的声音。这声音从一张没有了牙齿的嘴里发出来，就像从一处很深的洞穴里吹出的风声，支离破碎，走风漏气。他毫不挣扎地说，明天铁厂就开这个月的钱了，开了钱我给你送过去。然后他就又一次沉下去，无声无息了。

一种清冽的酒香从他们中间滑了过去，就像琴弦上的最后几个余音，然后落到地上，碎了。张翠芬没有再说一句话，她转过身向屋外走去。刘水莲也木木地跟着她，走了出来。走到院门的时候，她甚至还不忘回头看了一眼那间屋子。屋里还是没有开灯，从这里看过去，屋里黑黢黢的，像一处坟墓。她走出去时甚至还替他掩上了柴门。她惊恐地问自己为什么？为什么还要替他掩上门？她回答不了自己，她只是想笑，没有缘由地，想在这月光下凄厉地大笑。

然后，她们接着往前走。夜已经很深很深了吧，刘水莲忽然近于蛮横地喜欢上了这个夜晚，走在这晚的月光里，她觉得自己极高极大，像一尊俯视着全镇的雕像。她从没有这样清晰地觉着，自己是活着的。

在这个有月亮的晚上，张翠芬带着刘水莲一共敲开了九家院门。到后半夜的时候，家家户户已经睡下了。但她们不管，两个人像骑着两匹战马的战士，整整一晚上马不停蹄，在这个晚上把这个镇子变成了她们的战场。她们死命拍打那些已经关紧的院门，直到把镇子里所有的狗都惊醒，镇子里四处是狗吠声，凛冽的拍门声在深夜里像水波一样一传就是很远。空气陡然变得紧张起来，一种肃气从人们的窗口呼啸而过，刺激着每个人的耳朵，就像有什么战争正发生在这镇子里。镇上的灯一盏接一盏地亮了，人们走出院门四处询问，究竟发生什么事了。但是街上是空的，人们什么也没有看到。

刘水莲一晚上一扇一扇地数着这些门，刚开始的时候她是心惊肉跳的恐惧，到后来就渐渐麻木了。她冷冷地从那些男人的脸上扫过，想，这样的男人？就一个这样的男人？每一扇门就是一张纸，她戳破了这张纸，看到了下面的谜底。一个又一个的谜底重叠在了一起，一张又一张的脸重叠在了一起，叠成了一张她根本不认识的脸。到最后，她已经看不清这张脸到底长什么样了，她的神经也只剩下了一种木木的本能的痛，在她的皮肤下血红地抽搐着，像一只被剥了皮的动物。

天终于亮了，张翠芬和刘水莲踩着破碎的晨雾，像踩着战场上剩下的颓垣残壁，一步一步向自己家门口走去。接下来的三个晚上，三个有月亮的晚上，张翠芬都带着刘水莲去要钱。苍凉的狗吠声，坚硬凛冽的敲门声和女人们的哭声和在一起响了整整三夜，全镇的人们都听到了，他们熄了灯，在倾泻进来的月光里静静听着这深夜里的敲门声，他们甚至都能听到两个女人在青石板路上走过的脚步声，咔嚓咔嚓的，每一步都像是玻璃做成的，又空又脆。镇上所有的女人看着躺在炕上的自家男人，心里都在胆战心惊地想，她们要敲的下一扇门会不会就是自己家的？自己的男人当年会不会也……

整个镇子就像正面临着一场空前的浩劫，就像有千军万马呼啸而来要将这个镇子洗劫一空。虽然所有的人都明白，其实只是一老一少两个女人，但是，到了第二天天亮的时候，所有的人还能从空气里闻到一种可怕的阴森的魅气。这气味把白天也笼罩住了。

刘水莲白天在街上走过的时候，所有的人看到她就停住了手里正做的活，停住了正说的话，悄无声息地看着她。她像是突然漂到了这镇子上的一座孤岛，无依无靠，荒草满地。他们看着她，不像在看着一个人。似乎一夜之间，她已经异化为别的生物了。她背着他们的目光，沉甸甸地一路背着。这目光伏在她的背上越长越大，越长越厚，像一层钙化了的壳。她背着这层骨骼一样的壳反而无所谓了，反正已经到底了，悬了十八年的果实终于落到地上，还有什么好怕的？心里便骤然平静下来了。她甚至对他们笑，很邪又很无邪地对他们笑，直到笑得他们害怕起来，纷纷躲开。

在三天三夜的时间里，张翠芬把八个男人的钱都先后要到了手。她一个一个地数着，让刘水莲都记在账上，现在，就差最后一个男人了。这第九个男人叫王满水，曾经做过镇上供销社的采购员，年轻时候天南地北地跑过几年，后来回了镇上，就在自己家后墙上挖了一个门，开起了镇上第一家小卖部。这第四个晚上，张翠芬和刘水莲吃过晚饭就开始收拾东西，她在头巾里包了几个馒头，几块咸菜，带了一罐头瓶凉水，带着一把剪刀，然后就出发了。刘水莲跟在她身后，又一次出现在了井儿街的青石板路上。月亮已经是下弦，月面蚀去了一块。缺月疏桐间，回响着更漏的凋零，像是一夜之间就已经滑到深秋里去了。这种残月的光还是青色的，青色中带着一点苍黄，使月光下的一切看起来就像在一幅老照片中似的，蹉跎而柔软。那空中的电线落在地上的影子就像水中旖旎的蛇影。她们踩着这月夜里的波光水影，一直走到了王满水的家门口。

一直没有人开门，那扇门喑哑地紧紧闭着，就像在门的后面正生长着什么阴谋。丝丝缕缕阴森的气息从门背后渗了出来，刘水莲忽然就感觉到了恐惧。这是一种遇到敌人的感觉，敌人还没有出现，他的气息、他的体味已经先散发出来了。有那么一瞬间，刘水莲差点对张翠芬说，咱们回去吧，这钱不要了。可是，张翠芬屹然站在那里，连一丝说话的空隙都不给她。她苦苦攒了十八年的力气，要在这四天四夜里全部用光用尽。

五

这是最后一道门了。

门终于开了，王满水一脸阴郁地站在门后。张翠芬一句话都不说，拉着刘水莲就从那道缝里挤了进去。门又无声地合上了，就像是把她们吞进去了。

屋里的灯暗着，看不出屋里的人是睡着还是醒着。三个人站在院子里，在锋利的月光里默默对峙着。然后还是张翠芬先开口了，她说，我是来拿钱的，准备好了吗？王满水已经点起了一支烟，那支闪着红光的香烟像一支在月光中长出来的蘑菇，妖冶、孤单而可怖。王满水猛吸了一口烟，那点红在夜色中益发鲜艳得像个伤口。然后，他把烟一点点吐尽了，才没有表情地说了几个字，我说过了，没钱。

没钱，就拿东西抵。

我凭什么要把我的东西给你？你凭的是什么，你把证据拿出来啊，证人也可以，在哪儿呢？

你不用这么死皮赖脸地不承认，你自己当初做过什么，说过什么，你自己最清楚不过。当年你不是亲口对别人说，你强奸刘爱华的时候，第一次完事了都不用往出拿，就可以接着做第二次？这话是不是你说过的？你还真以为我不知道？

你要是能记得这么清楚，怎么过了这么多年才翻出这旧账？人都死了，你找我干什么？

你还要抵赖这不是你做下的事吗？

就算我是做过这样的事，也不是我一个人做的吧，你这几夜不都在讨债吗？那些男人们要是没做过亏心事会把钱给你？那么多人都做下了，你凭什么就说这孩子是我的，就该我出钱？

你又怎么知道这不是你的孩子？他们出了钱，凭什么你就不出？

我再告诉你一次，我没钱，你想怎么样就怎么样，明天把公安局的叫来我也不怕。我告诉你，要钱，一个子都没有。

王满水，你真是猪狗不如，你越活越没有一点人味了。你这样昧良心，就不怕遭天谴遭雷劈？

王满水一声冷笑．嘴边的红蘑菇又明灭了几下，笑容在月光下看起来散发着凛冽的瓷光，他慢慢对她们说，我告诉你，钱根本不用想。你想怎么样就怎么样，想杀人就杀人，想放火就放火，你就是今晚把这房子一把火烧了我也决不多说一个字，你现在要是想把我砍了，也随便。反正，你记住，要钱没有，要命有一条。我进屋睡觉去了，炕上人多睡不下你们俩，你们要是愿意就睡在院子里，要是怕着凉了就趁早回自己家睡觉去。我院门也不关了，你们随便，进进出出都随你们的便。

说完这句话，王满水猛地把烟头扔在地上踩灭了，然后就掀起竹帘进了屋里。屋子里无声无息的，那竹帘又安稳地垂下去，就像一只瓶子重新塞上了盖子。她们，进不去。已经是很深很深的夜里了，月光愈加凛冽，愈加清醒，就像端午节里的雄黄酒，她们两个周身湿漉漉的，是泡在雄黄酒里的虫豸，任是怎样都爬不出这瓶子去。刘水莲无意中碰到了张翠芬的身体，她的身体是一种奇怪的僵硬，就像经过了某种化学反应之后忽然凝固下来、冷却下来了；又像是一个身处绝境的人为了保留一点力气而让自己闭关了，几乎连脉搏都关闭了。整个晚上张翠芬就这样入定一般坐在台阶上，刘水莲也枯坐着，坐到后来她渐渐开始支撑不住，好像是睡着了。等到再睁开眼睛，天已经亮了，又是早晨了。

王满水一家人都已经起床了，他家做饭就在屋檐下的一口泥灶上，他老婆正坐在灶前添柴，大铁锅里烧了水，准备做早饭的样子。他老婆蓬着个头，胡乱穿着衣衫，木木地看了她们俩一眼，一句话都没有说，她像是根本不会说话一样，不哭也不闹，然后就把眼睛从她们身上移开了，再没有去看她们一眼，就当她们是根本不存在的。早饭做好了，是和子饭，面条土豆豆角还有小米煮了一锅，最后喷了油葱，香气像泡沫一样在整个院子里膨胀着，要把台阶上的两个女人都包进去一样。王满水的小卖部也开张了，他洒水扫地，开始忙碌一天的生意。他的两个孩子一人吃了一大碗和子饭就背起书包上学去了，他老婆无声无息地刷锅，然后喂鸡。他们都没有向她们看一眼，任由她们自生自灭去。

张翠芬和刘水莲吃了些包在头巾里的馒头，喝了几口罐头瓶里的凉水，吃完之后仍是一动不动地坐在台阶上。她们似乎就只剩下这一件事情可做了，就是这样像两把刀一样，无声无息地却又寒光闪闪地坐在那里。刘水莲这时候才明白了昨晚出来之前，张翠芬为什么要包上一包馒头，还要带上水。原来，在这场战争还没有开始之前，她就知道这场战争的惨烈了。这也是她为什么要把王满水放到最后一个要债。这场战争在她脑子里盘旋了十八年，就像下盲棋一样，哪一步该怎么走，她早已在脑子里设好定局了。她自己跟自己下这盘棋，一下就是十八年。这十八年里她不能跟任何人说，就一个人守着这盘棋，死死地孤单地绝望地守着。现在这副残酷的棋局就摆在她面前了，她在台阶上默默坐着，目光虚虚的，像是在想下一步棋该怎么走，又像是什么都没有想，整个人，完完全全是一望无际的空旷，就像一片沙漠。

吃中午饭的时候，王满水一家人坐在院子里那棵枣树的树阴下乘凉吃饭，王满水的老婆做的是炸酱面就黄瓜，他们家一人捧着一只巨大的海碗，或蹲或坐，哧溜哧溜，只几下，一碗面就划下去了。王满水显然一碗不够吃，又捞了一碗。在整个吃午饭的过程中，谁都没有向两个女人多看一眼。张翠芬和刘水莲接着吃剩下的馒头，喝完了剩下的水，然后继续枯坐在台阶上。太阳把石台阶烤得滚烫，似乎放团面就可以自己烤成烧饼了。就是这样，张翠芬都没有挪过一寸地方。她盘腿坐在那里，脸上看不出一点点表情，也不说一句话，周身在阳光下散发着一种寺庙里才有的时光之下的清冷和阴森。

太阳落山了，玫瑰色的晚霞寂静地落了一院，枣树的铁划银钩看起来也寂寞安详，两只鸡在地上结伴寻找着菜籽吃。泥灶上的铁皮水壶已经烧开了，王满水的老婆把壶拎起来灌暖壶，然后又放上大铁锅准备做晚饭。晚饭家家户户是小米粥，金色的火焰舔着锅底，小米在锅里开花了，散发着一种谷物才有的清香。不一会儿，月亮就出来了，又一个晚上到来了。

张翠芬和刘水莲已经在这台阶上坐了一天一夜了，

头巾里带的馒头已经吃完了，水也喝光了。张翠芬声音平平地对刘水莲说，莲娃，你回去烙几张饼带过来，带一瓶水，还要带上一卷铺盖，夜里在这台阶上睡会着凉的，现在就回去。那声音不像是她的，像在一个遥远的地方下一道不可违抗的命令。刘水莲犹豫着，要不要走，她突然觉得要是把张翠芬一个人抛在这里就是把她一个人留在战场上拼死抵抗，突然就觉得心酸得无以复加。她呆呆坐着不动，张翠芬又催她了，说，你快回去好好吃点东西，再给我带点烙饼来。确实，她们俩身边一粒粮食都没有了，她们就是饿死了，看样子王满水也不会给她们一口吃的。她必须得回去拿点吃的，如果想活下去。是的，如果半路退回去更是死路一条，只会被更多的人看了笑话。他们休想。

刘水莲站起来又看了一眼张翠芬，才向门口走去。坐得时间太长了，吃的东西也不够，她觉得自己双脚在打飘。就是这样，她还是竭力按捺自己的两只脚，让它们往下沉往下沉，就像一个喝醉酒的人踉跄着脚步，却努力装出没喝多的样子给别人看，多少有些徒劳和滑稽。她有气无力地往回走，刚才在走出王满水家的一刹那，她和张翠芬忽然有了些生离死别的感觉，就像是，这一别就再也见不到这个人了。她不是恨这个女人吗？她不是恨她要惩罚她吗？可是，她现在为什么这么疼？她努力按捺着，不让自己哭出声来。这种压抑几乎用尽了她的全力，走了几步就气喘吁吁起来。她扶着墙，歇了歇，然后，抬起头看了看天上的月亮。月亮更瘦了些，墨蓝色的夜空里有几点疏星，遥远地闪着寒光。月亮像拓下的石印图章，千百年前的神秘图章，扣在那里，像扣着夜空中的某一处玄机。她看着那月亮，忽然之间浑身上下又蓄满了力气。她在这个夜晚又一次从月亮里汲得了源源不断的力气。

她回了家烧火做饭，烙了几张饼，又装了满满一瓶水。然后把一卷铺盖用绳子捆好了，绑在自己背上，一只手提着烙饼，一只手提着水出了家门。铺盖卷很沉，把她的腰都压弯了，她便佝偻着背，像只蜗牛，慢慢向王满水家门口移动。一路上碰到的人都看着她，却没人敢和她说一句话。她驼着背，努力把眼睛翻起来看着所有碰到的人。白色的眼球像岩石一样烙着眼前的人，谁见了都是下意识地一躲，似乎被烫了一下。她对他们一笑，然后慢慢移过去了。她见了谁都笑，那笑一路上就牢牢地挂在她脸上，像生在那里长在那里了一样。

王满水家的门没有关，她无声地进了门，看到屋里亮着灯，王满水一家人都在屋子里。院子里静悄悄的，好像一个人都没有。她突然就有些害怕，驮着笨重的铺盖卷，急速地朝屋檐下的石台阶奔过去。然后她猝然站住了，她站在那里看到了石阶上那个薄薄的小小的影子，纹丝不动地贴在夜色里，月光下，像一尊小小的被风干的木雕。她的泪哗地就下来了，把铺盖卷扔下，对着那小小的影子说，婆婆，喝水，吃饼。

张翠芬用了很长时间才慢慢吃了一块烙饼，似乎一夜之间，她的咀嚼功能已经退化了。最后，她用水把这些食物冲下去，刘水莲都能听见她嗓子里发出的咕咚咕咚的声音，像一口深井里发出的回声。她把剩下的食物包好，把水放好，然后在地上铺开了铺盖卷，她对刘水莲说，莲娃，你上来睡吧，不要着凉了。刘水莲硬着嗓子说，你要是不上来睡我也不睡，我们就都坐着。最后，张翠芬和刘水莲都挤到了那卷窄窄的铺盖上，她们铺着一条褥子，盖着一条薄薄的被子，两个人的身体紧紧地挤在一起。她们从没有挨得这么近这么近过，就像是，她们身体里所有的骨头都被剔出去了，只剩下两具软若无骨的肉体，可以从每一个缝隙里嵌进去，深深地嵌进对方的身体里去。她们都成了液体，已经搅在一起了，再也无法把她从她里面拣出来。

两个人睡在院子里看着天上的月亮，感觉就像睡在一望无际的旷野里，头枕大地，身披星光，忽然之间都感到了一种可怕的卑微，觉得自己是那么小那么小，真是蝼蚁不如啊。这月光，千年万年都是这样，她们在这月光下，又算得了什么？两个人都觉得似乎一阵风过来就可以把她们吹散了，吹跑了。她们都感到了身边这个人对自己的重要，像两只水面上的浮游生物一样紧紧抓着对方，生怕对方忽然之间就烟消云散了。

张翠芬和刘水莲就这样在王满水家里过了五天五夜。每天黄昏的时候，刘水莲就回去做饭，然后把一天里的粮食和水带够了再回到王满水家里。在开始的一两天里，她还觉得恐惧而疲惫，不知道这样下去，事情究竟会朝着哪个方向走。到了后来的几天里，她就彻底没有任何感觉了。她学张翠芬，把自己身上的感官都关闭了。她只是机械地本能地重复着一天又一夜，然后再开始新的一天又一夜。她不能去想，只要稍微一想，她就支撑不住，就坍塌涣散，就再也没有力气把自己重新收拢起来了。一连几天里她和张翠芬都靠着这最简单粗糙的食物，靠着一点凉水维持着生命的最底限，绝大部分时间里，两个女人就像泥塑一样在王家的台阶上枯坐。

她们只有这一种办法了，就是坐下去，坐穿了，看看谁先败下阵来。王满水看似若无其事一般，看似根本看不到她们的样子，难道他内心里就真的没有一点恐惧？难道，他就真的一点都不害怕？不害怕这两个随时准备困死在他家里的女人？他当然害怕，除非他不是人。可是他不能让她们看出他的害怕来，他只盼着她们撑不住，就自己撤离，就息事宁人了。事到如今，就算他半路上肯出这个钱也下不了台了。那算什么？比当初出了这钱更狼狈。全镇的人以后怎么看他？他还活不活了？

事实上，全镇上的人们都已经知道这场决斗了。有时候即使是白天，也会有几张脸从王满水家的门缝里一闪而过，甚至有的时候，他会忽然在自己家墙头上看到几双眼睛。他们在暗暗观看这场生死斗。这也让王满水感到了从未有过的压力，两天以来，几乎没有人上他的小卖部来买东西。平时打醋打酱油的多是镇上的妇人们，这两天，她们像集体约好了似的，齐刷刷地消失了。他知道，她们是同情那两个女人的。她们都是女人，所以，在这种时刻，她们几乎是本能地和那两个女人站在了一条战线上。就连来买香烟的男人都忽然少了，也许当初强奸过刘爱华的男人并不止这九个，可能还有更多藏在暗处的男人，当初，他们几乎是一个看一个，一个学一个，强奸了一个手无寸铁又人事不知的年轻美丽的疯女人。反正即使强奸了她,她也不会记得是谁干的。更何况，那么多的男人都强奸了她，还多一个吗？可是，在十八年之后，是不是这些躲在暗处的男人们忽然都有了一丝良心上的发现？特别是当他们都一天一天走向苍老暮年的时候，当他们有一天发现自己的女儿也已经忽然长大的时候。于是，越来越多的男人和女人都在刻意疏远王满水，他们要通过这种方式来惩罚他。

到第六天的时候，王满水已经有些撑不住了，可是他幻想着最好是这两个女人先撑不住，败下阵去。她们都坚持了六天五夜了，这六天时间里，她们不洗脸不刷牙不梳头，每天就靠一点干粮和凉水支撑着，晚上，两个人像两条狗一样挤在一卷铺盖里，五个晚上都没有脱过衣服。从她们身边走过的时候，他甚至都能闻到她们身上散发出的浑浊的酸腐气味。这气味阴冷死滞却绝望坚硬，一瞬间里让他有些不寒而栗。但是，他还是控制住了自己。他怎么能和这个镇上的其他人一样呢？年轻时他是走南闯北出来的，什么世面没见过？他曾经在坐晚上的火车时，把人造革包抱在怀里睡着了，醒来时，包被人用刀划了一个大口子，里面所有的东西都被掏走了。他下火车的时候，身上已经没有了一分钱。他最早试图做生意的时候，千辛万苦从信用社里贷出来的款，被一个合作伙伴一下就都骗走了。那人远走高飞，他欠了信用社巨额贷款，一直到现在都还不了，已经成了死账，因为要不出钱，后来信用社都懒得告他，他也就侥幸逃过了这一劫。

这么多年里，他也算是出生入死过的人，居然能被眼前这一老一少两个女人就搞定了？他即使不要这钱，也不能不要这面子。话都放出去了，又怎么收得回来？到了这天早晨，刘水莲明显感觉到张翠芬有点支撑不住了。她毕竟是六十多岁的人了，连日来吃不好睡不好，白天被太阳烤着，晚上被夜风吹着。她明显感觉到她撑不住了，这让她恐惧。这样下去该怎么办？要不这钱就不要了吧，她们就这样离开算了，甘愿败下阵来还不行吗？看样子，王满水没有一丝一毫打算让步的样子，难道她们就真的死在他家不成？

她看着张翠芬，轻声地说，婆婆，这钱咱们不要了吧，咱们回家吧。可是，张翠芬一句话都不说，微微闭上了眼睛，一副水火不入的样子。刘水莲看到她坐在那里的身体已经开始微微打晃，知道她快撑不住了。张翠芬不再看她，她便把目光移开，一分一秒地枯坐在时间的刀刃上。她想，该发生什么就发生什么吧，谁有力量去拦住什么吗？如果有什么真的要发生的话。

到中午的时候，坐在泥灶上的水又烧开了，王满水的老婆正在和面，她叫王满水出来灌开水。王满水应声从小卖部里走了出来。张翠芬和刘水莲坐在台阶上都呆呆看着那只已经沸腾了的铁皮水壶。水沸腾着，叫嚣着，雪白的蒸汽顶得壶盖跳起来又落下去。就在王满水准备走下台阶的那一瞬间，忽然有个人影迅速站了起来，先冲着那只开水壶扑了过去。那个人影出奇地迅捷而轻盈，几乎是，飞过去的。这个人影只一下就抓起了泥灶上的开水壶，然后，双手把水壶高高举过了头顶。

王满水呆住了，刘水莲也呆住了。他们几乎是这时候才同时认出，提起水壶的人竟是张翠芬。在两个人都还来不及说出一句话的时候，他们听见张翠芬的声音在一片雪白的水蒸气中飘了出来，她只说了一句，你还是不还这债？说完，她举着水壶的那两只手忽然一斜，整壶滚烫的开水冒着雪白的蒸汽向她的头上脸上奔去，像一道雪白的瀑布。在那一瞬间，她就像是站在一幅画中一样，正沐浴在陶罐中流出来的泉水中。

张翠芬头部脸部几乎全部被烫伤，两只眼睛几乎都失明了，身上有百分之六十的面积被烫伤。她被送到了医院，王满水终于还是拿出了那笔钱。他的小卖部关门多日，院门也是紧紧闭着，不见任何人，就像是这个人忽然从镇上消失了。镇上的老人们拄着拐杖坐着独轮车都去县医院看张翠芬，他们用自己的手帕包着几个熟鸡蛋，几块自己舍不得吃的桃酥，几个苹果，都摆在了她的枕头边。那些手帕有红色的、绿色的、杏黄色的、天蓝色的、白底碎花的、小方格的，像海边五颜六色的贝壳都被冲到了她的枕边。老人们临走的时候颤颤巍巍地在她枕头下面塞了一块钱，两块钱，五块钱。

学校开学报到的那天早晨，刘水莲提着行李，身上带着全镇人凑出的学费，一个人向车站走去。张翠芬还没有出院，她催促刘水莲快去上学，别耽误了报到。刘水莲看着两只眼睛几乎失明的张翠芬，只是久久久久地拉着她的手，却一句话都没有说。

去往省城的长途车一天就这么一趟，时间也是固定的。她提着一只孤零零的行李包上了车。汽车出了镇上的车站，向镇子外的公路驶去。刘水莲坐在车上，呆呆看着车窗外这个自己长大的小镇。这是她第一次离开这里。就在汽车走出镇子的那一瞬间，刘水莲看着车窗外，忽然就呆住了。

在镇口，站着一堆黑压压的人，男人，女人，老人，小孩。他们默默地站在那里，等着她坐的车走过来，他们都知道，她是今天走。他们也看到她了，他们都齐齐地无声地看着她，看着车窗里的她。她也看着他们，她看到了人群中的李战海，还有来宽，他们也看到了她。他们默默地躲在人群后面，目送着她走过去。

她就这样隔着一扇玻璃与他们对视着，他们中间没有人说一句话，她也没有说一句话。她只是死死趴在那玻璃的后面，用一只手紧紧摁着那扇玻璃，看着他们。然后，汽车就开过去了，她回过头去，他们还站在那里，只是影子越来越小，越来越小，慢慢变成了一点点。最后，他们彻底消失了。

她紧紧紧紧地把脸贴在那扇玻璃上。

晚　祷 |蒋　韵|

蒋韵，女，1954 年 3 月生于太原，籍贯河南开封。1981 年毕业于太原师范专科学校中文系。1979 年开始发表文学作品，迄今已出版、发表小说、散文随笔等近 300 万字。主要作品有：长篇小说《隐秘盛开》《栎树的囚徒》《红殇》《闪烁在你的枝头》《我的内陆》，以及小说集《心爱的树》《失传的游戏》《完美的旅行》和散文随笔集《春天看罗丹》《悠长的邂逅》等。近年曾获“第二届郁达夫小说奖”中篇大奖、赵树理文学奖、《小说月报》百花奖、老舍文学奖等，中篇小说《心爱的树》获得第四届鲁迅文学奖。亦有作品被翻译为英、法、韩、日等文字在海外发表、出版。现为中国作协会员、山西省作家协会副主席，一级作家。

1972 年，某个冬日，十岁的袁有桃放学后没有回家，她沿着一条小路来到了那个叫作“海子”的地方。“海子”当然不是海，而是一片湖洼。有桃家住在城边上，湖洼是这一带孩子们天然的乐园。夏天，他们在“海子”里游泳；冬天，则是在冰封的湖面上溜冰车。说来，这两件事其实都是被禁止的，学校里一向有明文规定。因为，这湖洼里差不多年年都要死人，夏天淹死的自然是耍水的人，冬天则是不小心被冰窟窿吞没。大人们说，那是水鬼在找“替死鬼”。从前，在有规矩的年月，老师们常常在夏日午休后突击检查，让孩子们伸出胳膊，在赤裸的皮肤上用手指一划，游过水的皮肤就会有醒目的、昭然若揭的白痕：原来它会说话！当然，现在，没人管这些了，谁还管这些呢？乱世啊。

天阴沉沉的，要落雪的样子，还不到五点，城市就变得昏暗——这是一天中最伤心的时刻。小风飕飕地打在人脸上，很冷。结了冰的海子上，空无一人。岸边枯黄的没有割净的芦苇，摇曳着，有一种不动声色零落的凄怆。有桃迟疑一下，走下湖岸，站在了冰面上。她穿着那种家做的笨拙的棉窝，还是去年姥姥给她亲手做的，穿在脚上，明显的小了，夹着她的脚。但她舍不得脱下来，现在，她想穿着这棉窝，去找姥姥。

湖面冻得很结实，偌大的凛冽的冰湖上，走着这个悲伤的孩子。她脚下打着滑，走得小心翼翼。后来，许多年之后，她想明白了一件事。她用长大的眼睛居高临下俯瞰着十岁的自己，那个要去冰窟窿寻死却害怕滑跤的孩子，她知道了，那不过是命运对她最恶意的一个捉弄。

一、山高水远

有桃一出生，就被送回了老家。她是家里的老二，上面一个姐姐，下面还有一个妹妹和一个弟弟。赵家四个孩子，只有她，是跟着老家的姥姥长大的。当年，她一出生，母亲就患上了乳腺炎，没办法哺乳，再加上工作又忙，只好把她丢给了老家的姥姥。紧接着，妹妹弟弟相继来到人世，闹哄哄的一大家人，母亲自然顾不上去接她，就这样，一年一年的，有桃就在那个北方小镇，长大了。

姥爷是个教师，在几十里外的一个公社中学教书，不常回家，家里，常常只有姥姥和有桃，还有一只奶羊。那只羊，是有桃刚出生时姥爷牵回来的，它新鲜干净的奶水喂养大了有桃。所以，它是这家的功臣。姥姥一直不舍得卖掉它，更不舍得宰杀，姥姥有时会这么说，“有桃啊，它可是你的奶妈。”有桃回答说，“那过年时我是不是也要给它磕头？”姥姥就笑了，说，“它也受得起你的头。”就这么，一年又一年，它从一只青春的、奶水汹涌的母羊慢慢变成一只目光浑浊的老羊。

那个小镇，地处这个内陆省份的最北端，干旱、严寒、荒凉。镇子很小，一条主街道，一眼就可以望到尽头。但是天真蓝，真高，蓝天下的山脊上，蜿蜒着残破的外长城的遗迹，还有，更残破更孤独的烽火台。那种透彻的、悠远辽阔的苍凉，就像空气一样，无处不在，这里的一切，庄稼、菜蔬、树、遍地的野草、牲畜和人，都是呼吸着这样苍凉的空气，生长着。假如把他们移植或迁徙到那些热闹的地方，或许将是灭顶的灾难。

有桃临近十岁那年，这样的灾难降临了。

先是羊，接下来就是姥姥。她们都离去得很安静，像是怕吓住这个心疼的孩子。羊是在一个清早被发现死在羊栏里的，头枕着一堆青草，眼角上挂着泪痕。埋葬它的时候，有桃哭得很伤心，姥姥说，“宝啊，这世上，再好的物件，再亲的人，都有分手的一天啊！”有桃不知道，那是姥姥在跟她道别。

几天后，姥姥清早起来扫罢院子，觉得有点儿累，就靠着院子里的枣树坐下了，这一坐，就再也没起来。医生后来说姥姥是死于突发的心脏病。那正是枣树挂果的大好季节，姥姥头上方，一树新生的、翡翠般鲜绿的果实，预告着一个北方的丰年。千里外的母亲匆匆赶来料理了姥姥的后事，埋葬完姥姥，母亲对姥爷说，“有桃我接走了。您在外边教书，带着她，是累赘。”

姥爷叹口气，摸着有桃的头说，“是啊，快十岁了，四年级了，也该进城里念书了。”

临行前，姥爷带着有桃和母亲去跟姥姥辞行。有桃在姥姥坟前，长跪不起。姥爷对坟里的姥姥说，“孩子要走了，这一走，山高水远，回来一趟不容易，你好好的，别让孩子惦记……”

母亲在一旁说，“爸，看您说的，这又不是古时候，火车也就一夜的路，怎么就山高水远？”

姥爷沉默不语。

有桃给姥姥磕了头，侧过身，也给埋在一旁安睡在泥土中的母羊，恭敬地磕了一个头。有桃在心里对她们——她真正的母亲们说，“我走了……”

后来，有桃不止一次地想起姥爷的话——山高水远。何止是山高水远啊。那是一个永远也回不去的故园。

有桃的家，在城边上，周围都是一些大工厂。有桃的父母，也都在工厂上班。父亲在工厂的俱乐部工作，母亲，则是工厂职工医院的一名护士。他们住的，是工厂的宿舍区。宿舍区很大，有楼房，有平房。有桃家住楼房，红砖的旧楼，两间独立的房屋，一间住父母和小弟弟，一间姐妹们合住。公用的厕所，设在走廊的尽头，而走廊，则是家家户户的厨房。家家户户门前，摆着蜂窝煤炉，架着案板，堆着蜂窝煤、垃圾桶和各种杂物。好在这楼房，是从前苏联专家设计的，走廊就像长长的出檐，又像可以眺望风景的有木栏杆的阳台。据说，从前，站在楼上走廊凭栏远眺，可以看到田野，看到叫“海子”的湖洼，甚至可以看到更远处那条穿城而过流向黄河的大河，看到河上安静的落日。人们这样说，那时候啊，真荒凉。如今，不荒凉了，一座座楼房、厂房，一根根吐着黑烟的烟囱，遮蔽住了人的视线。无论有桃怎么努力，她看到的，永远是对面楼房的墙壁，或者，是一片灰蒙蒙暗淡的瓦顶。

就连天空，也不再是家乡那种透彻干净的蔚蓝。

一切都是陌生的。陌生的城市、陌生的家、陌生的口音、陌生的父母和兄弟姐妹、陌生的学校以及老师同学。她几乎不敢开口说话，一说话，同学还有兄弟姐妹就会嘲笑她的乡音。课堂上，她最害怕的事就是被老师提问，每次提问都是一场灾难，因此，上课时，她总是缩着身子，似乎，这样，她就可以消失不见。渐渐地，缩肩缩背变成了一种习惯，不管在什么地方，只要人们的眼光落在她身上，她马上条件反射一般让自己瑟缩起来。这让她的母亲十分反感，母亲生气地骂她，“你做了什么亏心事？还是上辈子缺了什么德？缩头缩脑的，你是娄阿鼠转世啊？”

姐姐妹妹捂着嘴笑起来，她们觉得“娄阿鼠”这名字很好玩儿，于是，就“娄阿鼠！娄阿鼠！”地追着她嘹亮地喊，一院子的小孩儿也都“娄阿鼠！娄阿鼠！”地这样叫她。有桃就这样有了一个绰号。

她不知道“娄阿鼠”是什么，她没有看过那个叫《十五贯》的戏曲电影，但她深信那不是一个好人。她就这样莫名其妙地变成了一个坏蛋。这让她愤怒。她表达愤怒的方式就是把自己更紧密地关闭起来。尽管住在一个屋子里，她再不和她们说话，就像一个哑巴。她漠视她们。她们那间十几平米的屋子，两张上下铺，格局好像学校的宿舍。她占用着一个上铺，那一米宽两米长的铺位是她在这个城市最后的堡垒。她把一张与姥姥姥爷合影的照片夹在一本书中压在她的枕头下面，那书，是从前姥爷买给她的，名字叫《中国古代医学家的故事》，姥爷一直希望有桃长大能当一个医生。那个未来的医生，在照片中娇憨地依偎在姥姥姥爷身边，夜夜，她就这样和他们一起入睡。现在，只有在梦里，她才能做一个快乐的尊贵的孩子，从前的孩子，和亲人团聚，和姥姥，和她的羊妈妈，还有姥爷，还有她想念到心疼的苍凉旷野和寥廓蓝天。

她不知道她在睡梦里是流泪的。她那么快活，醒来后却是满脸的泪水。她的眼泪，只在梦里流，白天，她不哭。无论她多么难受，她也不在冷酷的白昼里哭泣。她的两只大眼睛，在白天，像沙漠一样干旱，还有一种奇怪的不合情理的冷峻，看上去像某种隐忍而苍老的非洲动物。这双眼睛也常常触怒母亲，母亲觉得这简直不是一个孩子的眼睛。

"她到底是谁呀？啊？她是我生的吗？"母亲有时候忍不住会这样问父亲，"你说，是不是有鬼附在她身上了？你看她的眼睛，那是孩子的眼睛吗？让人害怕！"

父亲轻描淡写地回答说，"瞎说八道！她不是你生的是谁生的？这你可赖不掉！"

"是啊，我赖不掉！"母亲叹息一声，摇摇头说道，"我要是没生她该多好……"

这话，有桃听到了。有桃的姐妹们也听到了。本来，母亲也就没打算掩饰，后来索性就把这话挂在了嘴边上。这话，应该说不仅仅是母亲一个人的心声，也是全家人的，至少，是姐妹们的。姐妹们想，是啊是啊，没有她该多好！她们怀念起没有她的好日子，姐妹俩合用一间房间的日子，姐姐有橘，妹妹有穗，一人一张上下铺，一人一个王国：下铺睡人，上铺则放她们各自的东西。她们忘了那时她们其实也常常吵嘴打架，互相使坏，告状，等等。现在，她们是同仇敌忾了，同仇敌忾来对付这个闯入者。假如，这个闯入者肯向她们示弱，情况可能会有所不同，她们欺负她，捉弄她，其实是一种试探。可是她们很快感觉到了,这个姐妹,这个古怪的孩子,是不会屈服的，尽管她总是缩起身体，可她是一个不会屈服的人。她用她持之以恒的沉默和她们作战，她们感受到了那沉默冷硬的力量，还有，那种凛冽的冰山般的寒气。每一个夜晚，从她睡觉的铺上，那寒气幽幽地散发出来，渐渐凝聚成一个固体的东西，压迫住了她们和她们的睡梦，就像梦魇。

她们对这沉默毫无办法。这让她们厌倦。

“要是在战争年代，敌人抓住她，她肯定不会开口叛变。”有橘沮丧地对妹妹这么说。

“钉竹签子呢？拔掉手指甲呢？也不叛变吗？”有穗疑惑地问。

有橘想了想，摇摇头，“恐怕不会。”

有穗从牙缝里“嘶——”出一口凉气，说，“我可不行，我会当叛徒的。”

有橘瞪她一眼，“别瞎说！”

“真讨厌！”有穗叹息一声，“要是妈妈没有生她就好了！要是她永远在老家就好了！她为什么不回去呢？”

是啊，她为什么不回去呢？她为什么不回自己的地方呢？

这一天，放学后，轮到有桃的小组值日，所以，她到家比平时要晚一些。冬日的黄昏，家家窗户里，都已亮起了灯光，城市似乎对这孩子流露出一点儿静谧的温情。可是，一进门，她就闻到了一股扑面而来的臭味，像腐败的肉类的气味，那是劣质墨汁的味道。一抬眼，她看到了那标语，新鲜的标语，贴在她的床栏杆上，上面，用毛笔歪歪斜斜写着几个大字：“滚回老家去！！！”后面跟了三个浓墨重彩的惊叹号。然后，她就看到了她的书，姥爷的书，《中国古代医学家的故事》，躺在了地上，被肢解了一般，撕得七零八落。还有她的照片，有桃最珍贵的东西——她的过去、她与幸福有关的一切、她眼前泥淖般生活中唯一的救赎，也被踩躏了，躺在肮脏的地板中央，上面印着鞋印。照片上不见了有桃的脸，她的脸，变成了臭烘烘黑黑的一团墨渍……而那两个肇事者，则若无其事地坐在床边，正在用撕下来的书页，折纸玩儿，把扁鹊、孙思邈、李时珍，折成了小船、飞机，还有，手枪。

屋子里很静。

突然地，有桃扑了上去，毫无声息，却凶狠地如同一只猎豹。她一下子就扼住了有橘的脖子，她不知道自己的胸腔里突然挤出某种闷响，就像濒死野兽的哀鸣，那么绝望伤心。有穗尖叫起来，抱住头，一边凄厉地大哭。母亲冲了进来，母亲嘶吼着，去救她的女儿。她奋力去掰有桃的手，哪里掰得开？父亲也冲进来了，父亲推开母亲，像拎小鸡一样拎起了有桃。有桃终于松手了，有橘一阵狂咳，“哇——”地哭出了声。父亲把有桃朝地上一抛，母亲扑上去，揪住了她的头发，把她的头咚咚地朝地上狠命地撞，扇她耳光，一下又一下，止也止不住。母亲气疯了，母亲嘴里喊，“你要杀人啊！你要杀人啊！你给我死！你给我死！你去死！去死——我也不活了！”

然后，一阵号啕大哭。

那一夜，母亲把那两个女儿，带进了自己的房间里。四个人，一家子骨肉，挤在了一张大床上睡了一夜。那肇事的现场，只剩下了有桃一个人。那是进城以来最安静的一个夜晚，她一个人，拥有了一个自由的空间。四壁之内，没有别的眼睛，没有别的呼吸，没有捉弄、嘲笑、恶意和伤害。她捡起了照片，把上面的鞋印努力擦干净，用手轻轻把它抚平。她抚摸着姥姥的脸，在心里说，“对不起，对不起，对不起……”她想说，对不起让你看到了这些，却没有说。就算在心里，这么说，也是让她羞耻的。她也不知道怎么对付那一团墨渍，无论她怎么擦那仍然是笼盖在了她脸上的乌云。她只好就这样把它夹进了语文课本里。地上，那些散落的书页，那书的残骸，她一张一张地，捡起来。那一只只飞机、小船，也捡起来。然后，她盘腿坐在床上，就像安稳地坐在老家的火炕上一样，把它们拆开、抚平，一张张理好。她的扁鹊、孙思邈、李时珍，始终安静地望着她，在尘世昏黄的灯光下，毫无怨言地望着这个无助的小姑娘。眼泪就是在这时候，突然汹涌地滚落下来。

二、秦安康

秦安康是家里的独子。在他那个年代，独子的家庭还是稀少的。他爸老秦，是这大厂里的八级钳工，有手艺，受人尊敬。他妈则是一个家庭主妇，也在居委会里担任着一些工作，比如，通知家属去居委会学习开会、挨家挨户收收扫马路费、分发一些票证之类。老秦每个月的薪水，一百多元，三口之家，又没有其他用项，在这个北方内陆工业城市，日子可以过得滋滋润润。再加上秦妈妈又是一个精明强干很会过日子的女人，所以，在厂区里，秦家是个让人羡慕的家庭。

十亩地里一根苗的人家，孩子自然就娇惯一些。秦安康吃他妈的奶，一直吃到了七岁上学。说来，这样恋母的孩子很可能会娘娘腔，可秦安康却是人高马大，黑黑壮壮，当然，也很霸道，蛮横。他爸老秦，八级钳工的巧手，又有各种便利条件，所以，秦安康手里的玩意儿，总比别人的要讲究。同样的木头手枪，他那一把，一定格外逼真。同样的冰车，他那一个，居然带着弧度十分舒适的靠背。就连最普通的铁环，他那一只，竟是在环上装饰了小铃铛的，推着跑起来，铃铃铃的，清脆地洒一路。

孩子们看了，自然眼热。

美中不足的，是这秦安康，不够聪明，念书念不进去，坐不住，又贪玩儿，回回考试，没几回及格过。好在，这世道，考试这回事，形同虚设，既不靠它升学，也不靠它奔前程，又没有留级这一说，所以，秦安康一点儿也不在乎。倒是他爸，人要强，又是老派人，觉得丢脸，也关起门来狠揍过几回。无奈，这宝贝儿子，到下回考试，该不及格还不及格。

没人喜欢和他坐同桌，女孩子们，都受不了课堂上他花样百出的骚扰。于是，老师就把他一个人安排在了最后一排。好在，他本来个子就是高大的，独自坐最后一排，倒更是自由自在，还可以一个人占用两个抽屉。所以，当这个叫袁有桃的乡下丫头成了他的同桌，他被迫给她腾抽屉的时候，他就把她当成了敌人。

第一天，他像很多男孩子一样，用小刀在课桌上画了分界线，他指着那分界线说，“你敢过来试试！”这也是男孩子常见的威胁，不稀奇。只不过，他的分界线，划在了课桌三分之二的位置上，公然是一个不平等条约。袁有桃没有说话，掏出自己的课本，啪，放在了分界线外。

他愣了一下，立刻，用胳膊肘，狠狠地朝有桃肚子上就是一下，命令说，“拿开！”

袁有桃咬了下嘴唇，不动声色。

他抬起胳膊，狠狠地，又是一下。

可这个瘦瘦小小的乡下丫头，一动不动，也不看他，就像他是空气。

这下，他真的愤怒了。他甚至觉到了委屈。凭什么啊？他想。他望着她，只见她的手，撑在了板凳上，明显也在他划定的分界线外。太过分了！他不再和她废话，抄起桌上的铅笔刀，朝她手背上，“噌——”地一划。

血流了出来。

没有声音，血流得很安静。秦安康被这血吓住了。他张着嘴望着血像蚯蚓一样在那手背上爬，爬，渐渐把那只手涂染成逼人的、恐怖的血手。更恐怖的是，她的沉默。他从来不知道沉默可以是这样惨烈……突然，“哇”的一声，秦安康放声哭了。

就这样，秦安康和袁有桃，只做了一天的同桌。

老师带有桃去卫生室包扎了伤口，给她重新安排了座位，这个位置，远远离开了秦安康。老师说，“秦安康，我怕了你了，大家都怕你了！你就一个人好好称王称霸吧！你就学美帝苏修吧！”

秦安康低头不语。他知道，美帝和苏修，都是纸老虎。他想起自己在课堂上的哇哇大哭，感到了深深的羞耻。他不知道自己原来怕血，他这样想。似乎，“怕血”这个理由可以给他安慰。他确实是被血吓坏了，可是，可是他知道，真正让他恐惧的，还有别的。

从那天起，他开始远远地、偷偷地注视那个女孩儿。在人群中，那个女孩儿，缩头缩脑，毫不显眼。他听到老师背地里说她“木”，一个老师对另一个老师说，“流那么多血，一声不叫，真木。”原来她“木”，秦安康想。她没有朋友，她也不爱说话。她的普通话说得走腔走调，语文课上，老师让她念课文，她的荒腔走板让全班同学哄堂大笑。下课后，大家学着她的发音，“纪念掰——球——鞥”，夸大着那不标准。她真是木的，一个人坐在座位上，像什么都没听见一样，面无表情。

后来，同学们叫她“娄阿鼠”，他不知道这名字的来历，也不知道那是一只什么鼠，总之，莫名其妙。可他觉得她和鼠没什么关系，如果拿她比动物，她倒更像——更像那种令人恐惧的。他也不知道她是否还恨他，他们偶尔面对面走过，在家属院，或者，在学校的走廊，不小心碰上了，她就像没看见他，从她脸上，既看不出恨,也看不出原谅。那是一张从不起风浪的脸。是,她木。可她也许深不见底。

总之，好好的日子，让这个不知从哪里跑来的女孩儿，改变了。十岁的秦安康，有了一些心事。他不再那么喜欢和小伙伴们扎堆，总是哪里热闹往哪里钻。他也不再那么害怕孤单，放学后，常常一个人到厂区外闲逛。他还会在天气最冷的时候，到空旷的“海子”上滑冰车。偌大的一个湖面，小小的灵巧的冰车，会给他带来飞翔的感觉，车身下嵌入的“豆条”，一种粗粗的铁丝，摩擦着冰面，那细细的清冷的声响，偶尔，会让他鼻酸。他就更用力地挥舞冰锥，让自己更快地飞，飞，好像这样可以飞出某种东西之外。然后，突然地，他刹车了，冰车刚好停在一个冰窟窿的边上，汗从他戴着棉帽子的头上流下来，他分辨不出那是热汗还是冷汗。

黑黑的冰窟窿，深不见底，这里那里，分布在开阔的湖心处。据说，那是炸鱼的人用手榴弹炸出来的。也有人说，是专门凿出来让湖里的鱼透气的。平时，在湖面上溜冰、滑冰车的孩子们，会选择避开它们。孩子们知道它的凶险，从大人们的嘴里，他们都听说过“替死鬼”这传说，也见过真的有人，在这黑暗冰冷的水中丧生。而这个冬天，秦安康，却放纵着他的冰车，让它冒险地在冰窟窿边缘横冲直撞。也许，他是用这样的方式，在考验着自己的胆量，在为他众目睽睽之下那一次羞耻的哭泣雪耻。

然后，就到了那一天。

那一天很冷，天寒地冻。他像往常一样吸溜着鼻子带着他的冰车来到了“海子”，他知道这样的天气，冰上一定是人烟稀少。果然，湖上很空旷，只有一个人影，在冰上趔趄地走着。一眼，秦安康就看出了那是谁。倒霉！他想。他掉头想往回走，又站住了，我为啥要怕她？他对自己说。他站在那里远远看她，忽然觉到了奇怪，他想，她来这里干什么呢？她们女孩儿又不玩儿冰车，也不像是来滑冰，那她来这冰封的湖上做什么？抓鱼吗？

他看她渐渐渐渐走向湖心，走向——他最熟悉的那个地方，然后，站住了。那是一个冰窟窿的边缘，他知道。她真是要抓鱼吗？这个男孩儿想。可是她站在那里，一动不动，一动不动。天阴沉沉地压在湖面上，湖面那么大，那么空，而她，是那么……伤心。奇怪，平时，从她脸上什么都看不到，可是，她的背影，却是悲伤的。原来，背影可以告诉别人那些隐藏的东西。

他跳下湖面，撑着冰车直奔她而去。

事情就这样发生了。一个要投湖自杀的人，遇到了她的解救者。

其实，站在冰窟窿的边缘，有桃就犹豫了。那冰窟窿，就像一张深不可测的大嘴，又像洞穴，幽幽的，黑黑的，似乎可以隐隐听到某种喘息声，就像神秘而粗鲁的呼吸。它能把我带到姥姥那里吗？有桃这样想。这么黑，这么寒冷，这么不怀好意的去处，能指引我和姥姥重逢吗？有桃相信，姥姥，她在这世上最亲的亲人，无论活着还是死去，只要是姥姥在的地方，就一定是光明、温暖、善良的，有透彻的蓝天白云，有清香的庄稼，有春天的野花和秋天的果实，有洁白的羊群和牧羊人嘹亮苍凉的山歌……而这个城市，这个冷酷的地方，找得到这样一个通往姥姥世界的入口吗？

她望着脚下的冰窟窿，感觉到了一个城市的恶意，从那深处，扑面而来。

她背着书包，里面，装着姥爷的书，不管她怎样用糨糊、针线粘贴、连缀，那都是一本残缺的、伤痕累累的书了。还有毁掉的照片，她藏在了身上，这是她全部的珍藏，可是，它们和她，该往哪里去呢？——死和活着，都是这样寒冷、恶意和耻辱。

她哭了。

就在这时，身后突然响起了一个惊诧的声音，“嗨，你在这儿干什么？”

她吃惊地回头，看见了冰车上的男孩儿，秦安康。显然，更吃惊的是这叫秦安康的孩子，他没想到会看到一张满是泪水的脸。这张脸，那么悲伤、无助，看上去一点儿也不像平时那个冷硬的袁有桃了，他几乎怀疑他认错了人。

“你、你、你想自杀吗？”他变得结结巴巴，“你想做替死鬼？”

袁有桃狠狠擦拭了眼泪，让他看到自己哭泣的样子，她觉得慌乱和羞耻。这个男孩儿，和她的姐妹一样，对有桃来说，都是那种噩梦般的存在。一时间，她好像觉得她的姐妹，有橘有穗，就藏在他的身体里，用他的眼睛望着她一样。

“去年厂里有个人，跳冰窟窿自杀了，”秦安康说，“捞起他的时候，头肿得这么大——”他用手比画出了一个脸盆的形状，“你想做他的替死鬼呀？”

袁有桃没有听出，他其实毫无恶意，他用这种方式在笨拙地阻止着一个悲剧。这要到很多年之后，她才能明白这一点，要到她懂得和生活和解的时刻。可那时，这话，突然激起了她的愤怒和——恐怖。

“你才想做替死鬼！”她冲着他的脸，大喊一声，“你去死——”

说完，她跑走了，泪流满面，她哭着在冰上奔跑。落雪了。憋了一天的雪，终于飘落下来。一大片，一大片，轻盈、洁白，落在冰面上，落在干旱的城市。她不止一次滑倒，爬起来，再跑。当她又一次重重地跌倒时，她不再爬，不再挣扎，她扑倒在冰面上，让自己的脸，让自己的身体，贴在落了薄薄一层雪花的冰上，放声号啕。她在心里说，雪，埋了我吧，埋了我吧……

秦安康一直、一直注视着她的背影，呆呆地，坐在冰车上，看她一次一次跌倒，爬起，再跌倒，再爬，他又一次奇怪地感到了鼻酸。真冷，他想。可是她，她究竟为了什么这么难过，这么伤心呢？她为什么像一个大人那样伤心？他吸溜着鼻子，想不出答案。当她终于扑倒在冰上，她的哭声，远远地、凄厉地传来时，他就像被谁抽了一鞭，撑着冰车朝她那边奔去。

他想对她说，袁有桃，你别哭了。

他还想对她说，那天我用刀划你，对不起。

可是，他什么也来不及说了。他飞驰着，只顾望着远处的女孩儿，忘记了他正身处危机四伏的湖心。一块冻结在冰上的砖头，他没有看见，砖头绊住了飞驰的冰车，把他这个驾驭者抛了出去。而前方，正是湖上最大的一个冰窟窿。只听“扑通”一声，他一头扎进了黑暗的、深不可测的湖心——这个十岁的孩子，茁壮的孩子，真的飞出去了，飞到了生活之外。

远远地，当袁有桃跌跌撞撞跑过来时，晚了，一切，都过去了，发生过的一切，销声匿迹。只有那架冰车，制作精良被小伙伴们羡慕的冰车，孤独地躺在一旁，永远，失去了主人。

三、夜晚的秘密

那天晚上，有桃踩着积雪回到厂区宿舍大院时，早已是万家灯火的时分。她听到一个女人正扯着嗓子喊，“安康！安康！回家吃饭了——”她还看到这女人逢人就问，“看到我家安康了吗？”

她慌不择路地躲开了女人，她知道那是秦安康的妈妈，她听到自己的牙齿“嘚嘚嘚”地打战，她的腿也在抖着，膝盖一软，一只腿跪倒在了雪地上。她想，真滑啊。

一家人，围坐在餐桌旁，正在吃晚饭。折叠的圆餐桌，支在父母的房间里。她没有进去。她一个人走进旁边的屋子，没有开灯，摸黑爬上了她的床铺，拉过棉被，用它紧紧包裹住了自己。可她仍然在发抖。雪光映着窗子，房间里有一种清冷的微光。她只好把头也埋进了棉被里，那光，让她害怕。

这个家，没有人，像秦安康的妈妈那样，站在大雪中，呼喊她的名字，说，“有桃，回家吃饭——”可是，这不再重要了，一点儿也不重要了。昨天，还貌似生死攸关的事，此刻，在灭顶的噩梦面前，一点儿也不重要了。

对，那是梦。

她必须快快地、快快地睡着，她哀求自己，睡吧！睡吧！袁有桃，睡着了，就好了。睡一觉，就过去了。明天早晨起来，上学去，就会看见那个男孩儿，那个秦——安——康，好端端地，活生生地，令人讨厌地坐在那里，举着小刀，蛮横地威胁她说，“你敢过来试试！”

大雪，纷纷扬扬，下了一夜。一夜，他们的院子里，也是纷乱的。人们很快找到了冰车，却没能很快打捞起它的主人。湖水太深了，厚厚的冰层下，也许暗藏着潜流，假如，人被潜流冲走，那就只能等到明年春天冰消雪化了。当然，没有人，敢当着沉默的秦师傅说出这话，也不敢放弃希望。而秦师母，则是在找到冰车的时候就晕了过去，被送到了厂里的医院。清晨，雪住了，家家升起炊烟，吃早饭的时候，传来了消息，人们争相传告着，说，捞上来了……

人们说，谢天谢地，不用等到明年开春了。

太阳升起了，新生的太阳，雪后初霁的太阳，照耀着洁白的城市。这惊悚的洁白，刺疼了有桃的眼睛，她不知道自己的眼睛是血红的。是啊，太阳不是从前的太阳了，有桃这样想。她听着风中传来的秦师母的哭声，那哭声撕心裂肺，不像是哭，像是在凄厉地嘶喊。整整一天，这哭声与她如影随形，就像一个鬼魂。人人都在谈论着这件不幸的事情，学校、厂区、宿舍院，这城市的每一条大街小巷，每一个角落。原来，昨晚之前，这城，她如此憎恶的这城，其实并不是地狱……

饭桌上，母亲对姐姐妹妹说，“都别去‘海子’上滑冰玩儿了，看见没有？多可怕！活蹦乱跳的，说死就死了！幸亏捞上来了，要不然，在湖里泡一冬天，成什么样儿？早喂了鱼了！”说着，看了有桃一眼，说，“你也一样！”

有桃不敢看她的眼睛。她也不知道自己在发烧。

一夜，高烧让她昏昏沉沉。她觉得自己是在一片大水中浮沉着，挣扎着。她对着一个人嘶喊，说，“你才想做替死鬼，你去死！”那个人，坐在冰车上，无言地望着她，突然，对她咧嘴一笑，说，“我已经死了呀——”她惊醒了，一头的汗水，一脊背的汗水，一身的汗水，那么多的汗水，把床单都浸湿了。可是，怎么这么湿？她下意识地伸手去摸，突然她翻身坐起，呆住了。

她尿床了。

十岁的有桃，在这个心惊肉跳的夜晚，羞耻地尿床了。

月色如水，从无遮无挡的玻璃窗洒进来，没有心肝地、冰冷地，照着这个绝望的孩子，这个走投无路的小少女，她呆坐在湿漉漉的床铺上，看着曙色一点一点来临。天就要亮了，她不知道这个世界，这个人世，还有什么更大的不幸在明天等待着她——在每一个明天。她叹息一声，取下了挂在墙壁上的书包，取出铅笔盒，拿出一把削铅笔的小刀，躺下，就躺在那湿漉漉的秘密之上，伸出手腕，在那上面，狠狠地，深深地，一划。

永别了，姥姥！鲜血喷涌而出时，她和姥姥郑重道别。她知道，她永远去不了姥姥所在的世界了。那是天堂。而天堂，不再属于这个有罪的孩子。

黎明时分，有橘起床上厕所，一起身，头上垂下一只血手。淋漓的鲜血，滴在了她的脸上。她惊声尖叫，惊醒了她的父母。

要感谢那把铅笔刀，它不够锋利，还有，十岁的孩子，也缺乏知识：小刀划破的，流了那么多血的，原来，并不是致命的动脉。

当护士的母亲，为她紧急处理了伤口，止血、清洗、敷消炎药、包扎。伤口触目惊心，只好送医院缝合。母亲一路走一路哭，说，“袁有桃，你可真够狠毒啊！你可真狠毒！”

太阳下，母亲为她清洗着被褥。血渍和尿液，弄脏了它们。母亲忧心忡忡地洗着，蹲在一旁观看的有穗说道，“妈妈，她都十岁了，还尿床啊！我要是十岁尿床，我也自杀……”

母亲喝止住了她，说，“袁有穗，你还让你妈活不让？”

没有一个人，疑心什么。全家人都觉得，这未遂的自杀，是因为遗尿。等到她伤口愈合拆线之后的第二天，姥爷来了，是母亲写信叫来了姥爷。母亲说，“爸，您带她走吧……”话没说完，就委屈地红了眼圈。

就这样，有桃和姥爷，乘上了北去的列车。一路上，她只是望着车窗外的风景，沉默不语。直到她看到烽火台，蓝天下的烽火台，它们苍凉地静默地扑进她眼睛里的时候，她哭了。

姥爷说，“孩子，回家了。”

四、苏慈航

就这样，有桃跟着姥爷，来到了他任教的学校念书。姥爷不仅是这座七年制学校的校长，也教语文。那是更北的北边小镇，更严寒，也更苦焦，而且，名字中就带着一个“堡”字，一听，就是从前的边关了。这里的太阳，永远有一种凄清的明亮，天空也更高远。当然，也有更酷烈的大风。大风刮起来的时候，飞沙走石，也让有桃想起那些古代的边塞诗。

而且，离外长城更近。出了学校门，沿一条小路，爬上去，就是长城了。

没事的时候，有桃就常常爬到长城上，看书，晒太阳，吹风，发呆。

边塞的大风，把她的皮肤，吹得粗糙了，太阳晒黑了它们，她身上，那一段城市生活的印迹，被风和太阳，轻易地抹去了。姥爷默默地看着这变化，姥爷想，但愿她心里的那痕迹，也能这样抹去。

尿床的事，没再发生过。姥爷也从没有问过，在那个城市，究竟发生了什么？可是姥爷知道，一定是有大事的，是发生过什么的。否则，一个那么健康阳光的孩子，他的宝贝，怎么会——尿床？十岁的孩子啊！想到不知什么竟然能逼得孩子尿床，姥爷觉得自己的心都在打战。

姥爷等着。等她自己有一天，能说出那心结。

有桃到来后，姥爷就在校门外一片旷野上，开出了一小片菜地，移来菜秧，种下一些细菜：西红柿、豆角，还有黄瓜之类，为的是给有桃改善伙食。平日里，晚饭前，太阳慢慢西坠时，爷孙俩会来菜地里除草、浇水。姥爷生性沉默寡言，而有桃，也不说话。他们只是默默地干活儿，闻着被太阳晒了一天后，植物散发出的那一股生命的香气。蜂飞蝶舞之中，偶尔，有桃会抬起头，叹息似的轻轻叫一声，“姥爷呀……”

姥爷就回答，“嗯？什么事？”

“没事。”有桃笑笑，“真好看啊！”

她是说夕阳。血红的一轮夕阳，挂在山巅。山峦、天空、长城、烽火台、千沟万壑，都变成了那样一种沉静的、安详的金红色。她眯着眼睛看夕阳的神情，让姥爷心疼。姥爷想，傻孩子啊，心里的疙瘩，说出来，就痛快了呀。

离小镇十几里，有个叫鸦儿崖的村庄，村里，住着一户北京来的下放干部。这家人有个儿子，叫苏慈航，也在镇上的这所学校读书，读七年级，这七年级有个名称，叫“戴帽初中”。

苏慈航不是寄宿生。他有一辆自行车，“凤凰”牌的，大链盒，每天，他骑着他的“凤凰”上学、下学，是这乡间公路上的风景。这里的自行车，很少有大链盒，大家骑的，都是加重型的“红旗”或者“飞鸽”。所以，苏慈航很惹眼，这里人看他，就好像他真的是骑在一只凤凰身上。

苏慈航十三岁了，正在拼命蹿个儿，就像那些正在拔节儿的庄稼，夜里，静静地听，似乎，可以听到一个少年成长的那种神奇声响。从城里带来的衣服，都无可救药地小了，他妈只好把他父亲的旧衣服改给他穿。那些从前的衣服，有着很好的质地，无论怎么改，都有一种异地的气息，过客的气息，和这里，格格不入。

所以，苏慈航没有朋友。

他骑着他的凤凰，早出晚归，独往独来。中午，只要是好天气，他就总是带着他的饭盒和一本书，沿山坡走到残破的长城上去。他喜欢这里，他觉得这里是枯燥、艰苦的生活里唯一的一点儿诗意。不用说，他是那种布尔乔亚家庭里滋养出来的小文青。

这里人，很少有谁去爬城墙玩儿的。没有人去惊扰它，偶尔，会有羊倌赶着羊群从那里经过。苏慈航喜欢这宁静，喜欢没有别人眼睛的注视。但是在这年开春之后，情况变了，有一天，他在这里碰上了一个女孩儿；后来，他们就经常在这里相遇了。

起初，不说话，相互保持着各自的矜持和礼貌的距离。终于有一天，苏慈航忍不住了，他抬起头来问她说，“他们说你是从省城转学来的，是吗？”

她点点头，不能说不是啊。可她马上补充说，“我就是这里人，我家在这儿。”

“知道，你姥爷是校长。”他回答。

“你是北京来的？”轮到有桃问了。

“对。”他点点头。

有桃轻轻叹口气，“你，很想北京吧？你一定不喜欢我们这里。”

他明亮的眼睛，暗淡了。他们两人，各自趴在一个城垛上，望着远处的山峦、沟壑、田野。许久，他回答说，“喜欢不喜欢，不都得在这里吗？我又不能选择……”

是啊，不能选择。这话，让有桃一阵疼痛。她懂那无助。她不知道该用什么话来安慰他。

他忽然回头冲她一笑，“所以，我要找这儿让我喜欢的东西，你看，我找到了。”

她没有笑，望着他，她想，北京人，但愿你比我幸运。

“北京也有长城。”她说。自己也觉得这话很蠢。

他们就这样认识了。

苏慈航慷慨地借书给有桃看。那都是他父亲的书，劫后余生的书。俄罗斯小说、法国小说、英国小说，还有，30 年代中国的那些小说，巴金的、老舍的、茅盾的……

有一次，他还带来过一本外文杂志，里面都是法文，一个字也看不懂，但据说那是一本美术的杂志。里面有一幅画，迷住了有桃。画面上，是满天的晚霞和正在等待收获的大地，一对男女，一对劳动者，低着头，虔敬地祈祷……那里面，有一种深深感动了这小少女的巨大的静谧，有一种笼盖了天地的神秘和庄严的东西，似乎，那里面，有永远不会被破解的神圣的生活的秘密……有桃觉得，那里面的秘密，似乎，和她的灵魂有关。她捧着这幅画，看了许久，这让苏慈航感到惊讶，他不知道是什么让她如此动情，于是，他告诉她，这幅画是一个叫米勒的法国人画的,它的名字叫《晚祷》。听到这名字，有桃的眼睛，一下子湿了。

“他们听到教堂的钟声了。”苏慈航这样告诉她。

“也许，他们还听到了别的。”有桃轻轻说。

苏慈航很惊诧，他觉得这个小姑娘很奇特，就像一个小巫女，或者，一个小圣徒。

当然，更多的时候，他充当着启蒙者的角色：给这个山区的小姑娘带去城市的文明。不用说，这个启蒙者必然拥有一本歌本——《外国民歌二百首》，那几乎是那个年代小资文青们的圣经。他总是喜欢用他刚刚变声的嗓子唱那些忧伤的歌曲：

> 啊，你，命运，我的命运，我不幸的命运，
> 为什么，我苦难的命运，
> 送我到——西伯利亚……

有桃听着这样的歌声，心想，这里，就是他的西伯利亚啊。原来，每个人，都有自己的西伯利亚。她试着用他的眼睛，苏慈航的眼睛，来看这个地方，苦焦、严寒、干旱缺水，只生长莜麦、胡麻、糜谷、马铃薯这些高寒作物，人都很贫穷……可是，即使如此，有桃也希望，他能够被这片土地善待，他能够感受到这土地的悲悯与善意。

苏慈航的妈妈，从前，是大学里的老师，本来就不擅长家务，也不会做饭，加上老家是南方人，当然更不知道怎么料理这里的五谷杂粮。所以，苏慈航每天装在饭盒里的午餐，千篇一律，永远是小米捞饭，那捞饭，还总是掌握不好火候，不是硬就是软。有桃就格外用心地打理自家的饭菜，她的厨艺，或许，是师承姥姥，或许，是无师自通。她变着花样，粗粮细做，一样莜面，今天

蒸栲栳栳，明天搓鱼儿，后天做野菜烫面蒸饺，再一天，或许就是莜面压饸饹。她从自家菜地，摘来最新鲜的带着晨露的西红柿，和鸡蛋一起，打卤，把豆角、茄子、马铃薯，烧成烩菜。她一早起床，择菜，和面，拉风箱烧火，该蒸的蒸，该切的切，中午放学，只需稍稍加工，就是一顿香喷喷的午饭。她把菜饭装进饭盒，对姥爷说，“我去班里和同学吃了！”就跑走了。

她当然不是去班里。姥爷知道。姥爷看着她日渐明亮起来的眼睛，心里感激着神明。姥爷望着她朝山坡奔跑的背影，眼睛渐渐潮湿了，在心里，对一个亡人说道，“老伴啊，谢天谢地，孩子挺过来了。是你在保佑她吧？你呀，你可不能撒手不管啊……”

两个孩子，分吃着午餐。那是浪漫的午餐，群山环抱着他们，古长城废墟做了他们的餐厅。她吃他火候不到的硬邦邦的小米捞饭，把自己饭盒里的饭菜给他，告诉他说，她最喜欢吃的就是小米捞饭，怎么吃都吃不厌。他知道那是假话，却没有戳穿，他领受了这份情意。他一边吃，一边说道，“袁有桃，你怎么这么能干？怎么能把饭做得这么好吃？太神奇了！”

有桃回答说，“不是我能干，是粮食香。在城里，哪里有这么香的粮食？你看，就算是你的‘西伯利亚’，也有城里比不上的地方。”

她很自然地，说出了“城里”这字眼儿。这两个字一出口，她静默了一下，很奇怪，也许，是太阳太明亮了，蓝天太澄澈了，面前的莜面和小米都太香了，她觉得很平静。

苏慈航笑了，“袁有桃，你知道吗？你简直可以去做政委，太会做思想工作了，或者，去做牧师，天天给人布道。”

“我？我没有资格。”有桃这样回答。

疼痛还是突然袭来了，她的眼睛一阵暗淡，沉默下来。但是，苏慈航好像什么也没有觉察到。

“那你就去给牧师做太太。”

有桃“呀！”地笑了。

“苏慈航，你好坏！”有桃笑着说，“你才给牧师做太太呢！”

“我？”苏慈航一本正经望着她，“我怎么能做牧师太太，我只能做牧师啊！”

有桃的脸，一下子红了。那是一种从未有过的鲜艳，初绽的、羞涩的鲜艳。苏慈航惊讶地望着这突然红脸的女孩儿，想起一个成语：艳若桃花。原来，她的名字真是暗藏玄机的……他的脸也有些红了。

“中国现在哪里还有牧师啊！”他嗫嚅地说道，“除非活在书里，或者，画里……”

那就活在画里吧，有桃想，活在《晚祷》那样的画里，永远不要走出来。

那只能是梦。

两年后，姥爷突发脑溢血，在送往县医院的途中，去世了。一路上，昏迷中，他的手，和有桃的手，始终紧握着。直到咽气，那只手，仍旧紧紧攥着他对这人世的留恋，不肯撒手——他实在走得不放心。他放不下这个孩子啊。

五、隐疾

还是那座城，还是那个大院儿，还是那两间房，还是那些人，离开两年后，有桃又回来了。

爸爸妈妈，看上去没什么变化，变了些的，是姐妹们。姐姐有橘，变白了，瘦了，好看了，也更高傲。妹妹和小弟弟，都蹿个儿了。她们不再叫她那个难听的绰号“娄阿鼠”，可也不知道该怎么叫她，就叫她“哎——”。母亲对她，也变得客气，还有一点儿小心翼翼，好像她是一个来做客的人。

她不再在意这一切。

珍贵的东西，无论是人，还是时光，都那样容易消逝。她想起姥姥当年在母羊坟前对她说的话，“宝啊，这世上，再好的物件，再亲的人，都有分手的一天啊。”南来的列车上，她一直、一直在想这句话，她对自己说，“袁有桃，你不要自哀自怜，你不比别人更倒霉，你只是比人家早一点儿看到了结局……”

和苏慈航，是在他们的长城上道别的。一年前，苏慈航就已经离开了小镇，到县城去读高中了。不过，差不多每个星期天，他都要骑着他的“凤凰”，来这里看有桃，看他们的长城。苏慈航说，“袁有桃，你要给我写信。”

袁有桃说，“好。”

苏慈航又说，“袁有桃，放假了，你可要回来，你能回来吧？”

袁有桃回答，“能。”

苏慈航又说，“一放假，我就天天来这里等你，你可不要忘记。”

袁有桃点头，“不忘。”

那是临行前一天的傍晚，他们站在长城上，就要落山的夕阳，将山峦、沟壑、村庄、公路、暮归的羊群、亲人的坟墓，以及两个少年人的身影，涂染成一片血色。袁有桃忍着眼泪，答应着，可心里，却像是和这一切永别一样难过。她爱着的东西，和人，都留在这里了。她知道许诺是没用的，前边有什么在等待着她，她怎么会知道？她留恋地、痴迷地望着眼前这个大男孩儿，其实已经，是在望着过去。

很快地，有桃就收到了苏慈航的来信。信寄到了有桃的新学校——厂里的附属中学。信封上这样写着：

某某市某某工厂子弟中学初一新生

袁有桃　收

有桃笑了，她想起了“乡下，爷爷收”。有多少初一新生呀！可这也真像苏慈航的风格。有桃站在校门口，打开信，只见里面写道：

袁有桃：

就算那列火车再慢，你也早就该到达目的

地了。你总不会坐上一列永远不停车的火车吧？可你怎么不来信呢？这么快你就忘记我们的约定了吗？我天天到我们学校传达室去问，天天失望而归。我要说实话，还从来没有人，给我写过一封信。袁有桃，我想让你成为一生中第一个给我写信的人……

就在这时，校门口，突然起了骚动。只听人们说道，“疯子！疯子！疯子来了！”没等有桃弄明白发生了什么，一个女人，已经站在了有桃面前，对她说道：

“你看见我家安康了吗？”

第一眼，有桃几乎没能认出眼前这个女人是谁，可那只是一瞬间。一瞬间的静默之后，有桃觉得世界远了，消失了，世界只剩下了这个女人，头发灰白，衣着古怪，眼神又犀利又迷乱，她用这样的眼睛审判似的凝视着有桃，说道，“你看见我家安康了吗？”

阳光太强了，就像雪山上的阳光，白炽一片，晃着有桃的眼睛，晃得她流泪，晃得她天旋地转，几乎站不住脚。就在这时，有人过来拉住了女人，嘴里说道，“怎么又跑出来了呀？——学生，对不住，对不住！她啥话都不会说了，就会说这一句……”

你看见我家安康了吗？整整一天，这句话，响在有桃耳边，就像钻进她身体里一样，安营扎寨。它还钻进了她的梦里，就像一条黑鱼，在冰冷的水里，扑腾着，扑腾着，然后，她就看见了他，那个久违的孩子，水淋淋的，头发变成了水草，脸色惨白，突然对她咧嘴一笑，说，“我已经死了呀！”

有桃惊醒了，身下，精湿一片。一切，已经不能挽回，她尿床了。

从此一发不可收拾。

母亲寻来了各种奇怪的偏方，猪尿脬蒸米饭，用七根葱白捣碎和硫黄一起搅拌敷肚脐，屋檐下的燕子窝泥敲一块儿下来，在柴火灶上烧红泡水，等等。母亲沉默地、咬紧牙关做着这一切，生怕自己一开口就会崩溃。有桃更沉默，沉默地被摆布着，让吃猪尿脬，就吃猪尿脬，让喝燕子窝水，就喝燕子窝水。为了让她方便起夜，他们让她，从上铺搬到了下铺。但是，仍旧无济于事。

夜晚，变成了最大的伤害和煎熬。有桃不敢睡觉。她大睁着眼睛望着窗外。透过蒙满灰尘的玻璃窗，夜色也好像是浑浊的。偶尔，会有好月光，那会让她流泪。她对月光说，救救我。她以为月光是仁慈的，但是，月光和偏方一样，救不了这孩子。

终于，有一天，半夜里，有桃突然睁开了眼，黑暗中，一个人，静静地，俯身望着她。是母亲。母亲慢慢地，把双手卡在了有桃的脖颈上，母亲望着有桃的眼睛，望了许久。母亲说道，“我真想这样掐死你，然后，自己死！”

说完，她松开了手，抱起了有桃，失声痛哭。自从满月后，她还从来没有抱过这孩子，这骨肉。她一边哭一边说道，“你就这样惩罚我啊！就这样折磨我啊！我那时候也是没有办法呀，我得了乳腺炎，疼得要死要活，没有奶，我哪有钱请奶妈？你说让我怎么办？怎么办？你怎么能这么狠毒？你怎么能这样惩罚我……”

有桃也哭了。

有桃在心里说，“不是，不是，不是！”

如同奇迹一般，经过这个夜晚，有桃的病，戛然而止。也许，是那些猪尿脬燕子窝水渐渐起了疗效，也许是因为别的。母亲暗自吁出一口长气，说道，“阿弥陀佛！”她觉得自己得救了。但是，没人知道，这隐疾，只是更隐秘地，潜伏在了有桃的身体里，就像一个休眠的特务，等待着某个唤醒他的指令。也许，连他自己也不知道，他有着怎样坚韧缠绵的耐心。

有桃始终没有给苏慈航写信。

这是天罚我。有桃这样想。就在她平生第一次接到朋友来信的同时，就在她那么快乐幸福的时刻，秦师母从天而降，质问她，“你见到我家安康了吗？”秦安康，那个水淋淋的孩子，就这样又潜回到了她的生活中，回到了她的每一个白昼和黑夜，回到她的梦里。

苏慈航，你知道吗？在这里的每一天，都是惩罚，为了我的……过错。

苏慈航，你懂什么叫惩罚吗？你知道它多么诡异和羞耻吗？一个活在阳光下的幸福的人，一个没有罪和秘密的人，永不会知道这个。

我以为我可以遗忘。在我们的高原，在那么澄澈温柔的阳光和仁慈的天空下面，在我们长城的废墟之上，那些和你在一起的日子，有你的日子，我以为，我可以忘记我需要忘记的，它们也似乎真的离开了我一段时日，我以为它们慈悲地放过了我，但是，没有。

苏慈航，对不起，我不能够做第一个给你写信的人了！我也不能够在假期里去赴我们的约会……其实，那天，我们的道别，就已经是永别了。和我珍惜的、留恋的、爱着的一切，永别了！否则，我怎么会那么伤心？

谢谢你，苏慈航，谢谢你带给我的快乐。珍贵的快乐。也许，这一生，我都不会再有快乐了。

有桃在心里，写着回信，永远也不会寄出的信，和她懵懂的、青涩而美好的那一点儿情愫，郑重道别。和与幸福有关的一切，道别。她感到了一种撕裂般的疼痛。这疼，慢慢变作身体的记忆，伴随了她很久，很多年，直到她碰到那个来自法兰西的男人。

六、郑千帆

他们是在同事家的一个聚会上相识的。那天，同事要在家中招待一个老外吃饭，请有桃来掌勺做大厨。有桃的厨艺，认识的人，差不多都知道。这同事的先生，在大学里教书，那老外也在那大学里担任着教职。老外进来的时候，有桃一个人在厨房里煎炒烹炸地忙碌着，本来，她一点儿也不想出去凑热闹，但是，外面酒过数巡，饭吃到一半时，同事进来，非要拉她出去，说是老外一定要见见厨师。同事说，“你知道那老外说什么？他说这些菜是奇迹！”

有桃笑笑，“你也信！他们都太喜欢夸张。”

当然，还是出去了。只见那个金发碧眼的法兰西绅士站起身，说道，“你就是这些奇迹的创造者啊？太荣幸了！你好，我叫郑千帆。”一边向她伸出一只手。

有桃有些吃惊，惊讶他的汉语竟是如此的流利，也惊讶他有这样一个文人气的中文名字，还惊讶他的年轻。

“袁有桃。”她轻轻说，也伸出了手去。

他们握住了。

“你怎么能把菜烧得这么好吃？太神奇了！”郑千帆望着她的眼睛，真诚地说。

那眼睛里的蓝色，让有桃，想起了天空，很久以前，遥远的以前，曾经有过的天空，和时光。她的心，痛了一下。

“你过奖了，”她笑笑，“都是一些普通的家常菜，不是什么了不起的大菜。要说神奇——”她想了想，“那就是，这些食材，它们其实知道你是否真的珍惜它，用心料理它，它们通人性。”

那双蔚蓝色的眼睛，突然像被阳光照亮了一样。

“你知道吗？我妈妈也说过同样的话，我妈妈也有很棒的厨艺。她曾经梦想能做一个米其林三颗星餐厅的主厨，当然，没有实现。”郑千帆说。

有桃不知道什么是“米其林三颗星”，她望着他，心想，“这个老外，他想家了。”

当有桃再一次回到厨房，接着做剩下的菜肴时，她想了想，加做了一道餐后甜品。制作这甜品，费了一些时间，和心思，因为是第一次。当有桃最后把它端到餐桌上时，郑千帆惊呼一声：

“焦糖布丁！”

有桃笑了，“你尝尝，做得像不像？我还是第一次做。”

上世纪 90 年代初，在有桃的城市，西餐厅寥寥无几，也没有后来遍布大街小巷的面包房蛋糕屋一类，焦糖布丁在一个家庭餐桌上出现，真的像一个“小小奇迹”。

没有模具，有桃临时找来了几只小茶碗代替，褐色的糖浆，散发出诱人的焦香。一口下去，郑千帆陶醉地闭了下眼睛，说，“回家了。”

“你还会做西餐啊？”有桃的同事，高兴地叫起来，“我说有桃，你干脆辞职算了，辞职开个小饭馆，一定能火。我也入伙！咱们一块儿干，你说一辈子当个护士，能挣多少钱？”

同事的先生插嘴说，“怎么听上去，像是要拉人落草为寇似的？”

大家都笑了。

但是临分别时，郑千帆认真地、郑重地对有桃说，“你要是真开饭店，千万别忘了告诉我。我一定天天去你的餐馆吃饭——你会开餐馆吗？”

有桃愣了一下，笑了，说，“怎么会？那是开玩笑！”

“真遗憾。”郑千帆耸耸肩，“那，不开餐馆，我还有机会吃到你做的菜吗？”

有桃没有回答。她一时语塞。

郑千帆笑了，说，“再见，魔术师！”

有桃想，不会再见了，萍水相逢的一个人，有什么理由，再见呢？

但是，真的再见了。

当有桃在她上班的医院门前，看到等待在那里的那个法兰西青年，那个有着天空般蓝眼睛的郑千帆，不知为什么心里突然响起一支俄罗斯歌曲的旋律：

轻风吹拂不停，

在茂密的山楂树下，

吹乱了青年镟工和铁匠的头发……

她想起了唱这歌的人，那个人，无论什么样的歌曲，都能唱出那样一种明亮的、少年人的忧伤。她想起了同样是明亮和忧伤的那些岁月，最好的岁月，心里一阵怅然。而他，已经笑着向她跑了过来。

手里是两张戏票。

“请你听戏，”他说，“谢谢你那天的晚餐。”

“你已经谢过了。”有桃回答。

“是吗？可我没有谢芙蓉鸡片、菊花鱼丝、龙井虾仁，没有谢口蘑羊肉栲栳栳，还有，焦糖布丁。”

有桃笑了，说，“它们说，不用客气。还有，它们也不爱听戏。”

“京剧也不爱听吗？《锁麟囊》。”

“好像不爱。”有桃回答。

“噢！它们可真不给人面子！”这个异乡人夸张地说。

他是那么有活力，那么明亮、干净、快乐，但是，尽管如此，有桃还是看出了，一个异乡人眼睛里的那种渴望，取暖的渴望。这点儿渴望，是有桃不忍心拒绝的。

他们一起去听戏了。北京来的剧团，演的是程派名剧。有桃惊讶地发现，对于京剧，这个法兰西青年知道的，竟比她还要多。至少，胡琴声一起，他就知道那是西皮还是二黄，还有，那声腔的妙处，而有桃，则一片懵懂。

一场戏听下来，有桃很服气。

更让有桃吃惊的，是在那之后。有一天，在一个朋友的家中，大家聊天，说起《红楼梦》里人物名字的隐喻，郑千帆忽然问道，“袁有桃，你的名字是谁给你起的？”

“我也不知道，”有桃回答，“我只知道太土了。”

“土？”郑千帆一挑眉毛，“它们出自《诗经》——《园有桃》。你姓袁，园袁同音，信手拈来，我觉得很妙。”

《诗经》？有桃一头雾水。

郑千帆开始背诵：“‘园有桃，其实之殽。心之忧矣，我歌且谣。不我知者，谓我士也骄……’下面我记不清楚了，总之，是一个文人、读书人忧伤的感叹。”

有桃很震动。原来，她的名字里藏了典故。藏了一个人两千多年的忧伤和咏叹！是谁给了她这样一个名字？没人在意、没人珍惜、那么草率地来到人间的一个小生命，是谁，让她去背负起了这样悠长几乎是永恒的孤独和忧伤？原罪般的忧伤！是谁，给了她这样的使命？

他们家，找不到一本《诗经》。有桃的父亲，多年前，已经死于癌症。父亲的离世，使这个家，陷入了窘境，也是有桃没有读高中而选择了中专的原因。有桃最终上了一所卫生学校，学了护理专业。三年后毕业，分配到了省城一家不错的大医院，开始挣钱养家，供妹妹和弟弟继续读书。如今，妹妹也大学毕业了，做了“北漂”。而他们优秀的小弟弟，则一路高歌猛进地读下去，读到了美国。

姐姐毕业后南下深圳，在那里结婚，安营扎寨，有了孩子，就把刚刚退休的母亲接去帮她带孩子。如今，在这个城市，就只有有桃一个人留守了。他们的家，从前那个闹哄哄的家，常常空寂无人，有桃平日里住医院宿舍，只有星期天，才会回到这破败的老家里看看。

那个热火朝天雄壮的大厂，如今，停产了。凋敝之气在整个厂区笼盖着，谁也不知道它未来将何去何从。有桃家还在那座筒子楼，这么多年下来，楼自然是更加的衰老、破旧、拥挤。可那两间屋子，那个家，只要有桃回来，就一定要把它们收拾得清清爽爽。两间屋子里的书柜，有桃整个翻找了一遍，没有《诗经》。他们家，不管是从前热闹的时光还是寂寞的现在，从来不是《诗经》光顾的地方。

有桃去书店，买了一本回来。

她找到了那一篇——《园有桃》：

园有桃，其实之殽。心之忧矣，我歌且谣。不我知者，谓我士也骄！彼人是哉，子曰何其？心之忧矣，其谁知之？其谁知之，盖亦勿思！

那是中国读书人与生俱来的忧伤，原罪般的忧伤，有桃确认了这个。虽然，她远远算不上一个读书人，可她认识汉字。汉字，应该就是这忧伤的种子。袁有桃伤感地想。

再见到那个法国人时，袁有桃忍不住感慨地问道，“郑千帆，上辈子，你是一个中国人吗？”

郑千帆回答说，“这我没法确定。我能确定的是，这辈子，我一定会和一个中国姑娘结婚。”他望着对面那温柔的、美好的、水一般清澈的女孩儿，“袁有桃，你是那个姑娘吗？”

那是一个初夏的黄昏，他们坐在餐桌旁。那是这城市刚刚开张的第一家咖啡馆，卖各种咖啡，也卖中西式简餐。他们面前，一人一份煲仔饭，煲仔饭的热气，熏着有桃的眼睛。而窗外，很远的地方，夕阳正在穿城而过的一条河流上慢慢坠落。

有桃摇摇头，回答说，“郑千帆，我不是。”

“为什么？”郑千帆隔着桌子握住了她的手，“第一眼看见你，我就知道，你是那个姑娘……是因为，我是一个外国人吗？”

“不是。”

“那是什么？”

“是因为，我不能。”有桃回答。

“不能什么？”

“不能结婚。不能和任何人——结婚。”

她平静地，甚至是微笑地说出了这话。可是眼泪却慢慢溢出眼睛，“郑千帆，别问了，请你放过我。你这么好的一个人，应该找一个好姑娘，你应该幸福……”

“你就是那个好姑娘，最好的姑娘，你就是我的幸福。”郑千帆回答。

“可我不能！”

“你不能生育吗？那我们不要小孩儿，或者，我们可以领养，这世界上，有多少被遗弃的孤儿，对不对？

或者，你有绝症？那就在你病情恶化前我们闪电结婚，能和你在一起共同度过一天，我也是幸福的……袁有桃，我不让你马上回答我，我可以等，我是一个非常有耐心的人。也请你不要立刻拒绝，给我一些时间，行吗？”

他的眼睛，蔚蓝色的眼睛，在这个黄昏，变得更加深邃而辽阔，她就要像一只小鸟一样，无可阻挡地，飞进这眼睛里去了。她在心里，叫着自己的名字，“袁有桃，袁有桃，这不行，你不配，你是不能幸福的呀！”可是她知道，她是多么渴望，渴望着纵身一跃，飞进他的世界。

他是守信的，那个黄昏之后，他不再追问，只是默默地等候。有桃在儿科病房上班，三班倒，而他，总会在最合适的时间，出现在她面前。他总会给他们安排一些有趣的事情，比如，去参加某个家庭音乐会，去看某个不知名的小画家的个人画展，去看大学生剧社的话剧、音乐剧，等等，当然，也会去见他的各路朋友们。他的朋友可真多啊！生活，原来可以是这样广阔的，而城市，也不再是从前有桃认识的那个灰色城市。这个异乡人，带领着她，这里那里，探寻着这城市的色彩，就像在沙漠中寻找花朵。而那突然相遇的坚韧的鲜艳，常常让有桃感动，原来，这城市也是有柔情的。

夏天过去了，秋天也过去了，冬天到了。12月某一天，是这异乡人的生日。有桃决定给他做生日面吃。她带着各种食材去了他的公寓。认识这么久，她还是第一次去他的住处——这禁忌之地。她和面、洗菜、烧汤、打卤，他在一旁打下手，那情景，就像一对夫妻。那天，她做的是小拉面，浇头有好几种：最常见的西红柿鸡蛋卤、什锦小炒肉打卤，还有南方风味的爆炒鳝糊和冬菜肉末。几个清爽的家常凉菜，糖醋白菜心、炝莲藕之类，还烧了一小砂锅红烧肉，清蒸了一条鲈鱼。他开了一瓶红酒，在餐桌上点起了蜡烛，那蜡烛是红色的，就像洞房的花烛。还有一种异域的香气，那是暧昧的暗示。

他们举杯，她说，“生日快乐。”

他回答，“袁有桃，我想问你要一样生日礼物，可以给我吗？”

有桃叹息一声，回答说，“我想我带来了。”

他们吻了。

灵魂出窍的时刻，她在他怀中，发着抖，像呓语似的说，“怎么办啊郑千帆，我该怎么办啊？”

他搂着她，说道，“袁有桃，有我啊，有我啊！”

那是她的初夜，她把自己给他了，她给了他一份珍贵的生日礼物。看到落红，这个法兰西青年，这个异乡人，哭了。

那一夜，她要走，他不放她走。他说，“袁有桃，今天，我把它看作是我们的新婚之夜，我要介绍你认识我的家人。”

他有一台幻灯机，他就在幻灯机上，一张一张，放着家人的照片，雪白的墙壁，做了银幕。

“这是我妈妈。我妈妈是家庭主妇，她是一个非常聪明的女人，手很巧，厨艺很棒，她会做一种非常好吃的焦糖苹果挞，那是我家乡卢瓦尔河谷的美食。她做的红酒炖鳗鱼，好吃得简直让人灵魂出窍！袁有桃，我觉得你和她有点儿相像……这是我爸爸。我爸爸是个中学教师，是一所高级中学的校长。你看他很严肃是吧？其实他是一个很温柔的人，年轻时喜欢写诗，他就是用写诗追求到了我妈妈……这是我爷爷，这是我们的家。你看，这就是我家的葡萄酒窖，这是葡萄园；这，就是卢瓦尔河，法兰西最美的河流，诗人眼中生生世世温柔的故乡……这漂亮的老建筑是乡村小旅馆，藏在绿阴之中，它已经有一百年的历史了。对，它是我爷爷的旅馆，我们家族的旅馆，也是我最喜欢的地方。它旁边不远，是一座美丽的小教堂，我爷爷、我父母，都是在那个乡村小教堂结婚的。我希望我们的婚礼也能在这里举行，袁有桃，我相信你一定也会喜欢……”

是，她喜欢，仅仅在照片上，有桃就已经喜欢上它了，喜欢它如画的静谧、古老、安详。他的声音，有一种梦幻般的魔力，是，那是梦里的声音，只有梦，才可以是这样美好。那梦境里的声音，说着诗一样的语言，教堂、钟声、婚礼、洁白的婚纱、草地上的派对、流向大西洋的美丽的河流……她含着眼泪静静聆听，被这声音催眠，而心里，却有一种难舍的伤痛，她想，袁有桃，这是梦。

窗外，下雪了。有桃的城市，落了这个冬季第一场大雪。鹅毛大雪，在他们相拥着入睡后静静飘落。凌晨，有桃被一种恐怖的冰冷冻醒了，就像，她躺在了雪地上一般。她睁开眼睛，猛地起身，她知道有什么事情发生了——最绝望的事情。刺目的灯光下，只见他惊愕地呆坐在一旁，目瞪口呆注视着身下湿漉漉的床褥，注视着那纤毫毕现无遮无挡汹涌的羞耻……惩罚并没有结束，在每一个幸福的瞬间，它总是这样恶毒地不期而至，如同必然要到来的黑夜。

有桃默默地穿上衣服，没有一句辩解，走出了房间，走进了漫天大雪之中。她在凌晨的城市漫无目的地走、走，雪没住了她的脚踝，落在她头上、肩上、睫毛上，她早已成了一个洁白的雪人。突然她站住了，发现自己竟然来到了“海子”——许多年来，她一直、一直躲避的地方。可无论怎么躲避，这冰封雪盖的湖洼，这海子，其实，就一直住在她灵魂里，从没有离开过她一天。“你想自杀吗？你想做替死鬼？”隔了二十年遥远的时光，她奇怪地听到了那男孩儿声音里笨拙的善意。她抬起头，望着大雪纷飞的天空，远远地，从那深处，传来一个声音，一个不灭的追问：

“你看见我家安康了吗？”

整个城市，都被这悲伤的回声笼盖。

冰消雪化的春天，在这城市消失了一段日子的郑千帆，突然又出现了。一连三天，他等在有桃工作的医院门口，却没有等来他要等待的人。他就直接去儿科病房寻找。在护士站，他向一个帽子上有蓝色标志的姑娘打听有桃，他知道戴这种帽子的人是护士长。

“你是叫郑千帆吧？”护士长望着他，似乎一点儿也不意外，“她留给你一封信。她说，如果有一天，你来这里找她，就把这封信交给你。”

“她人呢？她到哪里去了？”

“不知道，她辞职了，走了。”护士长说。

信是这样写的：

现在，你知道我的秘密了。你知道，我为什么说，不能做新娘。它比你当初想象到的任何理由都要荒诞、残酷。你问我是不是得了绝症，是，这就是我的绝症，而且，没有治愈的希望。

假如我没有猜错的话，你在惊愕和痛苦之后，有可能回来找我，告诉我现代医学对付这疾患的方法，有可能你已经打听好了医生，因为你太善良。但是，郑千帆，那没有用，对我而言，那不是疾患，而是，我必须背负的命运。你一定会问我为什么，我不能说。

你读过托尔斯泰的《复活》吧？那不幸的玛丝洛娃最初面对聂赫留道夫的忏悔时，是那么愤怒——你不过是要用廉价的忏悔、要用我的不幸来拯救你的灵魂！我忘记原话是怎么说的了，但这谴责，我永不会遗忘。假如，一个作恶的人，仅仅用忏悔就能拯救自己，就能解脱，那我宁愿选择沉默——请你尊重我的沉默。

再见了！你一定会遇到一个真正的好姑娘。好好生活，好好爱自己，爱她。

袁有桃就这样从这个城市消失了。

七、晚祷

星移斗转，许多年过去了。某一年，某个夏天，几对男女结伴从北京出发，开始了他们的欧洲七国之行。其中有一对夫妻，先生五十出头，而女人，则要年轻许多，三十岁不到，非常漂亮，而且，深知自己漂亮，眉目间难免就有一种傲骄之气。她的丈夫，据说是某个上市公司的老总，和他的事业与年龄相比，他的体重算是轻量级的，几乎看不出岁月沉淀的痕迹。不用说，这是运动的结果。

显然，同行者应该是年轻女子的朋友或者熟人，年龄也都和她相差无几。他们都惊叹着这位“大叔”几近完美的体形。有人忍不住问他说：

“您平时做什么运动？打高尔夫吗？还是打网球？”

“大叔”还没来得及回答，旁边的女人搭腔了。女人貌似低调地说道，“他不打高尔夫，他喜欢登山、冲浪、开飞机。”

“哇！”一片惊呼之声，“开飞机？真酷啊！”

“大叔”知道这是女人在向她的朋友们炫耀，也是在证明，他这个老男人除了钱，还有别的一点儿什么是值得她以身相许的。他笑笑，回答说，“我在美国读书的时候，拿到过开小型飞机的执照。不过，很久没开了。”

几个年轻人相视一笑，意思是，不是一土豪。

他们的第一站，是巴黎。巴黎，“大叔”自然是去过的，但那几个同伴，却都是初来乍到。几天下来，那些世人皆知的景点，巴黎的地标式建筑，卢浮宫、巴黎圣母院、凯旋门、埃菲尔铁塔、香榭丽舍大街，自然游历一番，也乘游轮游了塞纳河。最后一天，大家就分道扬镳了，有人要去这里，有人要去那里，女士们无一例外则是要去购物。而“大叔”，却是去了奥赛，这是他每次来巴黎都要去“朝圣”的殿堂。“大叔”这个年纪，热爱奥赛，是很容易理解的事，那些他们年轻时热爱的艺术家们，几乎都在这个殿堂里了。他们来这里朝拜自己的青春。

“大叔”想说服年轻的妻子与他同行，“到了巴黎，怎么能不去奥赛？”他认为这理由很充分。

妻子笑了，说，“哪个女人，到了巴黎，能让自己空手而归？麻烦你替我向梵·高问个好吧，还有你总是念叨的那个米勒。”

“大叔”就一个人去拜会他们了。

他像识途的老马一样，直奔他的目标。他也不知道为什么他会那么热爱这个《晚祷》，他来到它面前，站住了，那静谧，从画作中布满晚霞的天空，从正在收获的秋天的田野，从那低头祈祷的年轻农夫和农妇的身上，穿透出来，氤氲、弥漫、扩散，笼罩住了“大叔”的世界。那是多么庄严和神秘的静谧，他想，是“静谧”的灵魂。乡村小教堂悠长的钟声，从天际远远传来，或者，是从……前世传来，一个少年，在同样静谧、美好的苍穹之下，在正在生长的粮食朴素的香气中，对他的小女伴说道，“我怎么能做牧师太太，我只能做牧师啊！”不错，那是前生前世的记忆。

奇怪，这《晚祷》里，流淌着一种……她的气息。

“他们听到教堂的钟声了。”少年这样说。

“也许，他们还听到了别的。”她轻轻回答。

是，一定还有别的，钟声之外的东西，更为宏大、永恒的东西，更深邃的秘密。他一阵鼻酸。

他回头，转身离去。发现身后站着一个女人，不年轻的东方女人，一脸沧桑，静静地，伫立着，凝望着前面的画作。是那静，一种深深沉浸的静，而非观光客浮光掠影的表情，吸引他多看了她一眼。和她擦肩而过的时候，他觉得心奇怪地跳了一下。他站住了，回头打量着她的背影，中等个头，瘦削，衣着朴素甚至土气，毫无出奇之处。这不应该是她。他不能允许她变成这样一个毫无色彩的中年妇女。为了打消自己的疑虑，他想了想，走到了她旁边。

“对不起，打扰一下，”他用中文说，“我可能太冒昧了，请问，您认识一个叫袁有桃的人吗？”

她望着他，摇摇头。“不认识，”她回答，“您认错人了。”

“不好意思。”他笑笑，这样说。

是啊，哪里有这么巧的事？那是韩剧的桥段。走出奥赛的时候，他这样想。

心里却一阵怅然。

假如，这个“大叔”，在走出十几米后猝不及防折返，他会看到那女人突然之间奔涌的热泪，以及，被柔情所照亮的美目。女人在心里温柔地说，你好，苏慈航，久违了。

从那座痛苦的城市消失之后，有桃来到了南方一座小城。在那里，没有一个人，认识这个北方姑娘；没有一个人，知道她的前史。她把自己连根拔起，放逐到了一片荒凉之海。其实，那是一座安逸、宁静、祥和、富足的小城，也是一座闭塞的小城，走在它的街头，听着满耳一句也不懂的方言，听着别人的乡音，有桃偶尔就会冷不丁想起那个词：西伯利亚。

为什么，我苦难的命运，
送我到——西伯利亚……

多年前，那个英俊少年忧伤的歌声，蓝天下的歌声，就会在有桃心里响起。有桃默默地说，没有为什么，袁有桃，西伯利亚，那就是你的命运。

她在这小城一家很有实力的民营医院，找到了一份工作。先是做护士，后来做护士长，再后来，随着医院规模的不断扩大，做到了总护士长。不知不觉，二十年的时光，过去了。她变成了这医院“元老级”的人物，受人尊敬，也学会了一口不算地道的本地方言。他们的医院，原本在城里，由于扩建，新院址选在了城郊。于是，她就在郊外租了一座农家小院，略事改造，加盖了卫生设施之类，就成了一个小小世外桃源。闲暇无事，她在院子里，种花、种菜、种树，还种一点儿草药，像连翘、金银花之类。她用她的鲜花，装点餐桌；用她菜园里的新鲜蔬菜，做她的晚饭；用那些草药，泡口味独特的草药茶。只是，这一切，四季的鲜花、绿色的蔬菜、滋味悠长的茶汤，永远，没有人和她一起分享。她没有成家，也不交朋友，从不邀请人到她家里做客。她独往独来，而她一个人走在这城市的孤单身影，渐渐地，不再让人好奇。一个外乡人嘛，总有她的道理。

她以为，生活就这样无风无浪地过下去了。她甚至想到了退休后的日子，她筹划，到那时，她可以把这小院子买下来，办“农家乐”——施展她的一手好厨艺。她真是技痒啊！有多久，没人吃过她烧的饭菜了！她是多么喜欢给人烧菜吃，听懂它的人真心的赞美。人家是以文会友，她是以味道觅知音……她有时会憧憬未来，一个满头银丝的老妇，站在紫藤花架下，静静地、微笑地望着一桌子食客和一桌子美味佳肴。不知为什么，在那个画面里，永远只是一桌，只有一桌，是她不贪心吗？她不知道。微风吹来，紫藤花一瓣一瓣无声而清香地飘落，满院子的落花啊。她远远地看，从不会去惊扰人家。也许，她会听到这样的惊叹，“怎么能把菜烧得这么好吃？太神奇了！”一生中，曾经有两个人，两个她珍惜的人，这样赞美过她的厨艺。

但是，癌来了。

血尿，无痛血尿，毫无征兆地在一个清晨到来。洁白的马桶将那半盆鲜红映衬得格外惊悚。她望着那惊悚的鲜红，感到指尖都是冰凉的。一个资深护士长，太明白这是一个什么预兆了。她没有声张，独自坐车去了省城的大医院，检查结果，如她所料，膀胱癌。只是比她预想的更糟，晚期。

一周后，她请了长假。二十年来，她从没休过带薪假期，所以，老板答应得很痛快。老板是个明白人，他知道一定有什么不寻常的事情发生了。她把全部的存款，都取出来存到了一张卡上，她笑笑，和她的“农家乐”

告别，和梦想告别。她是不能有梦的，她是不能宽恕自己的。她手里握着那张卡在心里说。然后，她报名参加了一个旅行团，来到了法国，来到了，巴黎。

奥赛，不是旅行团的日程，她也是利用自由活动自由购物的时间来到了这个殿堂。来和一幅画约会。奇迹发生了。在她生命的末路，在她就要走到尽头的地方，她和那个叫苏慈航的英俊少年意外重逢。虽然，只是擦肩而过；虽然，他们彼此都已面目全非。但是，足够了，她撞见了她生命中最美丽的一小段岁月，那岁月，就像被点燃的一盏河灯，而那光，可以引领她的灵魂勇敢地走进永恒的黑暗。

三天后，在卢瓦尔河谷一座乡村小教堂内，有桃点燃了一支蜡烛。她在神坛前跪下了。

“你好，上帝！你好，圣母！”她在心里这样说，她不是教徒，不懂祈祷的规矩，“你好，秦安康……”这个她背负了一生的名字就这样脱口而出，“秦安康，现在，我可以告诉你了，其实，四十年前，那一天，在我听到‘扑通’的声响发现你落水时，我，我没有在第一时间跑过去救你，我从雪地上爬起来站在那里，看见你扑腾、挣扎，我没有动……后来，我一直对自己说，袁有桃，你那时是吓傻了，吓愣了。可我清楚，其实，我那时听到了自己心里一个声音在说，‘活该，去死吧！’——那声音那么短促，转瞬即逝，可我确实是听到了这魔鬼的说话……我不知道这一刻到底有多长，几分钟或者几十秒，等我清醒过来时，冰窟窿那边已经没有动静了。我一路喊着你的名字跑过去，我趴在冰窟窿边上一边哭一边喊，我说，秦安康，秦安康，秦安康！你能听见我说话吗？没有人回答，那冰窟窿黑得像地狱一样，真恐怖啊。我朝四周喊，有人吗？有人吗？救人呀——却没有一个人！白茫茫的湖面上没有一个人！——这时我是真吓傻了，拔腿就跑！雪下得那么大，我看到了你妈妈，秦师母，在那里问人家，‘你看到我家安康了吗？’我慌不择路地逃了……假如，我没有过那几分钟或者几十秒的恶意，我一定不会躲，不会逃，我会一路跑来喊人，我会告诉她实情。后来，我也一直在想，就算我在第一时间毫不犹豫朝冰窟窿那里跑，又能怎样，难道来得及吗？能救起你吗？很可能，不能；很可能，来不及！但是，但是那会多么不同！我是说，对我而言，那会多么不同！——我可以不用我这一生，来偿还那几分钟或者几十秒的恶念和罪孽……

“是，秦安康，我偿还了一生。我惩罚了自己一生。这一生，有过一些时刻，我可以忏悔，我知道，也许，对珍惜的人说出口，或者，当着你亲人的面悔过，我就不用这么沉重地背负你过这一生，但，这对你公平吗？这样轻易地自我宽恕，我觉得羞耻……除了沉默地和你一起受难，我想不出还有什么方法，来度过我这有罪的一生。现在，我来到了我生命的尽头，秦安康，你知道了我的罪孽，可以了。

“上帝，圣母，基督耶稣，在你们的圣殿里，我说出了我的秘密，谢谢你们！但我不求你们的原谅，我将继续带着这秘密远行。我知道，我要去的地方，很黑暗，那里，不会有我至亲至爱的亲人——我的姥姥、姥爷，他们应该在花香四溢鲜草翻涌的好地方，而我，我知道我永不会再和他们相遇，所以，我需要一点儿勇气，请帮帮我……”

她沉静地、默默地说。

教堂外面，是一座墓园，和她同行的旅游者们，在墓园里拍照。这一晚，他们将会在附近的乡村小旅舍投宿。那小旅舍，深深地隐藏在绿阴之中，迎接他们的，是家庭风格的房间、干净芳香的床褥，以及美味的晚餐：红酒炖鳗鱼、焦糖苹果挞，还有，卢瓦尔河谷永生的葡萄酒。

晚祷的钟声响了。